诗意的凝视

『厚』范畴的审美空间

董雪静——著

华文出版社
SINO-CULTURE PRESS

图书在版编目（CIP）数据

诗意的凝视 ：“厚”范畴的审美空间 / 董雪静著.
北京 ：华文出版社，2025．3．-- (诗意人生美育系列丛书)．-- ISBN 978-7-5075-6107-4

Ⅰ．I01

中国国家版本馆CIP数据核字第2025R3N725号

诗意的凝视：“厚”范畴的审美空间

著　　者：董雪静
责任编辑：郭俊萍
出版发行：华文出版社
地　　址：北京市西城区广外大街 305 号 8 区 2 号楼
邮政编码：100055
网　　址：http://www.hwcbs.cn
电　　话：总编室 010-58336210 编辑部 010-63421256
发行部 010-58336202
经　　销：新华书店
印　　刷：三河市人民印务有限公司
开　　本：710mm × 1000mm　1/16
印　　张：17.25
字　　数：205 千字
版　　次：2025 年 3 月第 1 版
印　　次：2025 年 3 月第 1 次印刷
标准书号：978-7-5075-6107-4
定　　价：88.00 元

《诗意人生美育系列丛书》序言

“兴于诗，立于礼，成于乐”，中华民族自古以来重视美育对人和社会发展的重要意义。进入新时代，习近平总书记多次强调：坚持党对教育事业的全面领导，坚持把立德树人作为根本任务；要坚持把立德树人融入教育教学各环节；要努力构建德智体美劳全面培养的教育体系，形成更高水平的人才培养体系；要全面加强和改进学校美育，坚持以美育人、以文化人，提高学生审美和人文素养。

德智体美劳全面培养，对于立德树人具有不可替代的作用，既是对人的素质定位的基本准则，也是中国特色社会主义教育的趋向目标。《国务院办公厅关于全面加强和改进学校美育工作的意见》（以下简称《意见》）指出，美育是审美教育，也是情操教育和心灵教育，不仅能提升人的审美素养，还能潜移默化地影响人的情感、趣味、气质、胸襟，激励人的精神，温润人的心灵；美育与德育、智育、体育相辅相成、相互促进。《意见》总体目标为，到 2020 年，初步形成大中小幼美育相互衔接、课堂教学和课外活动相互结合、普及教育与专业教育相互促进、学校美育和社会家庭美育相互联系的具有中国特色的现代化美育体系。

美是纯洁道德、丰富精神的重要源泉，对塑造美好心灵、培养时代新人具有重要意义。这要求新时代的美育工作者，一方面要呼唤美育回归本质，培养青少年发现美、欣赏美、创造美的能力，更要通过这一历程引导青少年寻找人生意义，塑造美好心灵；另一方面，也要呼唤美育与时俱进，创新美育工作方式方法，开拓实践美育新天地。

为充分发挥美育在人才培养中的积极作用，把美育作为人才培养的重要途径，特别是满足“新工科”背景下，社会发展和产业升级对具备科学素质与人文素养有机结合、具有可持续发展能力的卓越的应用型本科人才的培养需要，上海电机学院自2015年起开展了美育教育教学系列改革，立足“价值塑造、能力培养、实践创造”的三位一体的美育改革模式，在大学生美育体系的研究与实践方面作出了积极探索。其中，经典文学与诗意人生课程获批上海市教委重点课程（2019），入选上海高校优质混合式在线课程示范案例（2019）；华夏美谈课程获批上海市教委重点课程（2017），验收优秀；中国爱情文学赏读课程获批上海市教委重点课程（2020）；校企区协同构建“三圈四共”大学生美育体系的研究与探索项目获批上海高校本科重点教改项目（2019）；校企区协同构建“书苑+”美育模式的探索与研究项目获批上海市学校艺术项目（2019）；严雪怡项目获批上海市教委校园大师剧创编与巡演计划项目（2019）；基于产教城融合发展的高校美育创新与探索项目获批上海市教育科学研究项目（2021）；“基于产教融合发展的应用型高校‘三圈四共’大学生美育体系的构建”获得全国第六届大学生艺术展演活动高校美育改革创新优秀案例二等奖、上海市高校美育改革创新优秀案例一等奖（2021）；上海电机学院“明德书苑”文化育人平台建设获上海市教委校园文化与师德建设专项资助（2019）。另外，学校还建设了中国气质、大学美育、大学语文等若干校级重点通识课程，以及春雪剧社、月河诗社、国风社、翼云文学社、《生机》杂志社等一批学生美育实践社团。

《诗意人生美育系列丛书》是依托大学生美育改革，对美育理念与实践探索的研究成果，也是进一步提高美育工作站位，落实以美育人、以文化人的学科普及读物。本丛书以“发现人生的诗意之美”为核心理念，以学术研究为指导、以课程建设为核心，以课外轻阅读为补充，以案例选编为展示，包括《诗意的凝视：“厚”范畴的审美空间》（学术著作）、《诗意的信仰：经典文学与诗意人生》（在线课程配套著作）、《诗意的探寻：经典文学一百篇读解》（在线课程配套读本）、《诗意的邂逅：中国经典爱情文学》（在线课程配套读本）、《诗意的陶养：美育与生活》（在线课程配套读本）、《诗意的聆听：一路有诗，山水有意》（广播电台专栏读本）等。

我们希望这套丛书的出版能够在弘扬中华美育精神、传播传承中国文学经典、树立正确的审美观念、培养高雅的审美品位、提高学生人文素养等方面发挥积极作用。本丛书可以作为高校推进美育教育教学改革的教材和课外读物，同时也为社会上不同年龄、层次、需求的文学爱好者提供阅读的选择，能够满足各类读者获取知识和享受诗意的需求。

由于学养和能力有限，加之成书时间仓促，难免有不妥之处，衷心希望专家、同行和读者批评指正。

董雪静　吉文斌

2019 年 8 月序

2023 年 6 月补序

目　录

CONTENTS

引　言　/1

第一编

溯源篇

审美范畴『厚』的文化阐释

第一章　农耕文化与“厚”观念的产生　/2
第二章　传统美学与“厚”范畴的发展　/16
　第一节　阴阳美学的积淀　/17
　第二节　儒家美学的沾溉　/23
　第三节　老庄美学的丰富　/33
　第四节　禅宗美学的浸润　/42
　第五节　刚柔相谐的美学品格　/47

第二编 历史篇

审美范畴『厚』的发展演变

第一章　观念的萌起　/56

第二章　诗歌美学“厚”范畴　/70

第一节　温柔敦厚　/71

第二节　气象浑厚　/89

第三节　厚出于灵　/97

第四节　无厚之厚　/103

第五节　厚必由于性情　/112

第三章　词话美学“厚”范畴　/117

第一节　浑厚和雅　/119

第二节　寄厚于轻　/123

第三节　折衷柔厚　/130

第四节　温厚以为体　/136

第五节　以厚为要旨　/146

第四章　书画美学“厚”范畴　/154

第一节　书论“厚”范畴之审美风格　/155

第二节　画论“厚”范畴之笔墨技法　/169

第三编

理论篇

审美范畴“厚”的结构解析

第一章　“厚”对创作主体的人格规范　/177

第一节　积养致厚与人格提升　/178

第二节　温柔敦厚与人格陶范　/186

第二章　“厚”在创作中的实现方法　/195

第一节　思沉力厚　/197

第二节　以无厚入有间　/202

第三章　“厚”在作品中的形态表现　/209

第一节　意之厚　/210

第二节　气之厚　/217

第四章　“厚”在鉴赏中的审美升华　/225

第一节　从厚味到味厚　/226

第二节　味厚之美学表征　/231

结　语　/239

参考书目　/243

后　记　/255

引　言

“范畴”一词，本为哲学名词，原为英文category的汉译，它源于希腊文kategoria，意思是种类、部属，汉译者从《尚书·洪范》中引出箕子回答武王治国安民之道时所言的“洪范九畴”[①]一语,并取出“范畴”二字，来对译category。“洪范”指大法，“九畴”意为九类，故“范畴”一词原有种类之义，的确接近希腊文的kategoria。在哲学史上，亚里士多德第一个对范畴作了系统的研究，他将范畴看作从不同方面对宏观事物进行分类归属所得出的基本概念。后来康德又将范畴理解为知性先天原则或概念。在马克思主义哲学看来，范畴是反映客观事物本质联系的思维形式，是各个知识领域中的基本概念，我们今天所说的范畴，主要是在这个意义上来使用的。

列宁说 :“范畴是区分过程中的一些小阶段，即认识世界过程中的一些小阶段,是帮助我们认识和掌握自然现象之网的网上纽结。”[②]范畴是理论思维的一种普遍的逻辑形式，人类的理论思维，如果不凭借概念、范畴，

① 王世舜. 尚书译注［M］. 成都：四川人民出版社，1982：181.

② 〔苏〕列宁. 哲学笔记［M］. 北京：中共中央马克思恩格斯列宁斯大林著作编译局，1957：68.

无法展开也无从表达。任何具体的科学，都要有理论思维，都无法离开对范畴的研究。范畴是一门学科中意义较广泛、具有普遍性的概念，相对于微观来说，它是宏观；范畴又是构成一门学科体系的基本元件，相对于宏观来说，它又是微观，因此范畴研究具有特别的理论价值和意义。

所谓美学范畴是指审美主体在揭示美的本质、特性及与各方面内在关系的概括和反映，是美的本质规律的具体展开和表现形态。由于美学范畴是美学整体网络上的纽结，它的萌生、确立、发展反映了人们对美的本质的认识的深化，所以美学范畴发展的历史从某种意义上说就是整个美学发展史的缩影，要了解美学思想的全部历史，就有必要对之作更深入的探讨。

西方美学对范畴的研究较为发达，西方文论中几乎每一种范畴，都有一部乃至数部研究专著。中国传统美学范畴内容异常丰富，是一宗宝贵的理论资源。由于文化背景和思维方式的特殊性，中国美学范畴显现出与西方美学范畴迥然不同的面貌，所以在世界美学史上具有独特的价值。然而相形之下，中国传统美学提出的范畴虽极为丰富，但对每一具体范畴的研究却往往较为零散，像王国维《人间词话》这样的“意境”范畴专著，可以说是绝无仅有。这在一定程度上阻碍了对中国传统美学的宏观研究进程以及美学理论体系的建构。由范畴研究入手，对具体的美学概念、术语或美学问题进行研究，分析其所蕴含的文化意义，相对而言是非常繁琐而充满困难的，但是，作为一种基础研究，这种研究在美学史研究中又是必不可少的。范畴研究之对于中国古典美学的意义已经得到了越来越多学者的肯定和重视，尤其自 20 世纪 80 年代后期以来，中国古典美学和古代文论的研究重心，在“史”的研究的基础上，逐渐向“范畴”研究和“体系”研究转移，进入 21 世纪后这种趋势更得到了进一步加强，并取得了令人瞩目的研究成果。

范畴自身也有主次和大小之别，如有些研究者将之区分为元范畴、核心范畴（或主干范畴）、衍生范畴（或从属范畴）等三个或更多的层次。中国古代较重要的美学范畴多以百十计，它们之间并不是平行或对等的关系。前代学者对传统美学范畴的研究，主要集中在那些能够充分体现中国古典美学特色，并在其理论体系中起着重要构架作用的主要范畴，它们执一统众，以少总多，成为中国古典美学理论大厦的基石和梁柱。随着研究的不断推进，人们也逐渐意识到对美学范畴资源的挖掘，仅仅瞩目于部分主要范畴显然是不够的，基石和梁柱固然重要，石子和泥沙同样不可或缺，于是美学范畴研究又呈现出一种细致化、边缘化、深入化的发展动向。

中国古典美学中的“厚”范畴，在整个古典美学范畴的网络层次中，并不占据主要位置，目前鲜见专门性的研究著作出版，人们对其的关注程度还不是很高。将“厚”作为相对独立的范畴进行观照，在以往研究中多是就文学领域中某家或某派的创作风格或理论观点进行阐发，其研究成果也多是以论文形式出现，主要集中在诗歌美学“温柔敦厚”、严羽“气象浑厚”以及明清之际钟惺和谭元春“灵”与“厚”、贺贻孙“厚”与“化境”、潘德舆“厚”与“质实”等观点；词话美学研究视野则重点关注南宋张炎“浑厚和雅”，及清代刘熙载“寄厚于轻”、谭献“折衷柔厚”、陈廷焯“温厚以为体”、况周颐“厚”与“重、大、拙”等词学名家的主要观点。

在中国古代书画美学中，“厚”亦是重要的美学标准之一。书法理论中的“厚”是在纤秾、方圆、圆润、轻重、肥瘦、骨肉、筋骨等相关概念的基础上提出的。“厚”由秦汉时期简单拙朴、雄强泼辣的书法形体特征，到清代碑学复兴时发展成为一种笔力遒重、骨健肉膏、圆润端正的书法品格。目前古代书论中以美学“厚”范畴为研究对象的著作和论文尚为数不多，主要阐述多集中在对书家人品及作品的评论中，对“厚”范畴尽管有所涉及，对书法美学中“厚”范畴历史演变的描述和审美涵旨的揭示还都是比较有限的。

由于中国古典诗、书、画的交融贯通性，绘画理论中对“厚”的审美品质亦有所追求。随着绘画创作的日益成熟，到明清之际出现了大批画学理论著作。他们对美学“厚”范畴的研究比较突出地表现在对其“形而下”层面的开掘，出现了具有鲜明中国画民族特点的关于“厚”之技法的探讨。“厚”成为画论中一个别具意义的范畴，并零星散见于诸多画论之中，但专门性的研究尚不多见。

与美学史上其他一些次要范畴相比，美学“厚”范畴表现出了与中国文化异常深固的根性色彩，因此它的发展、演变不仅形象地反映出中国古代审美意识和审美观念的发展、演变，而且更真实地折射出中国古代自然环境、哲学观念、社会文化、政治制度等对文学艺术发生作用的生动映像。在每一个特定的历史阶段，审美“厚”范畴都集中地记录了一个时期的审美意识和观念，而其范畴本身内涵的变化，也相应地显示出人们的审美意识和观念发展的内在轨迹，为我们进一步观照和发掘与人们的审美活动相联系的审美理想，以及由此决定的人们的审美活动方式，提供了崭新的视角和有力的明证。同时，对“厚”范畴这样一个凝结着中国古代哲学、美学精神的具有典型民族特色和审美准则的美学范畴形态的研究，对于进一步开掘民族文化传统，保持和弘扬优秀民族文化精神，无疑也是十分有现实意义的。

马克思说：“适应自己的物质生产水平而产生出社会关系的人，也生产出各种观念、范畴。范畴和它们所表现的关系一样，不是永恒的。”[①]范

① 〔德〕马克思，恩格斯．马克思恩格斯选集：第4卷［M］．北京：人民出版社，1972：327.

畴的发展受制于人们的认识水平，它既是一定历史的产物，又是美学思想逻辑链条中的环节，因此遵循历史方法与逻辑方法的统一，是我们在美学范畴研究中最重要、最根本的方法，运用这一方法可以帮助我们清晰地把握研究对象的动态的、纵向的发展过程。由于范畴自身有很强的衍生力和能产性，在“厚”范畴的发展进程中，在不同的历史阶段出现了许多以“厚”为核心元素的重要观念，历史与逻辑的方法在对这些观念做具体含义的解读与分析时，则显得不是那么得心应手。这就需要我们用另一种方法来弥补其不足，我们称之为个别的要素性分析与整体的系统性把握相统一的方法，也就是个别分析与整体综合、要素考辨与系统把握相统一的方法。运用这一方法有助于我们对美学“厚”范畴纵横动静的网状结构中偏重于横向的、静态的规律性进行揭示。语言是范畴的物质外壳，但汉语言本身的多义性、暗示性，造成了中国古典美学范畴的模糊性和浑朴性的特点。为了真正弄清美学“厚”范畴的历史真面目，势必要对其作文字和语义上的清理和考证，因此我们在具体论证的过程中，也运用了文字学及语义学的相关方法。当然，这样做的理由并不仅仅是应对美学“厚”范畴漫漶难识的复杂局面，更重要的是以语言文字为突破口，试图找到其所构筑的文化精神和审美理想的思维起点，我觉得我们找到了。此外，本书对文艺心理学、文化学、比较研究等研究方法亦有所学习借鉴。

本书在研究大量原始文献材料的基础上，对美学“厚”范畴的文字渊源、演变进程、美学内涵作了较为全面的爬梳董理，全书分为上、中、下三部分。“溯源篇”主要是对美学“厚”范畴赖以产生的文化环境及美学渊源作背景式的描述和阐释。一方面放眼“厚”范畴产生的外部大环境，从自然地理环境、农业生产方式、民族社会心理、血缘宗法制度等方面探寻中国古代农耕文化与“厚”观念萌生的血肉联系；另一方面，从美学内部空间生发，寻绎阴阳美学、儒家美学、道家美学和禅宗美学为“厚”范畴提供的不同营养及产生的各种影响。“历史篇”在探究“厚”范畴观念萌起的基础上，分别回顾了诗歌美学、词话美学、书画美学等领域“厚”范畴的主要发展历程，以及在这些历程中所衍生的各种重要美学观点，在论述中既对不同艺术形式中的相关理论作了较为系统的整理，同时也注意到了同一艺术形式中各种不同观点之间的内在有机联系，希望在纵横交织的网络图谱中，大致勾画出美学“厚”范畴演变的历史面貌。“理论篇”侧重于对“厚”范畴本质性、规律性特征的探寻和理论体系的摸索。我们对“厚”范畴发展过程中所涉及的文艺活动的种种方面作了横向的剖析，发现其理论内涵贯穿了从作家，到创作，到作品，再到接受的全程，因此我们在充分尊重这一理论事实的基础上，分别深入讨论了它对创作主体的人格规范、创作中的实现方法、作品中的表现形态和鉴赏中的审美特征，初步为美学“厚”范畴搭起了一个相对完整的独立框架和自融自洽的理论体系。

第一编 溯源篇 审美范畴『厚』的文化阐释

【诗意导读】

中国古典美学『厚』范畴深植于中国古代文化丰富而独特的土壤之中，是最具民族艺术精神的审美意识之一。要探讨这一美学问题，不从根本上着手是很难剖析清楚的。因此，考察古典美学『厚』范畴的文化渊源及其形成的因素，是我们研究其话语个性与理论涵旨的必由之路。

每个古老民族在长期的生存和发展过程中，都会形成自己特有的、原生性的文化根系，这种文化根性决定于一个民族生存的本能和其生存环境。正如牟宗三《道德理想主义的重建》所言，中国传统文化，『从其发展的表现上说，它是一个独特的文化系统，它有它的独特性与根源。』古代中华民族『厚』的审美观念，也是在特定的民族文化背景、生存方式、哲学观念、思维模式以及感知方式等多方面因子的交互影响下产生和发展起来的。宗白华在《美学散步》里说：『「光景常新」，是一切伟大作品的烙印。「温故而知新」，却是艺术创造与艺术批评应有的态度。历史上向前一步的进展，往往是伴着向后一步的探本穷源。』

第一章　农耕文化与“厚”观念的产生

自然是孕育与养育各个民族的母亲,中国古典美学“厚”范畴的萌生、形成和基本品格的逐步确立，同中华文明赖以生存、发展的地域环境有着密不可分的联系。根植于半封闭的自然地理环境的中国文化与西方文化的外射性相反，它的根本特征之一就是其内倾性或内敛性，集中表现为对人的自身意义和人内在道德品性的高度重视。同时，中华民族情感的内倾性也在很大程度上影响了文学艺术含蓄蕴藉的审美倾向。

农业文明为主导的内陆型文化成为中国传统文化思想赖以产生的主要土壤，农业文明和土地根性是解读中国文化的关键因子之一。勤劳质朴的先民在广袤丰饶的土地上精耕细作，不仅获得了生活的物质依托，并由此对土地也产生了深厚的欣赏、依赖、赞美和崇拜心理。“厚”范畴由礼赞大地之德进而进入审美领域，映射出中国古人对土地相依相偎的亲密关系和对土地品格的审美化认识。

以农耕为基础、以农业家庭生产为主要方式，决定了古代氏族社会以血缘宗法为纽带的组织结构，凝结成中国古代一种极为强固的文化特征和心理力量，亦成为中国文化和美学思想体系的决定性因素之一，对中国古典美学“厚”范畴基本精神的萌生、形成构成基础条件与深层影响。

一、半封闭自然环境的塑造

地域环境对人们精神面貌以及精神活动的影响，早已引起了中外学者的注意。梁启超于1902年发表了《地理与文明之关系》一文，他说：“英儒洛克曰，地理与历史之关系，一如肉体之与精神。有健全之肉体，然后活泼之精神生焉。有适宜之地理，然后文明之历史出焉。”[①]黑格尔在其《历史哲学》中把世界上显然不同的地理环境分为三种。第一种是高原地区，那里居民的财产不在于土地，而在于牛羊。人们过着游动的放牧生活，没有法律关系的存在，有时会大群地集合起来去袭击平原地区的居民，借以掠夺财富。第二种为大江大河所灌溉的平原流域，包括中国在内，农业生产四季有序的规律性容易造成墨守传统的习惯，伟大的帝国便建立在这一惰性基础之上。第三种为与海相连的海岸区域，例如地中海地区，由于便于与外部世界接触，商业、航海业和手工业发达，居民富有创造力和冒险精神，追求自由，文化素质较高，为世界历史前进的推动力量。[②]三种不同的地理环境造就了三种不同的生存形态和精神面貌，这是就世界范围而言的。丹纳则以自然界橘树的生长为例说明了环境的重要作用，他在列举了橘树成长的例子后说：“严格说来，环境与气候并未产生橘树。我们先有种子，全部的生命力都在种子里头，也只有在种子里头。但以上描写的客观形势对橘树的生长与繁殖是必要的；没有那客观形势，就没有那植物。”[③]20世纪法国著名史学家布罗代尔也十分重视对物质环境的研究，认为地理环境、日常生活等构成了思想产生的土壤和背景。他说：

① 梁启超．饮冰室文集：第11册［M］．北京：中华书局，1989：106.
② 〔德〕黑格尔．历史哲学［M］．北京：商务印书馆，1963.
③ 〔法〕丹纳．艺术哲学［M］．北京：人民文学出版社，1963：33.

“一种文明最根本的实在性，就是强使这种文明像植物那样生长，强加给它限制的地理空间。”“各种文明就是一些地理空间、一些地带”，而且“这是一种迫使人并且无止境的受人影响的地理空间”。[①]

从自然地理环境而言，中华民族生息繁衍的文化发源地地处欧亚大陆架东部，其东面、南面濒临太平洋，西南面紧挨唐古拉和喜马拉雅的崇山峻岭，西北面是严寒和荒漠地带。中国虽然有辽阔的海域，但太平洋在航海不发达的古代是一个巨大的阻隔，所以传统上中国是个内陆型国家。这种天然屏障导致缺乏外来文化的冲击，更加重了自我守成的文化根性，即使有同样条件非常良好的海域，古人也一直未充分开发甚至曾一度采取封海政策。由于四周有无法逾越的高山和海洋，古代中国成为一个相对比较封闭的地区，从而使中国古代文化系统从半封闭的大陆性地理环境中形成一定程度的“文化隔绝机制”。可以说，华夏文明所特有的封闭性和内倾性确实与其成长的地域环境有着密切的关系。当然，这也是构成中华文明几千年连续性的一个重要原因。

随着近年来的考古发现，中华文化多源的观点业已得到学术界广泛的认可，钱穆先生在《中国文化史导论》中认为，唐、虞、周三系文化逐渐融合成为中国古代较靠西部的一个文化系统，殷商文化则发祥于黄河流域东部的河南到山东西部，这是较靠东部的一个文化系统，这两大文化系统,也代表了内陆型和海洋型文化两大系统。随着发祥于西部内陆、文化相对落后的周取代了拥有较先进的海洋文化的商，以及同样崛起于西部内陆、文化相对落后的秦，取代了具有海洋文化特色、文化较为先进的楚，海洋文化日益受到挤压和抑制，成为一种边缘文化、亚文化或地域文化，具有内倾特点的西部内陆文化逐渐成为整个中华文化的主导。

---

① 〔法〕布罗代尔．菲利普二世时代的地中海和地中海世界：第2卷［M］．北京：商务印书馆，1996：189.

中国文化以人本为主体，以人文为中心，最富人文意识，最重人文精神，它本质上是一种人本文化，这样的观念反映到审美领域，便是对审美“主体性”的突出强调。中国文化“在人的具体生命的心、性中，发掘出艺术的根源，把握到精神自由解放的关键”。[①]中国古典美学“厚”范畴特别注重审美主体在实践中的意义，侧重从审美主体出发认识、接受文艺现象，侧重对文艺的本质和规律作出偏于主体性的规定。它紧紧环绕审美主体并以审美主体为轴心进行理性思考，是一个具有鲜明人本色彩的美学范畴，与西方美学范畴侧重从审美客体出发，注重研究审美客体——作品、生活——的内在规律及其相互关系有着明显的不同。中国文化内倾性的特点也导致了中国传统文化强调内在的超越，把对外在的考察，援引进入自身，通过向生命处用心和内在超越来达到自我的永恒，其具体表现为对道德精神的追求。中国文化十分注重人的德行修养，并旨在通过积极争取而蕲向一种完美的理想人格。“厚”是古代中国人对人德进行评价的首要准则，这样的观念进入审美领域，极大地满足了中国文化对艺术家主体道德的要求，这也是美学“厚”范畴对创作主体人品之所以高度重视的内在依据。

西方文化是扩张的、外化的，是外倾性的文化，个人高于一切，以自我为中心；而中国文化是内敛的、内化的，是内倾性的文化，强调集体主义、社会取向。中国文化个体要经常考虑他人与自己的关系，他人会怎么想，在不同环境中选择不同的行为以适应别人，需要把社会的要求、他人的要求内化为对自己个人的要求，这样便形成了中国人谦和内省、敦厚儒雅的性格特点，言语、行为都不是那么激烈，那么赤裸裸，而是点到为止，让人于言外领悟。这样的性格特征投射到文艺审美倾向中，自然不会欣赏那些一眼看穿的直白露骨之作，而是要求作品的艺术形式

① 徐复观. 中国艺术精神［M］. 沈阳：春风文艺出版社，1987.

和艺术手法尽量婉曲微远、含而不露，给人以无限遐想的空间。中华民族情感的内倾性决定了其对刚性美的追求不似西方那样强烈，从传统的各种文艺样式到民族的社会风尚，整个文化精神展露着静柔的个性，而这也恰恰是美学“厚”范畴形成含蓄蕴藉的审美特征以及偏重于柔美的审美品格的文化基因所在。

二、传统农耕文明的浸染

民以食为天，农业乃立国之本，是中国人自古以来普遍存在的认识。由于农耕生产的粮食要比单位面积上从事畜牧所得能养活更多的人口，种植业很早便成为传统农业的主要生产领域。农作物生长需要肥沃松软的土壤和必要的水分灌溉，因此，河流的分布对农业生产具有重要的影响。世界农业发达区，多分布在大河中下游的冲积平原或三角洲上。华夏民族的摇篮是亚洲大陆东南一隅的黄河和长江流域，尤其是黄河中下游由于气候温和，水文条件优越，土地广袤富饶，有利于农作物生长，具有适于人类生活和生产的优越地理环境，从远古时期先民就生活、生产和繁衍在这里，成为我国农业文明的发祥地。

根据著名气象学家竺可桢的研究，大约在公元前3000年至公元前1100年，中国的气候处在温暖时期，此后经过公元前1100年至公元前850年的西周前期的短暂寒冷期后，从公元前770年到公元初年的春秋、战国、秦、西汉时期又进入第二个温暖期。黄河流经的大部分地区处于暖温带，冬季不像北面的蒙古高原那么长，那么寒冷，夏季也不像南面的江南地区那么潮湿，那么炎热，既有利于人的生存，也适合于作物的生长。黄河流域的年降水量主要集中在夏秋两季，这两个季节正是全年当中气温最高、光照最强、作物生长最旺盛的时期，加上黄河上中游黄土高原的土壤是以黄土为母体发育而成，质地疏松，特别是古代植被未遭破坏，含有较多的腐殖质，肥沃膏腴。黄河下游冲积平原的土壤，基本上是由黄土高原被侵蚀冲刷下来的黄土沉积而成，既为作物的生长提供了丰富的营养，也便于使用简单的工具进行开垦。这些得天独厚的自然条件，使农业生产首先在黄河流域发展起来。而当时南方的长江流域气候过于湿热，可耕作土地面积相对不集中，土壤黏度较大，在铁制工具尚未普及之前也难以垦殖，因此，尽管长江流域也是中华文明的发源地之一，原始农业也出现得很早，但是发展却比较缓慢。从公元初年到东汉、三国、六朝时代，中国的气候转入第二个寒冷期，此时长江流域的气候条件变得适宜人类居住。加之北方战乱，人口南迁，铁制工具普遍使用，长江流域的经济才逐渐发展起来。

中国是一个古老的农业民族，据考古发掘，早在一万多年前的新石器时代初期便已开始了农业种植活动。在公元前 5000 年至公元前 3000 年左右存在的仰韶文化，就是一种较发达的定居农耕文化遗存，当时先民主要栽培粟、黍。虽然先秦时期商人和秦人是畜牧色彩浓厚的部落，但他们的经济生活中逐渐减弱了畜牧而增加农耕的趋势是非常明显的。从出土的甲骨卜辞记载中可知，农业已经是商代社会的主要生产方式，卜辞中多次出现黍、禾、麦、稻等农作物名称。奴隶社会时期，畜牧业的比重逐渐下降，自春秋战国之后，整个农业构成便转化为以种植业为主的类型。从土质肥厚的黄土高原之富饶的岐山、周原发祥的周部族，更是一个专事农业生产的民族，在全面记录周代社会生活画面的《诗经》中有十多篇专门描述农业生产的诗篇，充分反映了当时农业的状况。《豳风·七月》就是一首完整的农事诗，叙述了每月所从事的农务、女工及采集、狩猎等事项，其他诸如《周颂·臣工》《大雅·生民》《大雅·绵》《小雅·甫田》等也都反映了当时农业生产的情况。后来秦国在天下纷争之中，鼓励军功、奖励耕战、发展农业生产，国力大增，从而灭掉东方六国，完成了统一中国的大业。这一霸业的完成，其重要措施之一便是发展农业。由此，我们可以看到发展农业是当时历史条件下的必然趋势，也是中国早期文明发展的物质基础。后来的汉唐文明也是依托黄河流域的农业发展起来的，这里独特的自然环境和悠久的农业传统，对中国的社会历史发展具有重要影响。

中国自古以来就是以农业立国，上古时代刚从游猎跨入农业文明，所以农业生产是绝对的主导。《尚书》载“洪范”八政，其中“食”为政首。《管子校正·乘马第五》云：“地者，政之本也。”[①]《汤誓》中商汤讨伐夏桀的罪名就有“我后不恤我众，舍我穑事而割正夏”[②]，指斥夏桀不关心民众的死活，把人民赖以生存的农业生产都荒废了。盘庚在说服动员那些反对他迁殷的人时，也说：“若农服田力穑，乃亦有秋。”[②]强调了农业生产举足轻重的社会意义。对此，商鞅《农战篇》也曾论曰：“明君修政作壹，去无用，止浮学事淫之民，壹之农，然后国家可富，而民力可抟也。”[③]儒家思想的集大成者荀子，则提出“强本而节用，则天不能贫”[④]的命题。中国历朝历代无一例外地把“举本业而抑末利”作为理国之道。[⑤]此外，民间广泛流传的“有粮则稳，无粮则乱；五谷丰登，国泰民安”“谷乃国之宝，民以食为天”等俗语，体现的都是“重农”的思想。

中国自古以来就是一个农业社会，家的意识与农业人生实不可分，中国古代的艺术家，即便有高深的文化修养，亦不能不带有中国农民性格的烙印。因此，冯友兰指出，中国的“士”虽然并不用亲自参加耕种

---

① ［清］戴望. 管子校正［M］. 诸子集成本. 北京：中华书局，1996：13.
② 王世舜. 尚书译注［M］. 成都：四川人民出版社，1982：127，138.
③ ［战国］商鞅. 商君书［M］. 上海：上海人民出版社，1974：15.
④ ［清］王先谦. 荀子集解［M］. 诸子集成本. 北京：中华书局，1996：205.
⑤ ［南朝］范晔. 后汉书［M］. 北京：团结出版社，1996：264.

活动，但农业收成的好坏仍然决定着他们命运的好坏，所以他们对宇宙的反应、对生活的看法，无论采取哲学、文学还是艺术的形式，“在本质上就是‘农’的反应和看法”[①]。这在相当的程度上道出了历史的真相。

“任何一个民族的艺术都是由它的心理所决定的；它的心理是由它的境况所造成的，而它的境况归根到底是受它的生产力状况和它的生产关系制约的。”[②]种植性内陆型农业文明成为中国数千年文化的一个基础和主干，中国古代的社会制度、人伦关系、生活习俗等可以说都与农业文明密切关联，同时也必然使中国古代审美观念浸染上农业文化的印痕。在农业生产的实践中，先民获得了生活的物质依托，并由此对土地也产生了深厚的欣赏、依赖、赞美甚至崇拜，在“比德”观念的作用下，人们也很自然地用象征大地品德的“厚”来品评人物，出现了“宽厚”“笃厚”“纯厚”“谨厚”“慈厚”“和厚”“仁厚”“沉厚”“坦厚”“雅厚”“诚厚”“信厚”“长厚”“良厚”“贤厚”“慎厚”“端厚”“简厚”“懿厚”“朴厚”“闳厚”“勤厚”“质厚”“方厚”“蒙厚”“淳厚”“敦厚”“谦厚”“静厚”“弥厚”“平厚”“周厚”“渥厚”“重厚”等一系列以“厚”为核心元素品评人物的词汇。这些字眼一开始只能用于圣人、君子等地位较高的社会阶层，后来随着人物品藻风气的盛行，其使用范围逐渐也扩展到了普通人身上，并由品人而论艺，最终使“厚”进入审美评价领域，成为中国古典美学中最能体现民族艺术精神的审美范畴之一。

三、对土地的崇拜与亲和

农业发展，一方面使中国人很早就摆脱了依赖自然采集和渔猎的谋

① 冯友兰．中国哲学简史［M］．北京：北京大学出版社，1985：24.

② 曹葆华译．普列汉诺夫美学论文集［M］．北京：人民出版社，1983：350.

生方式，有了更为可靠的食物来源，奠定了生存的物质基础；另一方面也改变了因采集和渔猎不得不经常迁徙的生活方式，形成了高于周边民族的定居农耕文化。虽然中国文化包含了多种文化因素，但由于前述诸因,农耕文化一直是几千年来中国社会的文化基础与主干。在农业文明中，土地和农业是中华民族生存的命脉所寄，农业生产的成效在相当程度上依赖于土地，这很自然地使人对土地产生出一种休戚相关的亲密情感。卡纳曾指出：“对于那些开始以农业生产为主要生活来源的原始部落来说，除了天上的神灵之外，土地就成为最重要的崇拜对象。”①从世界各地的神话学研究看,视土地为母体、认为“她”可以生育万物也是一种普遍的观念。《说文》:“土,地之吐生万物者也。”②《后汉书·隗嚣传》中直接称“天为父，地为母”③,《淮南子·说山训》高诱注云:“江淮谓母为社。”④《说文》:“社，地主也。”⑤《礼记·郊特牲》云：“社，所以神地之道也。地载万物，天垂象。取财于地，取法于天，是以尊天而亲地也。”⑥社祭之产生，是由于土神作为培植五谷、养育人民的衣食之本而受到崇拜的。社祭是我国上古时期社会崇拜与宗教信仰的重要内容，它肇端于原始时代的土地崇拜，发展于商和西周，至春秋时期则盛行于世。

我们的先民世代生活在天幕之下，过着“日出而作，日入而息，凿井而饮，耕田而食”(《击壤歌》)的生活，面朝黄土背朝天，在自己的一方土地上经营一生、厮守终生。“农民所要对付的，例如田地和庄稼，一切都是他们直接领悟的。他们纯朴而天真，珍贵他们如此直接领悟的东

---

① ［英］卡纳．性崇拜［M］．长沙：湖南文艺出版社，1988：30.
② ［清］段玉裁．说文解字注［M］．上海：上海古籍出版，1981：682.
③ ［南朝］范晔．后汉书［M］．北京：团结出版社，1996：126.
④ ［汉］高诱．淮南子［M］．诸子集成本．北京：中华书局，1996：279.
⑤ ［清］段玉裁．说文解字注［M］．上海：上海古籍出版，1981：8.
⑥ ［汉］郑玄笺，［唐］孔颖达疏．礼记正义［M］．十三经注疏本．北京：中华书局，1980：1449.

西。”[①] 这样的生存方式带来了中国文化的下述特点：其一是宇宙观念。诚如宗白华所说：“中国人的宇宙概念本与庐舍有关。‘宇’是屋宇，‘宙’是由‘宇’中出入往来。中国古代农人的农舍就是他的世界。”[②] 其二，文化心理上的安土重迁。农业民族对土地的依赖远胜于游牧民族，上古时代黄河流域肥沃的土壤孕育了中华民族，也使中国人习惯于在故土从事周而复始、自给自足的农业经济，习惯于这种自然经济所带来的安宁与平静。《汉书·元帝纪》中以“骨肉”为喻，形象地说明了先民与土地之密切关系，所谓“安土重迁，黎民之性；骨肉相附，人情所愿也”。[③] 其三，对土地的强烈归属感。女娲造人、精卫填海、神奇的“息壤”、黄帝的称号、大禹治水……中国神话传说中的创世故事无不源于土地，源于黄土。植根于故土的“桑梓之情”深入人心，富贵不还乡被喻作“锦衣夜行”，“去国怀乡”的人会带上家乡的泥土，流落他乡的人也要“魂归故里”，人最后的归宿是“入土为安”……凡此种种均表现出中国古人对土地强烈的归属意识。汉族人的土葬可以借此从土地根性上去分析其形成原因，在审美上思乡诗的成批量涌现和代代不绝，也可视为这种归属感的体现。其四，对民族性格的影响。土地既是我们的立身之基、发展之源，更是我们凝聚民族精神的载体。作为古老的农耕民族，由于与耕地相连，胶着而不动，其生活方式是安守田土，依时而行，逐渐形成了中华民族传统的安定守成、注重现实、质朴厚重、沉着稳健、崇尚和平的民族性格，而这一性格特征也对审美艺术领域产生了、产生着深远而重要的影响。

中国古人以土地为劳动对象，与土地相亲相授，基于基本的生存条件与生存需要，基于长期的农业劳动的熏陶，古代中国人很自然地与土地产生了相感相应的亲和关系。也正是基于这样的观念，中国人发展出

① 冯友兰. 中国哲学简史［M］. 北京：北京大学出版社，1985：32.
② 宗白华. 艺境［M］. 北京：北京大学出版社，1989：209.
③ ［汉］班固. 汉书［M］. 排印本. 北京：中华书局，1962.

了对土地热爱而非征服、平等而非奴役的关系，这种对土地的关注与依赖，对土地的亲密感、认同感，使中国人在很早的时候就发现了土地的美德。《周易·坤卦》:“地势坤，君子以厚德载物。”《礼记·中庸》:“薄厚配地。”《白虎通·封禅》:“地以厚为德。”宋代胡瑗《周易口义·卷一》:“天高而厚，地厚而载，故其德曰生。”[①] 这些都是古人对土地品格的认识和礼赞。这种对土地的亲和与比附，也充分体现在根植于这一农业文明之中的美学思想及其物化表现——文学艺术之中。正如英国学者比尼恩在《亚洲艺术中人的精神》一书中所指出的，在中国的艺术中“思想的交流并不是通过抽象思考的方式，也不是瞧不起大地，而是采取宁静的接受态度，它不需要越过什么栅栏。它已经找到自己生命与大自然的生命之间的一种和谐。它们之间自由自在地来往。”[②] 因此，他谈道：“这是我对中国艺术所要强调指出的一点：它与原始人的联系，以及对于有生命之物的那种慢慢扩大的，无所不包的同情。这种艺术把自己的根深深植于大地上。”[②]

中国古典美学中的“厚”是与中国古代传统农业生产、土地文明有着密切关系的一个范畴，其美学精神特质和艺术特征正是孕育、形成于农耕文化的思想土壤与知识背景中，同时，也只有在这一深层的知识背景和文化土壤中，古典美学“厚”范畴的精神特质和艺术特征才能得到真正完整、全面而深刻的理解。敦朴自然、浑整深沉、宽博宏大、质实真淳、平和稳重、蕴藉幽远，在不同的历史阶段和艺术领域中，“厚”范畴所呈现的审美特征是丰富多样、不断变化的，而无论哪种具体的表现形态，都有意或无意地折射出中国古人对土地的深厚感情和对土地品格化的审美认识，而这一点也正是我们科学解读中国古典美学“厚”范畴的基点所在。

① （文渊阁）四库全书［M/CD］. 上海：上海人民出版社，1999.

② ［英］劳伦斯·比尼恩. 亚洲艺术中人的精神［M］. 孙乃修，译. 沈阳：辽宁人民出版社. 1988：9，13.

四、血缘宗法制度的约束

马克思在论述中华文明和西方早期的希腊文明时称：中国文明是一个早熟的婴儿；而希腊文明则是发育正常的婴儿。这一譬喻十分中肯。希腊民族的童年是天真无邪、无拘束、浪漫的，中华文明的童年则是有着深深的重负、拘束而早熟的。中华文明童年之“早熟”，究其原因，与早期文明的物质基础，即与农业的发展环境有着很大的关系。虽然黄河流域堆积的黄土适合于工具较原始的农业，但是由于黄河流域多风少雨，在这片土地上长期耕作，土壤质地只会下降而不可能自我修复，尤其是在黄河流域抗旱保墒配套技术没有发明以前，其生存环境显得十分严峻。英国历史学家汤因比曾这样描述黄河流域人们的艰苦生活情景：“我们发现人类在这里所要应付的自然环境的挑战要比两河流域和尼罗河流域严重得多。人们把它变成古代中国文明摇篮地方的这一片原野,除了有沼泽、丛林和洪水的灾难之外，还有更大得多的气候上的灾难，它不断地在夏季的酷热和冬季的严寒之间变换。”[①] 现实的苦难产生不了文明的浪漫，由于黄河流域的先民面临的生存挑战太严峻了，他们不得不“筚路蓝缕，以启山林”，他们的文明体现之一——神话的内容也是深沉和压抑的，充满了抗争精神。

单一的种植业结构，使得中国历史上人口活动和土地牢固地结合了起来，人口不能轻易从土地上游离出去。由于几乎完全是土地、农业文化的文明，也由于在这样的生存环境中治水治旱的需要，中华民族的先民只有依靠和谐一致的集体力量，才能对付恶劣的自然环境，从事原始农业，维持自身生存。于是他们依托黄河、长江各支流的农业生态区域，

① 〔英〕汤因比．历史研究：上册［M］．上海：上海人民出版社，1966：66.

以血缘为纽带组成了原始的氏族部落，聚族而居。恩格斯在《家庭、私有制和国家的起源》中指出：“一定历史时代和一定地区内的人们生活于其下的社会制度，受着两种生产的制约：一方面受劳动的发展阶段的制约，另一方面受家庭的发展阶段的制约。劳动越不发展，劳动产品的数量、从而社会的财富越受限制，社会制度就越在较大程度上受血族关系的支配。”[①]进入夏、商、周奴隶制社会后，原始氏族社会的血缘关系被家长制的世袭制所取代，奴隶社会根据血缘关系的亲疏来划分贵贱等级，设爵封位，进而形成了血缘宗法的社会制度。诚如李泽厚在《中国古代思想史论》中所言：“任何民族性、国民性或文化心理结构的产生和发展，任何思想传统的形成和延续，都有其现实的物质生活的根源。中国古代思想传统最值得注意的重要社会根基，我以为，是氏族宗法血亲传统的强固力量和长期延续。它在很大程度上影响和决定了中国社会及其意识形态所具有的特征。以农业为基础的中国新石器时代大概延续极长，氏族社会的组织结构发展得十分充分和牢固，产生在这基础上的文明发达得很早，血缘亲属纽带极为稳定和强大，没有为如航海（希腊）、游牧或其他因素所削弱或冲击。虽然进入阶级社会，经历了各种经济政治制度的变迁，但以血缘宗法为纽带为特色、农业家庭小生产为基础的社会生活和社会结构，却很少变动。古老的氏族传统的遗风余俗、观念习惯长期地保存、积累下来，成为一种极为强固的文化结构和心理力量。”[②]

血缘关系构成了中国社会组织制度以及社会结构、宗法国家的基础，也构成了人际关系、道德伦理、宗教信仰等社会、文化、制度、思想的基础，当然也自然地成为我国文化和美学思想体系的决定性因素之一，因而血缘宗法制的文化特征也必然对中国古典美学“厚”范畴基本精神的产生、

① 〔德〕马克思，恩格斯．马克思恩格斯选集：第4卷［M］．北京：人民出版社，1999：2.

② 李泽厚．中国古代思想史论［M］．天津：社会科学院出版社，2003：284.

形成构成基础性条件与深层影响。氏族血缘集团内部要求人们以自我克制来实现和谐，古人所重视的道德情操的自我陶冶、精神的自我超越等都有以节制个人欲求来适应社会群体的内涵，因此“温和敦厚”成为中国古代以血缘关系维系的社会结构自然发育而成的民族性格。而这一切，也像血液一样深深地流动在美学“厚”范畴的每一根血管之中，成为其与生俱来的民族烙印。在深厚强烈的血缘宗法传统之社会历史语境下，美学“厚”范畴与强调社会群体利益的儒家文化形成了千丝万缕的密切联系，其理论内涵往往与伦理纲常、道德思想、人文精神、社会功用等方面相连接的原因即在于此。然而，由于儒家文化过多地从血缘整体利益出发，强调温厚精神对人的规范，势必在一定程度上造成对生命个体的忽视，甚至是扼杀。而道家在提倡“厚”时，则要求摆脱各种人为的、社会伦理道德的束缚，回归人的本真状态，强调了“厚”在自然、质朴方面的涵旨。儒、道两家虽是彼此不同的两极，但又是同一轴杆的两极，它们的产生和托身具有相同的社会肌体，它们都自然而然地、不约而同地打上同一社会文明的印记，尽管两家在许多时候途径有异、答案相反，目的却往往是相同的，并在几千年历史进程中不断调和互补、缠绕融会，共同构筑、丰富、发展了中国古典美学“厚”范畴的伦理原则和艺术原则。

第二章 传统美学与“厚”范畴的发展

文化既是一个民族得以凝聚、延续和发展的根本，也是一个民族得以显示其特色的根本缘由，它以一种无意识状态积淀于民族心理结构的深层之中，其表现在精神领域则首推哲学。阴阳二元是汉民族传统哲学和文化思想的基点，是最能够标明汉民族传统哲学文化独特的、不同于西方也不同于其他民族的特点。它包举宇宙、囊括一切，渗入并影响意识形态的一切领域，从而也长期地影响着人们的文化心理结构、审美意识以及美学思想的发展。

“在先秦，儒家美学成古典美学之大宗，虽诸子百家，蜂起并作，但足以另立一宗，跟儒家美学抗衡的，则为道家美学（或曰老庄美学）。儒道互攻，却又互补……儒道互补是一种泛文化色彩的思想结构现象，勾画出了中国古代文化史的基本图形，在美学上亦如是。道家美学补充了儒家美学的不足之处，把艺术导向纯美学。儒家美学重社会功利，道家美学补其不足，尚天籁自然；儒家美学是群体意识的概括，受实践理性制约，而道家美学崇尚超然意识的发露，重在感性自由。正因为儒道互补，特别是道补儒之不足，才避免了中国文学美学的僵化，走向儒学的社会片面性。”[①]

“从中唐以后，整个中国思想界既非儒术独尊，亦非儒、道两家并在，而是儒、道、禅三家合一，在美学界亦取同步。同时，禅宗美学作为独立的美学分支还发生着为儒、道所不可取代的作用。它一直影响着宋元以来的美学风格。”[②]清代《三教平心论》曾引孤山园法师语：“三教如鼎，缺一不可。”儒、道、禅成为支撑整个中华民族哲学和美学框架的三根支柱，也共同构建了美学“厚”范畴的精神主干，并规定了这一范畴的审美走向。

第一节　阴阳美学的积淀

一、阴阳二元的哲学范畴

“阴阳”的原始概念是非常朴素的，仅指日光的向背，“阳”为日光，“阴”为黑夜，阴阳观念在最初形成时，大都用于解释自然现象，并不具备哲学上的意义。以后随着古人观察面的拓宽、观察深度的增加，“阴阳”原始而朴素的概念逐渐得到类比和引申。其结果是几乎将自然界和人体内的所有相对的事物和现象及其自身具有的相对的属性，都归于“阴”与“阳”两个方面，甚至将构成宇宙的本原之气，也分为“阴”“阳”二气。老子云：“道生一，一生二，二生三，三生万物，万物负阴而抱阳，冲气以为和。”(《老子·四十二章》) 即世间的万事万物都是在它们本身具有的阴、阳二气的相互激荡中得到统一，把“阴、阳”确定为构成世界的两个最基本的元素。春秋战国时期的诸子百家中，老子成为首倡“阴阳”说的第一人。

① 吴功正. 中国文学美学：下卷［M］. 南京：江苏教育出版社，2001：860-861.
② 吴功正. 中国文学美学：下卷［M］. 南京：江苏教育出版社，2001：884.

后来庄子对此作了更多的阐发，如“阴阳之气有沴”（《大宗师》）、“乘云气而养乎阴阳”（《天运》）、“静而与阴同德，动而与阳同波”（《刻意》）、“天地者，形之大者也；阴阳者，气之大者也”（《则阳》）；等等，“阴阳”成为一种无所不包的存在。“阴阳”的概念发展到此时，已经不再特指日光的向背，而变为一个概括宇宙中一切具有对立统一属性的事物和现象双方的抽象概念，是宇宙中万物发展变化的最基本规律，这标志着“阴阳”作为一个哲学意义的概念初始形成。

《易传》继承了老庄学说，首先以“阴阳”说《易经》。《易经》本无“阴阳”，而《易传》却大量使用“阴阳”，并把它们作为构成宇宙的两种基本元素，如：

> 一阴一阳之谓道……阴阳不测之谓神。
>
> （《易传·系辞上传》）

> 子曰：乾坤，其《易》之门邪？乾，阳物也；坤，阴物也。阴阳合德，而刚柔有体。以体天地之撰，以通神明之德。
>
> （《易传·系辞下传》）

“阳”代表积极、进取、刚强、阳性等特性和具有这些特性的事物，“阴”代表消极、退守、柔弱、阴性这些特性和具有这些特性的事物，世界就是在两种对抗性的物质势力运动推移之下滋生着、消长着。“阴阳”成为古人对宇宙万物两种相反相成性质的一种抽象，也成为宇宙对立统一及思维法则的哲学范畴。对此《易传》说得很明确：

> 昔者圣人之作易也，将以顺性命之理。是以立天之道曰阴与阳，

立地之道曰柔与刚，立人之道曰仁与义。兼三才而两之，故易六画而成卦。

（《易传·说卦传》）

是故，易有太极，是生两仪，两仪生四象，四象生八卦，八卦定吉凶，吉凶生大业。是故，法象莫大乎天地，变通莫大乎四时，悬象著明莫大乎日月。

（《易传·系辞上传》）

“三才”即天、地、人；“两”指兼顾两极对立；“兼三才而两之”集中概括了中国古人观察天、地、人“三才”所采取的两分方法，整个天地宇宙、人生社会、万事万物都可以用这样的两相对举的“阴阳”观念来分析概括。“一阴一阳之谓道”，“阴”与“阳”是作为构成“道”的基本因素而存在的，其意义和功能是表征或象征符号，即它最广泛或经过最高抽象后足以代表宇宙大化中的一切事物。《易传》把“阴阳”提升到了“弥纶天地之道”“范围天地之化”（《系辞上传》）的哲学高度，从而通过“阴阳”的变化来解释宇宙自然、社会人生的产生、变化及发展的规律，“阴阳”观成为中国哲学的最高思维范式。

二、从阴阳哲学到阴阳美学

自从《易传》完成了“阴阳”范畴的系统生成，这种二元一体的生命结构就成为中国哲学放之四海而皆准的最基本的思维模型。“阴阳”理论在说明事物的二重性质和相互关系上具有极大的科学性，它是那么简单，而内蕴又如此丰富，这一框架推及自然、社会、人生、思维、心理……无不适用，美学领域也不例外。美学思想是人类审美实践和艺术实践发展到一定历史阶段的产物，是对人类审美实践和艺术实践的哲学概括。从美学的发展历史看，在美学成为一门独立学科之前，美学一直被视作哲学的一个分支，美学问题更多为哲学家所关注，甚至成为许多大哲学家理论体系的一部分，因此，美学史上经常出现著名美学家同时也是杰出的哲学家的现象。哲学为美学提供了认识论、本体论、方法论的基础，任何一种美学理论的建立都有一定的哲学理论为基础。从“阴阳哲学”到“阴阳美学”，是观念渗透的必然结果。“阴阳”二元是中国古人对于对象最原初的体认和构想，并由中国古人的一种思维方式逐渐成长、成熟而最终形成了一种强固的文化观念，进而对文化领域的其他方面进行了渗透扩散，表现在审美领域则建构了以“阴阳”两极组合的、结构坚实的阴阳美学，它最简括而又在最高层次上规范着中国古典美学体系逻辑特征的形态表现，使得中国传统美学的哲理意味很浓，形成了哲学的美学化。

三、阴柔之美与阳刚之美

《系辞上传》：“刚柔相推而生变化。”《系辞下传》：“刚柔者，立本者也。”在《易传》看来，天地万物的变化都是阴阳相互作用的产物，变异的动态产生出生机活力的美，并形成“阴柔”“阳刚”两种不同形态。表面看来，这两种不同类型的美似乎如冰炭之不能同器，而实际上它们互为表里、相互补充，两者相磨相让，构成和谐的格局，《易传》所言的这种美学意蕴,实开风格美论之先声。历代关于“阴柔”与“阳刚”的见解，实际上都是《易传》“阴柔”“阳刚”说之基础上的引申和发挥。刘勰《文心雕龙》首把阴阳论引入文学美学领域，用“阴柔”和“阳刚”来说明文学的体制和形态,他提出作家的“气有刚柔”决定了作品的“风趣刚柔”

(《体性》)，“文之任势，势有刚柔”“刚柔虽殊，必随时而适用”(《定势》)等著名论断以及比较完整的审美理论，并开始概括当时典型的艺术美形态，“阴柔”与“阳刚”自此真正成为美学形态概念。

从齐梁到隋唐，诗歌、绘画、书法等艺术理论，也不同程度地运用了“阴柔”与“阳刚”的美学范畴，标志着人们审美意识的觉醒和深化，以“阴柔”与“阳刚”的美学观考察和解释一切文学艺术形态，成为中国古典美学史的重要传统之一。“以文学而言，人们常以‘骏马秋风冀北’‘杏花春雨江南’这两句名言来分别代表两种风格和形态类别；而建筑以气势恢宏、连天接地的宫殿制作，回廊曲径、山明水灭的园林结构；书法以雄奇劲拔、飘逸潇洒的不同造型；绘画以‘奇山绝壁，大水悬流’，泉石苔林、山重水复的不同样态来代表阳刚（壮阔）与阴柔（幽远）这两大艺术类型和意境形态。”[①]

阳刚之美和阴柔之美是中国古代两种最基本也是最重要的审美形态，司空图所谓的“雄浑”与“冲淡”、严羽所谓的“沉着痛快”与“优游不迫”、张綖所谓的“豪放”与“婉约”[②]、王国维所谓的“宏壮”与“优美”等理论，都进一步丰富了两种审美形态的具体形态表现。发展到清代，古文家姚鼐对前代美学理论家长期探索和概括的多种艺术形态及其审美特征进行了创造性的总结，他运用中国传统的哲学观念来解释美的形态之二元对立的特点，他认为：“天地之道，阴阳刚柔而已。文者，天地之精英，而阴阳刚柔之发也。”(《复鲁絜非书》)也就是说，各种文采形式美，都是天地阴阳刚柔之道的显现。从这样的大前提出发，他提出文学艺术的阳刚之美与阴柔之美：

① 夏昭炎．意境概说［M］．北京：北京广播学院出版社，2003：42.

② 明人张綖《诗余图谱》首分豪放、婉约，曰：“词体大略有二：一体婉约，一体豪放。婉约者欲其词情蕴藉，豪放者欲其气象恢弘。”

> 自诸子以降，其为文无弗有偏者。其得于阳与刚之美者，则其文如霆，如电，如长风之出谷，如崇山峻崖，如决大川，如奔骐骥；其光也，如杲日，如火，如金镠铁；其于人也，如凭高视远，如君而朝万众，如鼓万勇士而战之。其得于阴与柔之美者，则其文如升初日，如清风，如云，如霞，如烟，如幽林曲涧，如沦，如漾，如珠玉之辉，如鸿鹄之鸣而入寥廓；其于人也，漻乎其如叹，邈乎其如有思，暖乎其如喜，愀乎其如悲。观其文，讽其音，则为文者之性情形状，举以殊焉。
>
> （《惜抱轩文集·卷六·复鲁絜非书》）

姚鼐对美的形态研究的独特贡献在于，他以中国古代哲学的“阴阳”“刚柔”观念来解释文学创作风格的差异，并以丰富的比喻对文学风格的外部审美形态作了集大成式的生动描述。他偏重于从审美感受的角度对“阳刚之美”和“阴柔之美”两种形态的概括说明，对人们理解这两种不同形态的美具有很大的启发性。

“阳刚”与“阴柔”观对中国人认识世界和把握世界起到十分重要的作用，其思想内涵一直随着历史的发展和文化的进步不断地得到充实、拓展。阴阳美学以“阴阳”观念为圆点，不断繁衍扩散，形成了一系列的同心圆。中国古典美学几十对范畴都产生在“阴阳”观念之后，并以阴阳二元为核心，建立了中国古典美学范畴对称、对立互构的形态。中国古典美学“厚”范畴也是整个中国传统美学同心圆上的一个组成部分，我们要开展对这一范畴的分析和探讨，也应把它放到中国传统哲学、传统美学的大背景下进行观照，这样才更容易获得相对比较客观和正确的认识。

“阴柔之美”和“阳刚之美”，体现了几千年中国人认识美、感受美和创造美的丰富经验和审美规律，充分表现了华夏文化形态的民族传统和民族特色。中国古典美学“厚”范畴正是在这样的文化氛围下产生发展、壮大、成熟，它既具有理性精神，又饱含审美感情，不论是与相对立美学范畴“薄”的合生互济，还是与“清”“淡”“空”“灵”等相关美学范畴的交互融通，无论是偏于阴柔优美的主导美学倾向，还是刚柔并举、阴阳兼收的美学风格的形成，美学“厚”范畴都在不断汲取着中国传统阴阳哲学和阴阳美学历经久远积淀而成的营养，生动地体现了阴阳二元对立统一的审美观念，发育和塑造了自己具有民族意识和民族精神的美学品格。

第二节　儒家美学的沾溉

一、善美并举的儒家美学观

随着夏代尊命文化和商代尊神文化的解体，以及西周尊礼文化的崩坏，到春秋战国时期，人的理性意识获得了极大的解放和张扬。“这一觉醒与解放使人的审美意识得以从原始宗教的桎梏中解放出来，从而使文化和艺术得到进一步的发展和繁荣；而艺术和文化的发展，反过来又促进着这时的思想解放思潮的发展。”[①] 在殷商审美文化和西周审美文化发展的基础上，中国审美文化至春秋战国出现了第一次大创造、大繁荣的局面，上自宫廷王侯，下至乡里百姓，各层次、各类型的审美活动普遍开展起来。与此同时，新兴阶级的文化思想由于新兴阶级尚未取得政治统治权，所以没有得到规范化、制度化，呈现出草创时期的诸子争鸣、百家蜂起的局面，历史地看，其中以孔子创立的儒家文化影响最大。

① 敏泽．中国美学思想史［M］．长沙：湖南教育出版社，2004：75.

孔子继承和发挥了中国古代社会的礼乐传统，以“仁学”作为分析和解决美和艺术问题的根本立场，表现在美学领域，则成为一种宣扬和合相善、具有致用理性特色的伦理美学。儒家美学立足于生命个体与社会机体的相互调节，强调人与社会的和谐统一，高扬人格的完美表现，在美与善的交融统一中，寻求审美与人生的切合点。从孔子肇端，孟子绍绪，经历代美学家的补充、改造、丰富，儒家美学形成了一个庞大的系统，在一个极重要的方面规范着中国古典美学的性质和走向。“厚”作为一个极富伦理色彩的中国古典美学范畴，其理论内涵、美学特征等方面以儒家美学宗旨为基础，成为儒家美学思想的重要观念之一。大体说来，儒家美学思想对“厚”范畴的沾溉作用，是紧紧围绕着强调道德教化、修身为本、以德治国的儒家思想展开的。

一方面，儒家“尽善尽美”的美学观以及对“德”的重视，在一定程度上使得“厚”成为对艺术家进行人格涵养和评价的重要准则。“当礼乐从膜拜型文化转入伦理型文化之后，从总的方面看，它是作为伦理文化的外观感性形式出现的，而作为伦理文化的内在审美尺度则主要体现在‘善美’这个范畴上。”[①] 另一方面，由血缘宗法的社会制度和伦理道德观念所决定，当我们的古典美学思想进入文明时期，强调“美”与“善”，即“美”与道德伦理关系之间血肉相连的思想，一直处于支配地位。《国语·楚语上》载伍举过楚灵王在章华所建灵台时论美说：“夫美也者，上下、内外、小大、远近皆无害也焉，故曰美。”这可以看作我国美学史上最早的关于“美”的定义。这个定义，涉及我们民族美学思想的两个基本要素，即以适中和谐为美和以无害而善为美。以伦理道德关系为基础建构自己整个学说的孔子，紧接伍举之后，进一步强调了“善美”的原则。在《论

① 陈竹，曾祖荫. 中国古代艺术范畴体系［M］. 武汉：华中师范大学出版社，2003：111.

语》中，我们看到其所说的“美”，在许多情况下就是“善”的同义词，如“里仁为美”（《里仁》）、“君子成人之美，不成人之恶”（《颜渊》）、“如有周公之才美”（《八佾》）等，在这里“美”就是“善”。

儒家美学于“美”与“善”的关系中寻找美的本质，儒家美学的这一根本特征在孔子的美学理论中已基本形成。孔子在“美”与“善”的问题上的贡献并不在于他强调了美学范畴之“美”与伦理道德范畴之“善”的联系或相同——这只不过是他对前世传统思想的继承，当然由于他的大力提倡，对后世发生了长远的影响——孔子于此的历史贡献，在于他第一次提出了二者统一的观点，并对二者进行了比较和区别：

> 子谓《韶》：“尽美矣，又尽善也。”谓《武》：“尽美矣，未尽善也。”
>
> （《论语·八佾》）

汉代郑玄注曰：“《韶》，舜乐也，美舜自以德禅于尧；又尽善，谓太平也。《武》，周武王乐，美武王以此定功天下；未尽善，谓未致敬天平也。”这个解释与孔子原意是完全吻合的。《韶》为歌颂舜德的古乐，《武》为歌颂周武王的古乐。《韶》之所以得到孔子肯定，并不是因为“尽美”，而是因为“善”，舜以揖让受天下并完成了天下之治，既不悖于君臣节义又造福于天下的“尽善”之行透射出了“尽美”之意。《武》之“未尽善”也并不是不善，而是因为武王以征伐得天下，在普救万民的同时却以臣弑君，有违于君臣节义，所以未能达到“尽善”，而只能停留于“尽美”的境地。推崇“美”“善”统一的《韶》乐，是孔子一贯的观点。对于歌颂以武力取天下的《武》乐，孔子则认为它虽然在艺术上“尽美矣”，但在思想内容上却由于并非表现“至德”，所以“未尽善也”。在中国文学理论批评和美学发展史上，孔子第一次鲜明地提出对文艺作品的美学批评必须和社会道德伦理的批评结合起来的原则，具有重要的开创意义。

孔子要求“善”与“美”高度统一，但也承认二者之间有相对的独立性，当它们不能和谐共生的时候，其取舍的最低限度是保持“善”的本质，“尽善尽美”思想的核心还是在于伦理意义的“善”。“善”是价值，是具有伦理色彩的“德”性，无论是孟子的“性善”论，还是荀子的“性恶”论，都从不同角度认识到道德伦理应该成为人之本性所在。对于这一点，孔子的态度非常明确，《论语》中称“至德”者有二，一赞周之先祖古公亶父长子泰伯，一赞文王，皆因其于“揖让”政治有关，他特别称颂“周公之才之美”，因为“周之德，其可谓至德也已矣”(《泰伯》)。孔子所谓的“美”就是“德”，就是“善”。“善”自身为“美”，乃是指“善”所具有的道德内涵而言的。儒家求“善”与求“美”，孔子提出“尽善尽美”“文质彬彬”“中和之美”，孟子强调“富贵不能淫，贫贱不能移，威武不能屈”的高尚人格，正是儒家强调“善”“美”的统一价值原则培育了重教化、讲道德的民族精神。

二、对厚德精神的审美辉扬

“尽善尽美”的儒家审美观念的自足张力，便是对人格美的辉扬。人格“善”，才是“美”的，“善”导致了“美”，当完成了人格自我塑造，审美愉悦便油然而生。仁学是儒学的核心，儒家道德学说所规定和推崇的人格模式、人格理想对创作和欣赏主体灵魂的塑造具有深刻的影响，同时也孳育出了相应的理论范畴，“厚”便是其中非常重要的一个。“厚”者，常于外在自然中与“浅”“薄”相对，但也用于社会伦理中的道德修养方面，它可分为两个层面。

从社会角度讲，主要可理解为对“忠厚”道德观的提倡。

曾子曰："慎终，追远，民德归厚矣。"

（《论语·学而》）

夫天生烝民，有所以取之。志意致修，德行致厚，智虑致明，是天子之所以取天下也。

（《荀子·荣辱第四》）

德有六美。何谓六美？有道、有仁、有义、有忠、有信、有密，此六者德之美也……忠者，德之厚也。

（《新书·道德说》）

自《论语》和《荀子》的记载中我们得知"厚"本是形容圣人天子道德品质的一个概念，是优秀、完美、高尚道德的体现，古籍中常出现"厚德"或"德厚"的说法。贾谊则把这种德之"厚"，具体解释为"忠"，是德的"六美"之一。其《新书·道德说》云："物所道始谓之道，所得以生谓之德……德生物，又养长之而弗离也，得以安利。德之遇物也忠厚，故曰'忠者，德之厚也。'""忠"是一种对事对物不离不弃、恒久如一的忠厚品格，对君主来说就是要爱民众如子女，始终以社稷家国为己任；对士人来说则是要具有高度的社会责任感和历史使命感，要始终怀着一颗"忠厚"之心，关注民瘼疾苦、国家盛衰、天下兴亡。两千多年来，文学艺术作品中所言之志、所抒之情大都与拯救民生、改良政治相关，即便是在个人理想抱负不得施展，乃至遭遇压制、不公的时候，其所抒之愤也常常是经道德理想熔铸和被政治意志驯化了的，追求忠厚的道德情怀一直是古代艺术家的一种普遍自律，也成为中国古典美学人格涵养的重要原则。

从个人角度讲，"厚"则是人与人间相处的一种"厚道"精神。"仁者，爱人。"爱人，是仁学的基本内涵，是人际交往、处理家族内部和家族间关系的准则，也是种种人际关系的调节器。儒家学说以道德为本位，自然强调个体的人应该依群体社会生活的要求进行自我修养和自我规范，其中就包括克制和改造个性的内涵。诗教所谓“温柔敦厚”,“敦”与“厚”是同义词，“敦厚”就是“厚”，其实质就是“厚道”，即待人诚恳，能宽容，不刻薄，是人们在日常交往和待人接物中表现出来的优良品质。古籍中大量论人品德的词语涉及“厚”,这些词语既体现了“厚”的丰富内涵，也反映出了古人对人德之“厚”的重视程度。“厚”是一种情怀,一种品质，一种态度，“厚”强调一种人内心的涵养，带有善良、沉稳、平和、淡泊、安详等特征，它是人的内在品质和德行，并通过处理各种关系体现和展示出来。

三、厚范畴鲜明的伦理色彩

先秦儒学是一种伦理学，它的美学观是伦理功利主义的，这种美学观以道德美为美的本质。“尽善尽美”不是形式美学，也不是抽象美学，而是有着浓厚的伦理色彩。“善”不重客体本身，而是重在对主体的道德评价。中国自古以来就有“立德、立功、立言”的“三不朽”传统，立德之所以为首者，是由于“德”为做人的根本，人可以无立功、立言，只要道德高尚，仍不失为一个堂堂正正的人。“儒家意识铸合了中国作家的美学人格。它是人生境界的显示，善的极致，充满了舍虚务实的实践精神和道德性的理想色彩，支撑着中国古典作家的内心意识。如果对绵亘数千年的中国文学美学加以抽象，就会发现一条赓续不绝的线索，贯穿在为数众多的中国作家的心理节奏中，即美学人格。它兼善兼美，是理想所向，为其目标点，亦是现实的精神支柱。临五刑而不屈，蹈九死而未悔，仍然精神健全而不崩解，就是依恃的这种理想的美学人格。这是中国美学力之所在、光之所在。”[①] 正是从这样的观念出发，中国传统文化历来注重主体人格的塑造和提升，透射到美学上，体现人德的“厚”也自然进入了审美主体领域，并由此样的审美标准出发，中国古典美学建立了人品与艺品相联系的审美评价原则，并逐步沉积为中华民族的一种相当强固的审美文化传统，至今不断回响。

同时，儒家美学因其基于血缘关系而统一于伦理学，十分强调审美和艺术协调人伦、凝聚群体的社会伦理功能，故特别重视艺术作品的现实意义、社会功能。从历史文化渊源上看，儒家思想、儒家美学直接来源于周文化，孔子言：“周监乎二代，郁郁乎文哉！吾从周。”[②] 儒家思想的产生以氏族血缘集团内部的自然亲情为土壤，进入奴隶社会之后，原始氏族社会的遗风并没有被消除，反而长期地保留下来，氏族血缘宗法关系和统治关系紧密结合起来。血缘关系的长期留存对人与人之间的伦理关系起着极为重要的作用，礼乐传统浸染着浓厚的伦理色彩。“儒学的基本宗旨，是维护宗法社会的社会秩序。它的人学，是以宗法社会的道德规范为人之本。它的美学思想，是以宗法社会的道德精神为美之本。”[③]《论语·颜渊》里说：“樊迟问仁。子曰：‘爱人。’”这种“爱人”以原始血缘亲族之爱为血脉，吸取了周礼的某些成分，在新的社会条件下寻求个体生命在社会大连环中的生态位置，并强调个体的生命展现合乎社会伦理之道。孔子既强调人的欲求的满足要以合乎礼义为前提，又积极肯定合乎礼义的人的欲求是合理的。从这样的基点出发论艺术，孔子的主要兴趣并不在艺术本身，而在于艺术的功能。在孔子的美学思想中，艺术的愉悦作用被认为是必要的，是可以发挥的，但这种作用同时也被认为只有使群体和谐发展才有真正意义。“诗三百，一言以蔽之，曰‘思无

① 吴功正．中国文学美学：上卷［M］．南京：江苏教育出版社，2001：287.
② ［清］刘宾楠．论语正义［M］．诸子集成本．北京：中华书局，1996：56.
③ 成复旺．中国古代的人学与美学［M］．北京：中国人民大学出版社，1998：26.

邪’。”美学的合理性在于能导向伦理目的，个体的心理欲求必须与社会的伦理规范达到统一。

不难看出，从孔子开始，历代儒家的美学理论总是和礼义、伦常紧密地联系在一起，并由此形成了以儒家伦理哲学为核心和主导的艺术社会功用论等命题，孔子讲“诗可以兴，可以观，可以群，可以怨”，言简意赅地指出了这一点。《毛诗序》对此说得更明确，指出诗的功能就是“经夫妇，成孝敬，厚人伦，美教化，移风俗”。《礼记·经解》：“孔子曰：‘入其国，其教可知也。其为人也，温柔敦厚，诗教也。’”《经解》所说之言是否出于孔子，固然存疑，但其对诗所提出的“温柔敦厚”四字，成为尔后说诗的最高圭臬，并进而成为中国文学艺术的一个鲜明特色和传统，影响乃至左右了整个中国文学艺术的走向。日本学者青木正儿在其《中国文学概说》的一段有关诗教的议论中指出：“体会其（温柔敦厚——引者）旨的最杰出的作家，是唐之杜甫。”[①] 即是针对杜诗特别注重诗歌的政教伦理意义和现实社会意义而言的。这一观点与中国古代诗论中某些对杜诗的评价不谋而合，例如清人张谦宜云：

《三吏》《三别》，乃乐府变调，倾吐殆尽，而不妨其厚，爱人之意深也。

（《絸斋诗谈·卷三》）

豪放而独存忠厚者，少陵是也。

（《絸斋诗谈·卷八》）

在古代诗论家那里，一般将“豪举”“放旷”等看作是与“温柔敦厚”相对立的，如清人吴乔《围炉诗话》曾指出：“诗以优柔敦厚为教，非可

① 〔日〕青木正儿．中国文学概说［M］．隋树森，译．重庆：重庆出版社，1982.

豪举者也。”[①]而张谦宜《絸斋诗谈》用一个“独”字表明他与吴乔的看法并无二意，但同时他又认为“豪放”与“率直”（倾吐殆尽）并未妨碍杜诗得其“忠厚”。之所以如此，关键在于杜甫“爱人之意深也”。正是由于杜甫始终怀着一颗“忠君爱国、悯时伤乱之心”[②]，时刻不忘对于君亲友朋、家国治乱、时世民生的深深系念之情，所以在杜诗的艺术创作中诗歌的社会意识、现实作用和道德伦理得到了比较突出的反映，而这些也是对儒家美学强调文学艺术政教伦理意义的有力实践和发挥，故而得到了后世的广泛推崇。青木正儿指出：“论诗者动辄说‘诗人忠厚之旨’，‘忠厚’是温柔敦厚的约言。”[③]张谦宜《絸斋诗谈》说杜诗“不妨其厚”更以一个“厚”字来约言杜诗在此方面的特征。又如清人刘熙载和陈廷焯对东坡词的评价：

苏、辛皆至情至性人，故其词潇洒卓荦，悉出于温柔敦厚。世或以粗犷托苏辛，固宜视苏辛为别调者哉？

（《艺概·词曲概》）

东坡词寓意深远，运笔空灵，措语忠厚。其独到处，美成、白石亦不能到。昔人谓东坡词非正声，此特拘于音调言之，而不究本原之所在。眼光如豆，不足与之辨也。

（《白雨斋词话·卷一》）

和婉中见忠厚易，超旷中见忠厚难，此坡仙所以独绝千古也。

（《白雨斋词话·卷八》）

---

① ［清］吴乔．围炉诗话［A］．郭绍虞．清诗话续编［C］．上海：上海古籍出版社，1983：604.

② ［清］薛雪．一瓢诗话［M］．北京：人民文学出版社，1979：108.

③ 〔日〕青木正儿．中国文学概说［M］．隋树森，译．重庆：重庆出版社，1982.

儒、道、释三家思想的兼融贯通，是宋代哲学思想的共同趋势，苏轼自然无法超越，然而他的不同之处在于在儒的基础上来参禅悟道、讲妙说玄，吸收道禅而不失为儒。苏轼一生历经乱离，但却始终怀有经世济民、致君尧舜的抱负，终生贯注着正视现实、关心国计民生的积极入世精神，反映在词的创作上，即是对词的“雅化”。从中国古代文学体裁发展演变的轨迹来看，每推出一种新体裁，不仅与其当时社会风气相尚，亦总有人从理论上、实践上将新体裁纳入传统沿变的轨道，以历史传统的眼光，将之“雅化”。从这一点来讲，刘熙载和陈廷焯以“温柔敦厚”和“忠厚”论词，以为苏词于其潇洒空灵、卓荦高远之中，实有“忠厚”的底子在，并为苏词“独绝千古”之凭，正有以把握苏轼词的历史地位。

王充《论衡·问孔》曾曰:“忠者,厚也。”[①] 直接把“忠”解释为“厚”。在古代中国，建立在血缘宗法关系基础之上、以伦理道德为纽带的制度，始终支撑着几千年的奴隶制和封建制。中国社会和意识的伦理本位特征，使得美学的伦理色彩一直未消退，并且一直占据着主流地位，因而艺术作品的现实意义和社会价值一直是各个时期的美学所共同关注的核心问题之一，“厚”或“忠厚”成为作品政教伦理价值和思想现实意义的重要评价标准。如元人杨载《诗法家数》云：“讽谏之诗，要感事陈辞，忠厚恳恻。讽喻甚切，而不失情性之正，触物感伤，而无怨怼之词。”[②] 清人潘德舆《养一斋诗话》云:“《雅》之变，有悯时疾俗者。然既出于是非之公，又其忠厚恻怛,虽蒙其讪讥讽者,犹感激焉。”[③] 沈德潜《说诗晬语》云:“古今流传名句，如‘思君如流水’，如‘池塘生春草’，‘澄江静如练’……

---

① ［汉］王充. 论衡［M］. 上海：上海人民出版社，1974：140.

② ［元］杨载. 诗家法数［A］. ［清］何文焕. 历代诗话：卷 1［C］. 北京：中华书局，1981.

③ ［清］潘德舆. 养一斋诗话［A］. 郭绍虞. 清诗话续编［C］. 上海：上海古籍出版社，1983：2161.

情景俱佳,足资吟咏。然不如‘南登霸陵岸,回首望长安’忠厚悱恻,得‘迟迟我行’之意。”[①]“厚”范畴在几千年发展的历史过程中，虽然其内涵和外延不断演变、发挥，但浓重的政教伦理色彩一直伴随其左右，形成这一范畴的重要特征之一。

第三节　老庄美学的丰富

一、修德与体道

美学家必须从哲学中寻找思想武器。以流派而言，中国古代哲学中为美学提供武器的主要是儒道两家。道家文化构成了中国文化一个不可或缺的方面，后世知识分子大多以儒为主，儒、道兼治，二者共同铸合了整个中国文化和民族审美心理结构，并共同影响着我国艺术和美学思想的发展。在中国古代文艺史上，如果从对文艺的民族传统特点的形成与发展来看，道家的实际作用比儒家更为巨大而深刻。

“仁学”是儒学的核心，而“自然”则是老庄哲学的主干。老庄认为“道”是世界的本源，老子论“道”经常将“道”与自然联系在一起。他说“人法地，地法天，天法道，道法自然”(《老子·二十五章》),“希言自然”(《老子·二十三章》),“道自尊，德之贵，夫莫之命而常自然”(《老子·五十一章》)。所谓“自然”，不是“自然界”的“自然”，而是“自然而然”,并不是说“道”之上还有“自然”,而是说“道”之法是“自然”，就在于“自然”，在于“自在自为”。老子认为事物均有自己的本性，均有合乎自己本性的存在方式，这种合乎本性的存在方式就是“道”所

① ［清］沈德潜．说诗晬语［M］．北京：人民文学出版社，1979：206.

要求的存在方式,从美学的角度讲,这种方式就是“美”。庄子像老子一样,提倡天道无为,“无为而尊”(《庄子·在宥》)是庄子关于“道”的一个最基本的命题。“道”是自然无为的,所谓“莫之为而常自然”(《庄子·缮性》)。“道”是自然的,天然放任,“自然”是“道”的根本法则、根本性质,这种哲学观反映在文艺美学方面,就形成反对人为、崇尚自然天籁的审美理想和艺术创造原则。

老子认为“道”是生命之源,生命的发生发展只是“道法自然”的一个体现。“道生之,德畜之,物形之,势成之。是以万物,莫不尊道而贵德”(《老子·五十一章》)。生命的流程就是“道”的流程,生命在“道”的作用下生生不息,“道”的原则是生命的首要原则,而“德”则是“道”所赋予事物的根本属性,是让事物成为事物本身的本质特征,正如张松如先生所云:“德者,道之功。体道之人,谓之有德。”[①] 老子断言:“修之于身,其德乃真;修之于家,其德乃余;修之于乡,其德乃长;修之于邦,其德乃丰;修之于天下,其德乃普”(《老子·五十四章》)。“修德”是成“道”的一种重要手段和途径。

二、厚德的哲学涵旨

“厚”在老庄文中曾多次出现,有丰、多或者指逞欲于声色等含义,前者如“多藏必厚亡”(《老子·四十四章》)、“民之轻死,以其上求生之厚,是以轻死”(《老子·七十五章》),后者如“口不得厚味”(《庄子·至乐》)等。作为哲学意义上的“厚”,在老庄那里则具有一种浓厚的返本归原的哲学思想色彩。

---

① 张松如. 老子说解[M]. 济南:齐鲁书社,1998:220.

故失道而后德，失德而后仁。失仁而后义，失义而后礼。夫礼者，忠信之薄，而乱之首。前识者，道之华，而愚之始。是以大丈夫处其厚，不居其薄，处其实，不居其华。故去彼取此。

（《老子·三十八章》）

含德之厚，比于赤子。

（《老子·五十五章》）

道、德、仁、义、礼有因依相生的关系，韩非阐释为：德者道之功，仁者德之光，义者仁之事，礼者义之文[①]。这五种事物相因而递生，越来越离质朴而趋文华，所以“失道而后德，失德而后仁。失仁而后义，失义而后礼”。到以“礼”来治天下时，天下就不能不陷于纷乱了。“奚侗引吴澄曰：‘礼之后言前识，以智为下也。其以厚薄华实为言，盖道犹木之实，生理在中，胚胎未露。既生之后，则德其根，仁其干，义其枝，礼其叶，而智其华也。道实智华，实实而华虚；德根礼叶，根厚叶薄。故曰：礼者忠信之薄，前识者道之华，而大丈夫宁守此道德之厚实，而去彼礼智之华薄也。’甚是。”[②]“薄”者指礼，离始源远；“厚”者指德，离母体近，未染未分，有如赤子。大丈夫应该立身淳厚，不居于浇薄；存心朴实，不居于虚华，这样才能抱朴守真，如婴儿赤子般的纯洁，复归生命的本原，突破自身，走向大我，使生命的价值和“道”的功用得到彰显和提升。

老子用“婴儿”“赤子”来比喻修养所应达到的高深境界，他翻来覆去地强调“专气致柔能如婴儿乎”（《老子·十章》）、“如婴儿之未孩”（《老

① 《韩非子·解老第二十》：“德者，道之功。功有实而实有光；仁者，德之光。光有泽而泽有事；义者，仁之事也。事有礼而礼有文；礼者，义之文也。故曰：‘失道而后失德，失德而后失仁，失仁而后失义，失义而后失礼。’”

② 张松如．老子说解［M］．济南：齐鲁书社，1998：222.

子·二十章》)、“复归于婴儿”(《老子·二十八章》)的道理。刚出生的婴儿对于外部世界没有任何认识，完全处于“无知”的状态，正因其“无知”，缺乏对差异性事物做出鉴别和选择的能力，所以也就没什么私微妄见，即“无欲”。所谓“复归”是对生命本体的回归，一种超越的回归，是经历过一番“道”的修持后的超越的回归，重新回到那真实无妄的“道”的本体，生命保持其原初的质朴与本真，而不要为外界的名利、色货等各种欲望所戕害。庄子的“德厚信矼，未达人气，名闻不争，未达人心”(《庄子·人世间》)、“夫流遁之志，决绝之行，噫，其非至知厚德之任与！”(《庄子·外物》)等所言之“厚”，与老子的“大丈夫处其厚不居其薄”“含德之厚”之“厚”有一脉相承的关系，主要指远离仁义绳墨之言术的、抱朴守真的一种自然状态。

三、朴厚的美学意蕴

由老庄上述思想派生出了自然之道的美学观，“厚”范畴由哲学范畴衍生演变成美学范畴时，有两点尤为值得注意。

其一，素朴不华。老子常用“朴”作为“道”的代名词，所谓“道常无名，朴虽小，天下莫能臣也”(《老子·三十二章》)。《说文解字》:“朴，木素也。”段玉裁注曰：“素犹质也，以木为质，未雕饰，如瓦器之坯然。”“朴”本来是未加人工雕琢的木块，在老子哲学里则代表完整无缺的自然的本体存在，这是“道”的境界的重要特征。他描述天地万物的运动，其最后是“复归于朴”(《老子·二十八章》)，即复归于“道”，恢复到最原初的质朴。这样，万物从“道”的分化中产生，最终又复归于“道”的本体——“朴”的状态，它不可能仅仅是回到它原初的生命状态，更不会是对社会生命的回归，而是实现了它自身——包括自然生命和社会生命——的超越，从而实现整体和谐的心灵境界——“道”的境界。

“朴”有本色、本性、自然的意思，与人为相对。尽管老子谈“朴”纯粹是从哲学意义上说的，但在美学上的价值极大，他实际上提出了一种审美理想。什么最美？不是那种经过人力加工修饰过的精巧、富艳，“五色令人目盲，五音令人耳聋，五味令人口爽”（《老子·十二章》），真正的美是的“见素抱朴”（《老子·十九章》）的天成之美。庄子发展了老子的美学思想，独拈出“素朴”这一审美新观念，认为“素朴而天下莫能与之争美”（《庄子·天道》），“淡而无极，而众美从之”（《庄子·刻意》）。此外，庄子还进一步完善了他关于“素朴”的审美命题，北宫奢铸钟，可谓雕饰矣，然北宫奢答曰：“既雕既琢，复归于朴”（《庄子·山木》）。雕琢不是产生一种新的人工美，而是回到“朴”——自然本色美。这样，草莱未辟是一种自然美态，经雕琢后抱朴守真也是一种自然美态，二者殊途而同归。

“朴”和“厚”二者在质实本色、天然浑成方面具有相同的本质，于是后世逐渐把它们联系在一起，并逐渐形成评价人物和艺术作品的用语之一，如《旧唐书·列传第一百一》：“高崇文，其先渤海人，崇文生幽州，朴厚寡言。”《东坡全集·杜处士传》：“杜仲，郁里人也。天资厚朴，而有远志。”《虚斋集·生林公墓志铭》说林云程的父亲“性厚朴而心向道礼”等等。这种以“朴厚”为尚的观念逐渐浸入到美学领域，人们也开始用“朴厚”的标准去品评艺术作品，清代贺裳《载酒园诗话》评高适：“高五言古劲浑朴厚耳。”[①] 晚清著名词论家况周颐以“朴厚”论词，并把作品中呈现出来的“朴厚”风格作为优秀词作的重要准绳，其云：“余遍阅元人词，

① ［清］贺裳．载酒园诗话［A］．郭绍虞．清诗话续编［C］．上海：上海古籍出版社，1983：323．

最服膺刘文靖[①]，以谓元之苏文忠[②]可也。文忠词以才情博大胜，文靖以性情朴厚胜。”[③]随着人们对“朴厚”作品的日益推崇，清人朱庭珍又对“朴厚”风格的发展规律作了比较深入的思索，其云：“大约朴厚之衰，必为平实，而矫以刻划；迨刻划流于雕琢琐碎，则又返而追朴厚。”[④]朱氏的言论明确表明：尚朴崇厚的审美观念是历史的、动态的、发展的，弥漫、轮回于整个中国美学发展的全过程。

“拙”是“朴”的外在表现。既然“朴”是自然的、本色的、未经人为修饰的，那就难免外观上有些粗糙、笨拙，不如人工修饰、加工的东西那么光滑，那么精致，那么纤巧。“巧”与“拙”是两种常见的艺术风格，低层次的“巧”为巧而巧，以致形式伤害了内容；高层次的“巧”有巧而不见其巧，是大巧，是“拙”，是返归本原的“朴”和“厚”。“拙朴”或“拙厚”被艺术家们认为是最高最难也是最理想的艺术境界。道家美学思想向来以自然为美，认为素朴无华、厚实拙朴是最高形态的美，由此提倡艺术创作的简洁与质朴、厚实与恬淡成为中国美学思想的重要观念之一。它浸润着中国古典美学，哺育了一大批文学家、书法家、画家和美学理论家，并作为一种原驱力，推动了中国古代艺术创作的发展和进步。如清人王澍《竹云题跋·颜鲁公东方朔画像赞》曰：“其工拙厚。”[⑤]清末康有为盛赞魏碑有所谓“十美”，他认为“魏碑无不佳者，虽穷乡儿女造像，而骨血峻宕，拙厚中皆有异态，构字亦紧密非常”。[⑥]

其二，真诚不伪。老庄自然天籁的美学观表现在“厚”范畴上，其

---

① 刘因谥为“文靖”，故称刘文靖。

② 指苏轼。

③ ［清］况周颐．蕙风词话［M］．北京：人民文学出版社，1960：73.

④ ［清］朱庭珍．筱园诗话［A］．郭绍虞．清诗话续编［C］．上海：上海古籍出版社，1983：2330.

⑤ （文渊阁）四库全书［M/CD］．上海：上海人民出版社，1999.

⑥ 崔尔平．广艺舟双楫注［M］．上海：上海书画出版社，1981：172.

艺术创作思想就客体方面说，是崇尚素朴；从主体方面说，则是突出真性情。与儒家过多地强调理性和社会群体意识不同，道家对主体的认识立足于感性和个体的生命意识，因而也就特别注重个人自我的生命状态和精神感受。

老子认为“朴”对于人来讲，是一种个体未经过任何雕琢加工的精神状态，虽然老子也讲爱民、治国和修身，但其根本的出发点和落脚点在于个体内在生命的扩展，在于个体生命精神的充分发挥。在生命的原初形态——自然生命那里，生命自由地展示着自己的本质，呈现出一种“真”的精神状态，也即所谓的“质真若渝”(《老子·四十一章》)。“质真”，就是一切顺应自己的本性，不自夸，不压抑，不虚伪，尽情地袒露自己的真的生命，如同赤子一样质朴，如同婴儿一样纯真。“真”的精神指的是一种纯粹的自我生命精神——自然生命的本真状态。自然生命的这种“真”的精神来自“道”的灵感。作为化生万物的最高的本体的“道”，其本身就蕴含着“真”的特质，老子在讲“道”时云“窈兮冥兮，其中有精。其精甚真，其中有信”(《老子·二十一章》)，庄子亦云“不离于宗，谓之天人。不离于精，谓之神人。不离于真，谓之至人”(《庄子·天下》)，其中之“真”即指天道之“精”而言。正是因为道本身具备了“真”的精神，所以把“道”的原则贯彻到自然生命——身体上，他的德行就会纯真，这一思想在《老子·五十四章》中得到了明确的表述：“修之于身，其德乃真”，“真”便是“道”作用于自然生命的结果。在自然无为中，人性的自然美得到了保存，就审美主体来说，也只有顺应自然无为的自然界存在的规律，不为世俗所累，不为纷争所扰，永远保持人的自然本性的人，才是“真人”，即真性情之人。而人的不假任何文饰的自然本性美，才是天下最大之美。

相对于儒家美善兼相的审美观[1]，道家则别开一途，在“美”与“真”的关系中申述其审美观。老庄美学思想中的“真”，主要有两方面的含义：一方面指客观的真实，即反映者和被反映对象的自然真实，也就是老子强调的“朴”；另一方面则偏重于审美主体，指创作主体的情感之“真”。对此庄子作了经典的论述：

> 真者，精诚之至也。不精不诚，不能动人。故强哭者虽悲不哀，强怒者虽严不威，强亲者虽笑不和。真悲无声而哀，真怒未发而威，真亲未笑而和。真在内者，神动于外，是所以贵真也。其用于人理也，事亲则慈孝，事君则忠贞，饮酒则欢乐，处丧则悲哀。忠贞以功为主，饮酒以乐为主，处丧以哀为主，事亲以适为主。功成之美，无一其迹矣。事亲以适，不论所以矣；饮酒以乐，不选其具矣；处丧以哀，无问其礼矣。礼者，世俗之所为也。真者，所以受于天也，自然不可易也。故圣人法天贵真，不拘于俗。
>
> （《庄子·渔父》）

“真者，所以受于天地，自然不可易也。”就是说，“真”而无饰无伪，“不拘于俗”，是人的自然的、不可更易之本性，任何矫饰都是伤害人的自然本性的。庄子提出了“真者，精诚之至也”的命题，从“动人”的效应上，强调了精诚的必然性，从反对儒家之礼的角度肯定了人的情感之真。它不凭矫饰而得，不靠掩饰而成，乃是发之于“内”而“动于外”者，这就触及“真”的最终本源。一旦离开了这一本源，一切的情感表现都是虚伪矫情，也就没有任何美感可言了，老庄“贵真”的美学观正是与“法

① 儒家美学也是讲究“真”的，但他们的“真”是依附于“善”的，“真”即真诚的“善”。详可参见成复旺《中国美学范畴辞典》，北京：人民大学出版社，1995：195.

天”、崇尚自然之道的朴实真淳紧密联系在一起的。

从上述意义上讲，“真”“朴”“厚”的含义在一定程度上是交织、重叠甚至是同一的，三个范畴的共同来源和最终指向正是道家“法自然”的哲学观和美学观，也因之造成了后世文艺“真”“朴”“厚”并用的实情。沈德潜评陶渊明:“陶诗合下自然,不可及处,在真、在厚。”[①]况周颐评周邦彦词:“愈朴愈厚，愈厚愈雅，至情之真，由性灵肺腑中流出。”[②]并说：“词能直质为上乘，顾大不易，昔贤朴厚醇至之作，由性情学养中出，故真率之至。真率乃直质也，不可误直率为真率。”[③]指明了那些优秀的“朴厚”之作，正是来源于往昔贤人的真性情、真学养。从如此的审美标准出发，况氏要求人们在学习继承前人的时候，应该善于选择和思考，不能仅流于表面，而应学到实处。他以苏轼和辛弃疾词为例说:“东坡、稼轩，其秀在骨，其厚在神。初学看之，但得其粗率而已。其实二公不经意处，是真率，非粗率也。”[④]鲜明地强调了审美主体的性情之真对于艺术创作的重要作用。

“庄子的兴趣并不在于去探究或论证宇宙的本体是什么，是有是无，是精神是物质……他之所以讲‘道’，讲‘天’，讲‘无为’、‘自然’等等……都只是为了要突出地树立一种理想人格的标本。所以他讲的‘道’并不是自然本体,而是人的本体。”[⑤]庄子一再强调其对所谓“至人”或“真人”的推崇，他“所追求的最高理想并不是某种人格神；它所描述和追求的只是具有这种心理－精神的理想人格。庄子哲学并不以宗教经验为依归，而毋宁以某种审美态度为指向。就实质说,庄子哲学即美学。”[⑥]道家美学也正是以其炽热而率真的生命精神与情怀赢得了它经久不衰的思想魅力，肇源于

---

① ［清］沈德潜. 说诗晬语［M］. 北京：人民文学出版社，1979：203.
② ［清］况周颐. 蕙风词话［M］. 北京：人民文学出版社，1960：27.
③ 屈兴国. 蕙风词话辑注［M］. 南昌：江西人民出版社，2000.
④ ［清］况周颐. 蕙风词话［M］. 北京：人民文学出版社，1960：18.
⑤ 李泽厚. 中国古代思想史论［M］. 天津：社会科学院出版社，2003：18.
⑥ 李泽厚. 中国古代思想史论［M］. 天津：社会科学院出版社，2003：178.

道家思想的这种高扬个体审美自由的美学人格给中国古代知识分子提供了精神慰藉和寄托之所，也成为后世士大夫美学家寻求个体解放、精神解脱和审美自由的途路。在道家这一思想的影响下，中国古典美学不重求知而重内省，强调心灵的自由。在文艺发展史上自魏晋发端而唐宋发展，至明清而大成的对真实率性的追求所形成的一股强大的历史潮流，与此有着直接的血缘关系，其对促进艺术真正进步的作用实在儒家美学之上。

第四节　禅宗美学的浸润

佛教自汉代传入中国，历经魏晋南北朝数百年，中间也有统治者曾大力提倡，但佛教在中国的地位并不稳固。“在中国这块辽阔的大地上，在封建主义社会经济结构及其相应的上层建筑中，长期的历史实践证明了：儒家及其封建纲常，是最适合于封建统治者的利益、愿望和需要的，因此，不论是老的道家也好，新的佛教也好，都必须与之相调和，作为它的补充物或羽翼，才能使自身得以继续存在和发展。”[①] 中国文化所尚，不是对外部世界的征服，而是对自身的化育与超越，也正因如此，到唐代出现了六祖慧能创始的南宗顿教，以后日益发展丰富，成为完全中国化、本土化的佛教流派——禅宗。自此，佛教在中国开始勃兴蔓延开来，并为中国文化的发展注入了新的血液。

一、空灵的艺术精神

人生是苦，万法皆空，众所周知，“空”乃是佛教的核心思想之一。

① 敏泽．中国美学思想史［M］．长沙：湖南教育出版社，2004：433.

中国的佛教流派尽管“空”说纷纭,却基本脱离不开中国本土原有的“无”的基础。在中国哲学发展史上，如果不是先有道家的“无”观培育了适宜的土壤，很难想象“空”观能从异域顺利地移植滋长。佛教要在中国流传和发展，就必须首先满足中国信徒的需要，于是他们不得不借助同属“出世”的道家的言辞和思想。早期佛教传入时为了适应中国本土的需要而对道家做了一定的妥协，并对其术语沿袭使用，尔后“空”“无”两观随着佛道两家的日益交融而愈加盘根错节，以至于二者常含混不清，难分彼此。老子说：“有无相生。”又说：“天下万物生于有，有生于无。”(《老子·四十章》)“有”与“无”相生相成的对立矛盾和矛盾的对立转化，是老庄哲学的辩证起点和辩证程序开展的条件。老子还通过具体的器物设计来说明这一道理：“三十辐共一毂，当其无，有车之用。埏埴以为器，当其无，有器之用。凿户牖以为室，当其无，有室之用。故有之以为利，无之以为用。”(《老子·十一章》)老子以“车”“器”“室”的例子说明“有之所以为利，皆赖无以为用也”[①]的道理。《庄子·大宗师》曰:“夫道，有情有信，无为无形;可传而不可受，可得而不可见。”《庄子·刻意》亦曰:“虚无恬淡，乃合天德。”

在老庄学说中，凡属最高层次的东西——包括“美”，都是虚无恬淡、缥缈模糊、素朴木讷的，只能朦胧地意会，而不能用质实的媒介，如语言、文字之类作确切的界定和完整的传达。“虚无”的取向无限地扩大了思维的空间和自由度，使“有无相生”的哲学命题直接转化为艺术原则，对“虚无”的肯定和推崇也使艺术创造指向更空灵博大、更富开放性的空间。老庄的这种观念对中国古典艺术的审美意境和审美风格产生了巨大的作用。道家原本就有尚无尚虚的美学倾向，魏晋以后，伴随着佛教在中国的不断传播，文人的思想意识和文学创作受佛教的影响越来越大。禅宗

① ［晋］王弼. 老子注［M］. 诸子集成本. 北京：中华书局，1996：6.

美学源于佛教禅学，“禅宗作为佛教之一宗，并不是美学，也鲜论及美与艺术问题，但其涉及的诸多基本问题却与美、审美、艺术相通、相关甚至相似之处多多，客观上极大地推动了中国古典美学向纵深处发展。”[①]隋唐以来，禅学盛兴，中国更有不少文人喜欢引用禅理来谈论文艺，在创作和欣赏中追求空灵超验的禅意、禅韵，这种风气一直延续了许多朝代，对中国古代的文艺创作和文艺批评均产生了很大的影响。

李泽厚先生在其《中国古代思想史论》中说：“无论易、庄、禅（或儒、道、禅），中国哲学的趋向和顶峰不是宗教，而是美学。中国哲学思想的道路不是由认识、道德到宗教，而是由它们到审美。‘中国哲学所追求的人生最高境界，是审美的而非宗教的。’”[②]禅宗推崇“道由心悟”或“由心悟道”，认为通过自心自性的“悟”，才能达到禅境，这一境界与艺术领域的审美境界殊途而同归。禅宗以及禅宗美学以“禅”“悟”为主的独特思维方式，进一步丰富了中国审美心理结构的维度和内涵，使得审美所需的整体直觉意识和能力得到确定和发挥，它静默而又活跃、空灵而又深刻，极富东方智慧，融入并浸润着中国艺术精神。在各种艺术门类中，空灵的艺术精神有着不同的反映和表现：在诗歌创作中讲究借景生情，要有“象外之象，景外之景”，要“不著一字，尽得风流”[③]；在戏曲表演中要讲究表演的虚拟性，要“景随情移”，追求一种自由灵活的舞台时空；在书法中要讲究空间布白之美，所谓“计白以当黑，奇趣乃出”[④]；在绘画中讲究结构的疏密，达到“虚实相生，无画处皆成妙境”[⑤]；在园林造境时，在山水中设置一所空亭，作为山川灵气动荡吐纳的交点和山川精神聚积的处

① 傅松雪．与时俱进：禅宗美学思想的时间性研究［J］．艺术百家，2008（5）：86.
② 李泽厚．中国古代思想史论［M］．天津：天津社会科学院出版社．2003：203-204.
③ 郭绍虞．诗品集解［M］．北京：人民文学出版社．1963：52，21.
④ ［清］包世臣《安吴论书》。
⑤ ［清］笪重光《画筌》。

所……禅宗追寻的不是现世的人生意味，而是来世的人生奥义，这种意味本身就是动而静，实而虚，有而无，色而空，体现了一种空灵。同时，禅宗的直觉思维模式也促进了审美直觉的深化，而直觉性的审美心理体验本身也规范了审美主体心态的趋于空灵。苏东坡在诗中曾说："静故了群动，空故纳万境。"（《送参廖师》）心空之境，是艺术境界之所以产生的根本，正如宗白华先生所言：

> 空明的觉心，容纳着万境，万境浸入人的生命，染上了人的性灵。所以周济说："初学词求空，空则灵气往来。"灵气往来是物象呈现着灵魂生命的时候，是美感诞生的时候。①

神全、心空则可使灵气往来，也即是艺术灵感降临的时光。禅宗美学的根本影响是作用于中国人的思维机制，使文艺创作的艺术思维方式更接近于直觉思维和灵感思维。此外，禅宗美学所表现出来的那种淡乎寡味而神韵悠远的空灵意韵，也成为唐宋以来文艺创作的一个重要审美风尚。

二、虚实相生的"厚"范畴

中国古典美学中的"厚"范畴，由儒家美学的沾溉而发生发展，其伊始是一个比较趋向于"实"的审美范畴,它的由"实"而"虚"而"空"当是唐宋以后的事。从"厚"范畴的历史发展进程看，其原本有较为浓厚的儒家美学的理性致用色彩，道家美学观念在一定程度上增加了它的审美化、艺术化。在此基础上禅宗美学的羼入对理性主义提出了大胆的

① 宗白华. 艺境［M］. 北京：北京大学出版社，1989：177.

挑战，并有力地遏止和改变了儒家美学“比德”“致用”的单一模式，使中国古典美学走向多元。在这样的文化背景下，中国古典美学“厚”范畴的发展也随着整个中国文化思想的发展而不断演变，由偏“实”而趋“空”，并进而追求二者的和谐统一，使得其审美涵旨日益丰富。就其总的发展脉络而言，它与儒家思想和儒家美学一直占中国古代社会的统治地位相一致，儒家“温柔敦厚”的诗教观念一直是美学“厚”范畴的核心内涵，在秦汉时期尤其占有不容忽视的主导地位。伴着道、释力量的不断壮大，“厚”范畴到魏晋隋唐逐渐融入了道家美学追求天成淳朴、真情真性的天然趣旨，自宋元至明清则把禅宗美学的清空灵动的审美意蕴作为崇尚和追求的方向。

中国古典美学中比较明确地提出“厚”范畴求空无、灵动的审美观念，并引起较大反响的时期是在明末，晚明竟陵派领袖钟惺和谭元春在公安派“性灵说”的基础上，为调整晚明个性解放思潮与传统儒家诗教之间的平衡，将“灵”与“厚”并举，提出“厚出于灵”“求灵以致厚”，主张用灵气飞动的灵心表达合乎正统诗教的思想内容。清初贺贻孙主张抒发性灵，表现本色，其云：“古人所谓温厚者，常建之诗是也。其‘清微灵洞’，俱从温厚中出，所以内外俱彻，如琉璃映月耳。”[①] 这是竟陵派文学主张的延伸。之后有刘熙载提出了“寄厚于轻”的观念，《艺概》中“轻”或谓之“清”“空灵”，常州词论家周济《介存斋论词杂著》中提出“厚而清”的概念，意与此通。刘氏云：“词之大要，不外厚而清。厚，包诸所有；清，空诸所有。”[②] 力主“厚”而求“清”，提倡举重若轻的“实”后之“空”，表现了一种由“实”求“空”的艺术倾向。

“虚实相生”是中国哲学、中国文艺美学最重要的思想之一，也是中

① ［清］贺贻孙．诗筏［A］．郭绍虞．清诗话续编［C］．上海：上海古籍出版社，1983：173．

② ［清］刘熙载．艺概［M］．北京：人民文学出版社，1978：120．

国美学与西方美学相较显示出的最重要的特色之一。明清以来“厚”范畴由“实”而“虚”的源流变化，一方面是对“虚实相生”的传统哲学、传统美学观念的继承和发扬，另一方面也显示了随着社会的不断变迁和思想文化界几种力量对比的变化，新的阶层、新的思想和新的审美需要也因之出现，以及在这样的社会条件下，中国古代的艺术家、理论家积极探索、勇于创造，寻求文艺新发展、新出路的理论勇气和实践气魄。

第五节　刚柔相谐的美学品格

古代中国地处北温带的季风气候区，四季分明，气候温润，农业生活规律单纯、节奏平缓，农业文化所特有的温良之美、秀雅之美、优柔之美本身就充满了柔和、静谧的意味，血缘关系维系的社会结构原本就培育成敦厚质朴、忍耐坚韧的民族个性，《水浒传》第二十回说：“柔软是立身之本，刚强是惹祸之胎。”可以说诞生“厚”范畴的文化土壤本身就是柔韧而温和的。

中国古典美学中的“厚”范畴，在古代中国农业文明的摇篮中孕育产生，在儒、道、禅的营养滋润下成长成熟，其所依存的社会历史文化环境决定了“厚”范畴在整体上偏重于柔美的审美品格，并呈现出刚柔相谐的美学品格。

一、崇母文化与“厚”范畴的阴柔美

（一）母本主义与道家柔厚美

在中国美学思想史上，老子是最早也是最重要的阴柔美的倡导者。

他受商文化重阴、重母性观念的影响，提倡虚静之道和阴柔之美。他说：“玄牝之门，是谓天地根。”(《老子·第六章》)“牝”即母性，而“玄牝者，形而上之牝也。”[1]老子以母性为形而上之“道”，于是才有“天下有始，以为天下母”(《老子·第五十二章》)的看法。

母本主义是老子学说的灵魂，学说对带有母性文化特征的阴柔之美表现了高度的赞赏。《吕氏春秋·不苟》言：“老子贵柔。”老子反复强调“强大处下，柔弱处上”(《老子·七十六章》)，“弱之胜强，柔之胜刚”“天下莫柔弱于水，而攻坚强者，莫之能胜”(《老子·七十八章》)，“柔弱胜刚强”(《老子·三十六章》)，“天下之至柔，驰骋天下之至坚”(《老子·四十三章》)，等等，都是他主“柔”观念的生动表达。

在这样的思想浸染下，道家美学赋予了“厚”范畴素朴恬淡、天成本色、自然淳厚、情浓性真等内涵，其所谓的“厚”归根到底就是顺应事物本然的规律，达到归真返朴的自然美态。道家的“厚”安适和平、无欲无求、倾向内守，充满了宁静、柔顺的气息。

（二）尊父亲母与儒家温厚美

道家学说的重阴主柔观念的深层社会历史原因是母权社会文化的大量遗存。到周代，当重父性、重男权的周文化体制确立并成为不可逆转之势后，“一阴一阳”的总体格局尽管未变，但审美重心并未由重“阴柔”转换成主“阳刚”。我们知道，儒家美学所赖以寄生的古代社会是一种以男权话语为中心的父系宗法社会。儒家美学在它所归属、所效命的父权文化体系中，应当顺理成章地创造出一种体现男性力量和父性气质的美学精神，并进而构筑出一种健劲伟岸、阳刚勃壮的美学理想。但事实恰恰与此相反，儒家美学所标榜的、以“君子”为代表的理想美的男性人格，并没有西方世界男人的强悍粗猛、尚攻善斗、富于冒险、独立征服等男

① 高亨. 重订老子正诂［M］. 北京：古籍出版社，1957：16.

性气质，而是“温、良、恭、俭、让”“文质彬彬”，只有一副温文尔雅、无争不怨、谦卑守静、柔弱和顺的情态和模样。

耐人寻味的是,这种突出反映儒家人格理想的“君子”之美,正与“儒”之本义颇相吻合。《说文》:“儒，柔也。”段玉裁以为：“儒之言优也，柔也；能安人，能服人。又儒者，濡也。以先王之道能濡其身。”徐灏注笺曰：“人之柔者曰儒。”儒家美学以“其为人也，温柔敦厚”为教化原则，孔颖达疏曰:“温谓颜色温润,柔谓性情和柔。”儒家诗教所要求的这种“颜色温润”“性情和柔”的人格，正与儒家之“儒”的“柔”与“顺”相交相契。

现在，一个困扰我们的问题是，儒家学说作为中国古代父权社会所遴定的“权力话语”，理应充满阳刚、雄健的色彩，为什么事实却恰恰与此相反。究其根本，这一现象仍是由原始母性崇拜文化情结的遗存和延续所造成的。“母性崇拜”在这里不是宗教意义上的术语，也不等同于精神分析学中的类似概念，而是指特定民族所普遍趋同的一种源远流长的文化隶属感和虔诚感。中国古代社会在建立父权制度之前，经历了漫长的母系氏族时期，妇女在劳动生产、氏族管理以及在种族繁衍上的出色表现和重要作用，使她们在一定程度上成为最伟大、最神圣、最值得尊敬的事物的一种永恒的喻体。“母性崇拜”在很早的时候就业已形成了一种根深蒂固的文化观念，并成为中国审美文化话语中的核心和主体。在几千年的父权社会中，母性崇拜的古老文化情结是丧失话语权利的、非意识形态的，“但它作为隐性的存在又不是决然的缺席者和缄默者。它以一种无声的语言渗透在整个文化的肌髓中和血液里，因而又是无时不有，无处不在的。它可以说就沉潜在、存储在民族意识的最深处，变成一种‘集体无意识’,一种原始文化意象。但一有机会它便浮出民族意识的表面，成为文化中无形的‘在场者’。”[①]

随着社会生产力的发展，男性在生产中的作用日益凸现。到周代，逐渐形成了以男性为主的父权宗法制。周代作为一个出世不久、发育又不成熟的婴儿，其在文化观念上更是与古老的民族文化母体有着千丝万缕的联系。周代父“郊”母“社”的祭奠礼仪，从形式上看确实符合人伦现实中父母共尊的意识模式，但事实上有着土地之神和生殖之神双重身份的“社”神之祀，实在整个国家和民众的实际生活中占有更加重要的地位，并拥有更为隆重的形式。

作为儒家文化母体的周文化本身就是崇母主阴的，儒家的“仁”学，以“孝”为本,而“孝”强调人伦亲情的血缘原则,“亲”指的是父母双亲，但如果仔细比较便不难发现其中的一些细微差异。儒家所谓“亲”的对象在父母之间更偏向于母亲，对父亲则更强调“尊”。当然儒家学说中并不曾有这样明确的表述，而是通过隐性的、无意识的方式表露了这样的意旨。《礼记・郊特牲》:“地载万物，天垂象；取财于地，取法于天，是以尊天而亲地也。”父配天，母比地，“尊天而亲地”也就是“尊父而亲母。”“尊”偏于理智,“亲”偏于情感。《礼记·表记》倡导:“君子（应）……使民有父之尊，有母之亲。”“亲”为“仁”之本，“仁”为“儒”之本，故“尊父亲母”的文化观念中的母性崇拜情结便隐含地显露了出来，这样儒家理论的核心命题本身就保证了母性“阴位之尊”的崇高伦理地位，儒家美学偏重主阴尚柔的特性也就不难理解了。“温柔敦厚”是儒家美学给予中国古典美学“厚”范畴的最核心内涵，表现在审美主体上它要求艺术家温和文雅，怨而不怒;表现在思想内容上，它要求作品“乐而不淫，哀而不伤”; 表现在艺术风格上，它要求作品含蓄深沉、回味绵延。因此，儒家的“厚”并不是“金刚怒目”式的,而是呈现一种偏向于女性化的“柔

① 仪平策．中国美学文化阐释［M］．北京：首都师范大学出版社，2003：195-196.

美”气质。

“在审美文化的理想形态上，同西方较多阳刚和崇高之象相比，中国更显著的特征是偏于阴柔或优美。当然，中国也强调刚柔并济，但总的看是以‘柔’见胜。儒家‘温柔敦厚’的诗教与道家‘守雌致柔’的学说，筑成这一阴柔文化之‘语境’。”[①] 后来兴起的禅宗美学虽然从某些方面补充和发展了中国原有的文化体系，但并未从根本上动摇、改变“阴柔”型的中国文化特色，而是迅速地改造自身，融入“阴柔”文化语境。这一点突出地从观音菩萨东渐中国不久形象就由男变女的事情上表现出来。大乘佛教中的观世音菩萨本是地位仅次于如来佛的男性大神，有意思的是，他“踏入”东土后很快就由威猛的伟丈夫一变而为端庄美丽、大慈大悲、普度众生、法力无边的女神形象，并在中国俗众心目中获得了高于释迦牟尼的威望和地位。儒、道、释三家共同塑造并铸成了中国文化特别是审美文化的“女性化”特征，并在美学风格上把“何意百炼钢，化为绕指柔”奉为最高境界。于是古典美学“厚”范畴在这样的文化母体中逐渐发育、形成了一种偏重于阴柔、优美的审美文化形态。

二、至柔而刚与“厚”范畴的阳刚美

范畴是一个圆，一个自足体，圆内直径划分为两个对举性的半圆面，保持着平衡，但半圆之间又有相互渗透，范畴内部有机交融。《老子·三十六章》曰：“将欲歙之，必固张之；将欲弱之，必固强之；将欲废之，必固兴之；将欲取之，必固与之。”中国哲学、美学正是利用内部的一极向另一极进行平衡，从而达到互补互济，这种所谓的“以他平他”式蕴涵着深刻的辩证法。《易传》虽有“阳刚”之美和“阴柔”之美的区分，但并

① 仪平策. 中国美学文化阐释［M］. 北京：首都师范大学出版社，2003：159-160.

不强调二者的对立，而是认为它们至刚而柔、至柔而刚，彼此互相包含，并在特定条件下相互转化。如乾卦推崇阳刚之美，但最终“亢龙有悔”(《易·乾·上九》)，由“阳刚”转向“阴柔”。又如坤卦崇尚“阴柔”之美，但“坤至柔而动也刚,至静而德方”(《易·坤·文言》),由“阴柔”转向“阳刚”。只有阴阳协调、刚柔互济才能达到完美的境界。在艺术美学上，姚鼐认为刚柔虽各具形态，但却不能绝对化，不能走向极端。其云：

> 柔而偏胜可也，偏胜之极，一有一绝无，与夫刚不足为刚，柔不足为柔者，皆不可以言文。
>
> (《复鲁絜非书》)
>
> 阴阳刚柔并行而不容偏废，有其一端而绝亡其一，刚者至于偾强而拂戾，柔者至于颓废而阇幽，则必无与于文者矣……文之雄伟而劲直者，必贵于温深而徐婉。温深徐婉之才，不易得也;然其尤难得者，必在乎天下之雄才也。
>
> (《海愚诗钞序》)

这就是说，刚柔不能各自走向极端，要调节而至于刚柔相济、对立统一，你中有我，我中有你，阴阳参化，所谓“端庄杂流丽，刚健含婀娜”①，只有阴阳刚柔相互参融和谐才是美的。

从逻辑的观点出发，对中国古典美学“厚”范畴的内在血缘和演变规律进行挖掘，我们得出其在整体倾向上是一个偏重于阴柔美的范畴，但我们也并不能据此否定其所蕴涵的阳刚美的成分。任何事物都是兼有两面性，“厚”范畴本身也是兼有刚柔的，它的刚性内涵可以通过与它搭配组词的语言元素清晰地表现出来。应该承认，在古代典籍中与“厚”

① 苏轼《和子由论书》。

结对的词语以倾向于柔性或中性的居多，但也有一些词语则明确地展示了“厚”的刚性色彩,如“宏厚”“方厚”“重厚”“雄厚”“峻厚”“闳厚”“盛厚”“壮厚”等。历史唯物主义告诉我们，任何事物的发生、发展都有一个历史的过程，范畴也是如此。由于美学范畴反映了人对于客观事物本质联系的认识程度，凝结着人类不同历史时期、不同条件和层次的认识成果，因此对“厚”范畴的考察分析还必须结合历史的观点进行综合的探究。大体说来，“厚”范畴的阳刚之气主要与以下几个方面相关。

其一，历史时代。在中国艺术发展史上，“阳刚”与“阴柔”虽系孪生现象，但从整体上看，封建社会上升时期，积极的、阳刚入世的美学思想居主导地位，秦汉以往，文学、音乐、文字、石雕、建筑、青铜器的铸造等无不表现出一种厚实、厚重的形态和气魄。而汉末以来，随着人们自我或其情感个性的价值发现,所肯定者由“阳刚”向“阴柔”位移，阴柔之美才由作为阳刚之美的映衬而转化为人们的主要美学追求。唐宋以后尚自然、超越、冲淡、真性情及个性的趋向抬头，艺术创造在恢宏雄豪的风格之余，多了哀飒优柔的情调。另外，在国富民强、社会昌盛的历史时期，艺术家往往更容易产生一种高远的抱负和宏大的襟怀，从而也自然而然地把这种阳刚之气呈现在艺术创作之中，比如汉隶的饱满厚实、汉赋的张扬重厚、唐诗的气象浑厚等，都是“厚”范畴阳刚之气的形象反映。

其二，自然地域。一方水土养一方人，就中国而言，由于地域辽阔，各地域文化呈现不同的风貌。尤其南北文化之间存在的重大差异，也导致了艺术家不同的艺术个性和艺术风貌。梁启超先生曾指出：“燕赵多慷慨悲歌之士，吴楚多放诞纤丽之文，自古然矣。自唐以前，于诗于文于赋，皆南北各为家数：长城饮马，河梁携手，北人之气概也；江南草长，洞庭始波，南人之情怀也……盖文章根于性灵，其受四围社会之影响特甚焉。”[①] 吴兆路也曾指出：“中国古代主张抒写性灵或倡导表现性情者，基本上都是南方人，尤以江浙一带的文人居多。”[②] 在艺术上，北碑的雄健朴厚与南贴的雅秀俊逸，北朝乐府的浑厚粗犷与南朝民歌的细语柔声，北京故宫壮厚恢弘与苏州园林的精致玲珑……构成了一系列鲜明的对比，就总体而言，北方的艺术样式和艺术作品较多地体现了“厚”范畴具有的阳刚元素。

其三，个人性情。如果说历史时代环境和自然地域的差异对艺术家及其创作的影响是一种客观存在的话，讨论“厚”范畴的阳刚之美还应顾及艺术家主观性情的差异。一般来说，那些心胸开阔、乐观豁达的艺术家更容易写出透出阳刚之美的作品。比如正是太史公的发愤之情才有了《史记》“究天人之际，通古今之变，成一家之言”的宽厚宏博，正是李白的超迈才有了“飞流直下三千尺，疑是银河落九天”的浑厚气象，正是苏轼的开朗达观才有了“大江东去，浪淘尽，千古风流人物”的闳厚襟怀……生活的遭际本易造成灰暗抑郁的心理，而历史上那些具有博大胸怀的艺术家反而因此迸发出一种更为昂扬向上的精神力量，使他们的作品越发显现出一种充满力量和信念的至厚至刚之气，充盈于天地之间，散发着深厚而永恒的艺术魅力。

综上所述，中国古典美学“厚”范畴一方面与自己的母体文化相协调，形成了总体偏柔的美学风格；另一方面，它又按照一种辩证的原则适时地和历史、社会、人生相结合，日益丰富完善着自己的美学内涵。在这样的不断发展融合中，中国古典美学“厚”范畴逐渐培养并打造了自身刚柔共济、阴阳相谐的美学品格。

---

① 刘梦溪主编，梁启超著．中国现代学术经典：梁启超卷［M］．石家庄：河北教育出版社，1997：707．

② 吴兆路．性灵派研究［M］．兰州：甘肃教育出版社，2001：191．

第二编 历史篇 审美范畴『厚』的发展演变

【诗意导读】

马克思说：『适应自己的物质生产水平而生产出社会关系的人，也生产出各种观念、范畴。范畴和它们所表现的关系一样，不是永恒的。』『范畴』的产生及其内容受制于人的认识发展水平，且取决于历史发展本身的特点，是一定历史阶段的产物。中国古典美学范畴作为古代文艺美学家理论思维的结晶和支点，也是历史的产物，它兼有稳定性和变易性的特点。随着时代的发展、社会习尚的变迁和文学艺术创作的进步，古典美学范畴有一个不断充实、改造和更新的过程。

『厚』范畴同其他中国古典美学范畴一样，其自身的演变与中国古代社会特定的社会政治经济形态的变迁相联系，经历了一个漫长的过程。『厚』范畴的萌生、确立和发展、嬗变，不是一种孤立的思维现象，哲学思潮、时代政治、士人生活、艺术创作以及审美观念的变化等，都在这一范畴的历史发展进程中留下了这样或那样的印记，因此通过对这一美学范畴的历史演变情状的董理爬梳，以寻求其发展演变之『真』，既是一件非常有意义的工作，也是我们进一步深入探究的前提和基础。

第一章　观念的萌起

古代中国是一个以耕植为主的农业国家，大地上的山陵洞穴是先民所居，河流湖泊是先民所饮，肥土沃壤更是先民的衣食所源，人们的生存、生活和大地息息相关，密不可分，大地是人类社会赖以生活的物质基础。“天”与“高”相应，“地”与“厚”相合，“厚”字自产生伊始就与人们所赖以生存的土地紧密相关，是古人对大地形性的宏观概括和基本意识，它孕育了中国文化的基本思想，铸就了中华民族的内核精神，也成为中国古典美学“厚”范畴的生发滋长的摇篮。

大地广博无垠、吐纳万物，博厚载物成为大地崇高品德的生动写照。大地为万物之母，自然界姹紫嫣红、争妍斗艳，展示了大地之母博大无际的阔达心胸；自然界之千差万别、无穷变化，展示了大地之母的兼收并蓄的宽厚胸襟，“厚德载物”成为古人对大地之德的审美观照和由衷赞誉。先秦时期在“比德”观的作用下，人们开始用“厚”来形容圣人君子所具有的心底无私、襟怀宽阔、包容天下的品德，并经儒家所宣扬的孝道之德，由圣人君子扩展到普通民众。

由于《论语》的经典权威地位和宏大的传播规模，人们也很自然地接受了以“厚”论百姓之德的说法；随着使用频率的增加，品说人德之“厚”的词汇也更加丰富起来，出现了一系列以“厚”为核心语素的词汇；随着人物品藻的不断发展，用于品人的“厚”也由人及文、及书、及画，成为谈艺论文的常用语，并渐趋稳定，最终从礼赞大地走向审美人生。

一、山陵之厚

从文字发展的角度看，厚的古字有两个，一个是“𠪚”（今作“厚”），另一个是“㫗”（今作“㫗”），对此文字学典籍中有比较清晰的解释：

> 《说文》：“㫗，厚也。从反亯，凡㫗之属皆从㫗。”
>
> 段注：“厚当作箮。上文曰箮，㫗也。此曰㫗，笃也。是为转注。今字厚行而㫗废矣。凡经典㫗薄字皆作厚。”①
>
> 《说文句读》：“二字同音，经典又皆作厚，故以为解。实则本部承上部，仍是饮食之事也。”②
>
> 《说文》：“𠪚，山陵之㫗也。从厂从㫗。垕古文厚。从后土。”
>
> 段注：“㫗各本作厚，今正。山陵之厚故其字从厂。今字凡㫗薄字皆作此。㫗亦声，胡口切。四部，从土后声也。”①
>
> 《说文句读》：“山集韵引作丘，之者分别之词。谓经典概用厚字。其实㫗是饮食之㫗，厚则是山陵之厚。各有专义也。故此字本以厂为主，㫗为从，而入之㫗部，所以重明㫗字之义。”②

“㫗”和“厚”本是古今字，“㫗”与饮食相关，“从反亯”，祝孝先《汉

① ［清］段玉裁. 说文解字注［M］. 上海：上海古籍出版社，1981：229.
② ［清］王筠. 说文句读：卷 10［M］. 北京：中国书店，1983.

字渊源》:“亯，享、亨、烹之本字，篆文作亯，楷化即亯。按隶变以后就分化为享、亨、烹。亯字已废。”①《说文句读》引徐锴曰:“亯者，进上也。以进上之具，反之于下，则厚也。”②叶柏来《解文说字》云:“享，甲文、金文像火锅类古炊具形，象意为以熟食进献。小篆下增襄的甲文体简形与转注音，隶书将襄形下部与炊具的下底……楷书写为享。”③古今学者的解释角度虽然不尽相同，但“㫗”字从“亯”，在其与炊具、饮食相关这一点上并无本质差异。汤可敬《说文解字今释》:“厚：㫗厚，古今字，此以今释古。从反亯：亯，烹。反复烹煮，故味厚。”④则直接把“㫗”解释为反复烹煮后的味之纯厚。

“厚”,许慎释为“山陵之厚”,王筠《说文句读》以为此字本以“厂”⑤为主，入㫗部，意在强调“㫗”的本义。宋易麟《说文解字今注》进一步解释说：“㫗为丰厚、笃厚之厚；厚为厚薄之厚……云‘山陵’，盖因字从厂而言。”⑥“垕”是古文的“厚”字，王筠《说文句读》:“当作从土后声。《玉篇》土部垕，云古文厚。又收厔字，亦云古文厚，则是从土上加石，故厚也。”⑦“厚”之古文从“后”从“土”，以表示厚薄义。在古人心中，天和地具有极其重要的地位，由于当时人们认识水平的限制，他们对天地的态度既非常敬畏，又感到神秘，据徐整《三五历纪》载：“天地浑沌如鸡子，盘古生其中，万八千岁。天地开辟，阳清为天，阴浊为地，盘古在其中，一日九变，神于天，圣于地。天日高一丈，地日厚一丈，

① 祝孝先. 汉字溯源［M］. 北京：中国书籍出版社，2003：255.

② ［清］王筠. 说文句读：卷 10［M］. 北京：中国书店，1983.

③ 叶柏来. 解字说文［M］. 广州：华南理工大学出版社，2005：133.

④ 汤可敬. 说文解字今释［M］. 长沙：岳麓书社，2002：720.

⑤ 读作 hǎn。周万春《汉字部首例解》：“厂，象山崖石岸的形状。左边的一撇象山肋的峭壁，上面是横出的石岩，下面的空处可以住人。‘厂’的本义是‘山崖’。古人常常就着‘厂’下居住，所以用‘厂’作意符的字，大都与山崖或房屋有关。”北京：知识出版社，1991：116.

⑥ 宋易麟. 说文解字今注［M］. 南昌：江西教育出版社，2004：393.

⑦ ［清］王筠. 说文句读：卷 10［M］. 北京：中国书店，1983.

盘古日长一丈。如此万八千岁，天数极高，地数极深，盘古极长，后乃有三皇……天圆广，南北二亿三万三千五百里七十五步，东西短减四步，周六亿十万七百里二十五步。从地至天，一亿一万六千七百八十一里半，下地至厚，与天高等。”[①] 古人这种关于天地起源的描述在我们今天看来似乎是荒谬可笑的，但它却真实地记录了先民对于他们所依存的天地自然原初的认识和判断。

通过对上述文献资料的分析综合，我们可知："厚"字的本意是表示山陵和大地的厚度，与"薄"相对，是厚薄之"厚"，它的字形表明它后起于"旱"；但后来随着文字的发展，表示厚薄的"厚"字取代了表示饮食的"旱"字，于是味道之"旱"也就变成了味道之"厚"；在文字不断演变的过程中，先起的"旱"逐渐弱化消失，后起的"厚"取而代之，并丰富了自身的意义。"厚"字的两种不同意义引入美学领域亦在不同方面产生了影响，山陵与土地之"厚"的本义是美学范畴"厚"得以产生的文字学基础，而味道蒸煮之"厚"则成为审美鉴赏中以"味"论美、以"厚"论美的语义学滥觞。

二、博厚配地

《初学记》引《关令内传》曰："地厚万里，其下得太空。太空四角，下有自然金柱，辄方圆五千里。"[②] 先民对我们所依存的大地并没有形成完全科学的认识，但他们由目力所及的山川河流，推断大地一定是具有相

① ［宋］李昉. 太平御览：卷 2［A］.（文渊阁）四库全书［M/CD］上海：上海人民出版社，1999.

② ［唐］徐坚. 初学记：卷 5［M］. 北京：中华书局，1962.

当厚度的，“谓地盖厚，河岳宣其气”[①]，“山盈川冲，厚地所以播气”[②]。可以说“厚”是当时人们关于大地的一个普遍观念。《礼记·中庸》曰：“天地之道，博也，厚也，高也，明也，悠也，久也……今夫地，一撮土之多，及其广厚，载华岳而不重，振河海而不泄，万物载焉。”天地的法则，就是广博、深厚、高大、光明、悠远、长久，今天我们所说的地，原本不过是由一撮土一撮土聚积起来的，可等到它广博深厚时，承载像华山那样的崇山峻岭也不觉得重，容纳那众多的江河湖海也不会泄漏，世间万物都由它承载了。《中庸》又曰：“博厚，所以载物也；高明，所以覆物也……博厚配地，高明配天。”博厚与大地相配，也正是因为大地的广博、深厚，它才能承载万物，哺育众生。

《左传·僖公二十三年》记载了这样一个故事：晋公子重耳落难时逃亡到卫国，卫文公对他态度非常不友好。经过五鹿时，重耳饥饿难耐，于是向当地人讨饭，但当地人对他很不客气，从地上捡起土块塞给他。重耳很生气，想要揍这个人，但被他的谋士子犯拦住了，子犯对他说：“这是上天赐予你的土地。”重耳心领神会，即向土块稽首行礼，“受而载之”。后来他果真受土而得福，逐渐强大起来，并成为春秋五霸之一。在饥肠辘辘之时，居然对不能吃的土块行礼，足见古人对于土地的重视。正是由于人类对大地的这种天然依赖关系，中国人自古就对大地怀着异常尊敬和爱戴的情感，《中庸》所记录的“博厚配地”的言语既是当时人们对大地的一种认识，也是对大地品格的一种礼赞。在古代典籍或文学作品中诸如此类的描写随处可见，例如：

《文子》曰：“地承天，故定宁；地定宁，万物形；地广厚，万物

① ［南朝·齐］谢朓．为宣成公拜章．

② ［唐］欧阳询．艺文类聚［M］．上海：上海古籍出版社，1982．

聚。定宁无不载，广厚无不容。”

（《太平御览·卷三十六》）

《易》称法象莫大乎天地。天以高明崇显，而岳配焉。地以广厚为基，而岳体焉。

（晋·傅玄《华岳铭序》）

昔禹启龙门，群山既凿。高明澄气而清浮，厚载势广而盘礴。

（梁·简文帝《海赋》）

夫何大川之浩浩兮，洪流淼以玄清。配名位乎天汉兮，披厚土以载形……纳阳谷之所吐兮，兼汉沔之殊名。

（东汉·蔡邕《汉津赋》）

坤元至德，品物资生。神凝博厚，道协高明。列镇五岳，环流四瀛。于何不载，万宝斯成。

（《乐府诗集·金奏》）

中国人历来讲究天、地、人与道四者的和谐统一，认为天地交感互动产生万物,也产生了人,而天地万物和人的运动发展又遵循同一的“道”,即阴阳两种力量相互作用所促成的,“天地之大德曰生”(《易传·系辞下》)。出于对天地这种“生生之德”的崇敬和感激，古人也有着众多的祭祀和礼拜天地的典礼仪式，“封禅”就是其中比较重要的一种。按照唐代张守节《史记 正义·卷二十八》对“封禅”解释:“此泰山上筑土为坛以祭天，报天之功，故曰封。此泰山下小山上除地，报地之功，故曰禅。”“封禅”是古已有之的礼仪，由于这种仪式的执行者是历代帝王，所以格外引人注目,其影响更为深远,形成了贯穿于中国古代社会延绵相续的礼仪传统。班固《白虎通义·卷五·封禅》说：

> 故升封者增高也，下禅梁甫之山基广厚也。刻石纪号者，著己之功迹也，以自劝也。天以高为尊，地以厚为德，故增泰山之高以报天，附梁甫之基以报地，明天地之所命，功成事遂，有益于天地，若高者加高，厚者加厚矣。

古人认为“天以高为尊，地以厚为德”，祈愿“天地交泰”。古代帝王在太平之岁，多来泰山举行封禅大典，祭告天地。其仪式包括“封”和“禅”两部分，“封”即在岱顶聚土筑圆台祭天帝，增泰山之高以表功归于天；“禅”即在岱下小山丘积土筑方坛祭地神，增大地之厚以报福广恩厚之义。班固《白虎通义·卷五·封禅》进一步解释说：“梁甫者，太山旁山名……梁，信也；甫，辅也。辅天地之道而行之也。”梁甫，又名梁父，是泰山脚下的一座旁山，是古代帝王举行禅地仪式的地点，这一典礼的具体落实是以除地为坛，以增加大地的厚度的形式来得以进行的。由此可见，虽然地“厚”仅仅是中国古人对于大地的一种朦胧体认，但它却已经深深地扎根于人们的普遍意识之中，并在土地崇拜和宗教活动方面获得了至高无上的地位，天“高”地“厚”的观念在中国由来已久，源远流长，根深蒂固。

三、厚德载物

大地上的种种宏伟景象，令古人赞叹，也使人们从中得到启发。中华民族自古以来就深刻地认识到自然对于人的审美教育价值，无论是道家还是儒家，都十分注重自然对人的化育作用，认为自然山水及客观外物亦可视为人之品性的象征，于是就有了“君子比德”的说法。古人经常以形象的“比德”方式来谈论自然对人在精神方面所产生的潜移默化的影响，用某种具体事物的自然属性比拟人的品格，将君子人格的内美加以形象化。

《周易》以卜筮的面貌出现，但其内在涵盖的却是一部人类社会自身认识的伟大思想成果，“乾”“坤”两卦分别象征天地，并用阴阳变化描述天地运行的规律，人法之，以修养自身。“乾”为阳为健，代表着阳刚之美；“坤”为阴为柔，其美为阴柔之美。“坤”的美，实际就是一种宽厚博大的母性的美，与儒家所言仁爱有密切联系，充实广大、至柔至静而又不失刚健的力量，这就是“坤”的美学特征。《易传·彖传》指出：“坤厚载物，德合无疆。含弘光大，品物咸亨……地势坤，君子以厚德载物。”《易传·说卦传》解释说：“坤，地也。”大地母亲张开她那深厚广大的怀抱，用源源不绝的丰富乳汁，哺育了大地上的万物和生灵。《易传·彖传》在解析了大地所具有的厚重辽阔、滋生万物、兼容并蓄的特点之后，以大地的博厚之德比拟君子，提出君子应禀承大地的品质，以博大、包容、淳厚的情怀待人接物、承载其使命，明确提出了“厚”的概念。“厚”的实质是厚道，即待人诚恳，能宽容，不刻薄，“厚”更强调一种内心的涵养，带有沉稳、平和、善良、淡泊、安详等特征。

《易传》提出的这种厚道包容的君子品格真正进入人物评价时，首先是在政治领域，并突出地表现在那些具有博大宽厚精神的圣人贤君身上。德治思想是儒家经世思想的核心，“德”即“悳”的假借字，“悳”，《说文》中解为“外得于人，内得于己”。所以，德者，亦即得也。外得人，内自得也。得人者，谓之有德。欲得天下，首得人心，是谓“德政”。由“德政”取代“暴政”是周代统治者的一大发明，早在西周时期，周人就提出了“皇天无亲，惟德是辅”的主张，要求皇权“明德配天”“敬德保民”，这也是夏商以来中国思想从敬鬼神到重人事的一大转变。在周人留下的文字中，“敬德”“明德”“修德”“用德”等已经较为普遍，“厚德”精神已经成为重要的政治、道德规范和人格精神。华夏民族所崇拜的历代圣君贤王无不是以仁德获得人民爱戴，服万邦而远来人的。

善为君者，蛮夷反舌，殊俗异习皆服之，德厚也。

（《吕氏春秋·仲春纪·功名》）

三苗不服，禹请攻之。舜曰：“以德可也。”行德三年，而三苗服。

（《吕氏春秋·离俗览·上德》）

桀不务德而武伤百姓，百姓弗堪……汤修德，诸侯皆归汤，汤遂率兵以伐夏桀。

（《史记·夏本纪》）

失德则王朝覆灭，修德则天下归心。孔子继承和发展了周人的德治思想，把德治的思想基础从天命落实到人间，对君主的道德修养提出了很高的要求。孔子说：“上好礼，则民莫敢不敬；上好义，则民莫敢不服；上好信，则民莫敢不用情。夫如是，则四方之民襁负其子而至矣。”[①]儒家的理想人格是内圣外王，希望统治者通过提高自身的道德修养，施行仁政，以成就王道，反对霸道。因此“厚”成了对君主进行品德评价的主要标尺，也是国家德治政治理想得以实现的重要手段，并产生了“厚德”“德厚”“慈厚”“宽厚”“仁厚”等涉及君主、德政的概念。

《周书》曰：“文王在镐，召太子发曰：‘我身老矣。吾语汝，我所保与我所守，传之子孙，吾厚德而广惠，不为骄侈，不为泰靡。’”

（《艺文类聚·卷十二·帝王部二》）

善为君者，蛮夷反舌殊俗异习皆服之，德厚也。

（《吕氏春秋·仲春纪·功名》）

① ［清］刘宾楠．论语正义［M］．诸子集成本．北京：中华书局，1996：284.

人主之居也，如日月之明也。天下之所同侧目而视，侧耳而听，延颈举踵而望也。是故非淡泊无以明德，非宁静无以致远，非宽大无以兼覆，非慈厚无以怀众。

（《淮南子·主术训》）

历史典籍中的种种记载，显示了中国古代传统文化对于君主仁厚之德的重视，在中国历史上，“厚德”精神对治理国家的方针、处理民族关系和对外关系的政策以及许多重大历史事件均产生了重大影响。“厚德”精神在中国历史上源远流长，其思想体现在人与人的关系中，强调修身养性，强调以个人修养的魅力归服他人，从而形成和谐、融洽、友善的人际关系。古代君王作为天下百姓的衣食父母，不可自以为是、目空一切、排斥异己，应该效法大地母亲那样承载万物、滋育子孙的胸怀和德能，兼容百家、取长补短、融会贯通，包容各类人、各类事，使民众及万物都能各遂其生，这样才能达到人民安乐富足、国家生机盎然和政治统治稳固的局面。

中华民族在对自然美的欣赏上，几千年来经常把自然的美和人的精神道德情操相联系，“厚德载物”是一种对自然的价值观念，是人对大地的审美观照，是从人自身的伦理道德等社会观念出发，将大地的外观特征伦理化、社会化、人格化，从而将其当作人类社会的组成部分，当作崇高人格的象征。“厚德载物”思想对中华民族的民族心理、民族性格以及中国的政治都产生了深刻且深远的影响，是在铸造中国文化及审美的基本精神方面起决定性作用的因子之一。

四、民德归厚

《易传》：“地势坤，君子以厚德载物。”在先秦时代，“君子”这个称谓自始就是一种身份概念，其含义大致有两层：一是与普通百姓、贱民相区别，“君子”是对处于统治地位的贵族的通称，这是“君子”的本来意思；二是指品行高尚的人，这是引申的意思。因为在那个时代，不是所有人都有机会接受教育，只有贵族才可以接受到良好的教育，所以“君子”成为品行高尚之人的称呼。

中国道德文化的一个主要特点，就是道德要求与人们所处的社会地位密切相关，所有的规范均依身份而定。身份是构成道德的前提，道德是对身份的确认和维护，两者相辅相成。如果我们详细分析孔子在使用“君子”这个概念时的具体含义，可以看出，其作为一种身份概念在孔子那里是一以贯之的。孔子心目中的道德只能是“君子之德”，即代表贵族阶层生活方式和价值观念的礼仪传统和行为规范，而不可能是体现一般人价值倾向和利益要求的普遍性道德。孔子始终是把“君子”阶层看成是道德实践的主体，将统治者看成落实儒家道德理想的推动力量。“君子”在先秦儒家那里首先是一个阶级概念，其次才是一个道德概念，孔子之所以经常从道德角度来评价“君子”与“小人”之间的差别，其目的并不仅仅在于使“君子”与“小人”成为不同道德境界的人格象征，更是为了突出“君子”身份的优越地位，以确证等级秩序和统治关系的正当性与合理性。

对儒家来说，道德价值和道德内容的判断更看重的是道德的社会功能和政治作用，道德的目的不是自律，而是治人。因此，“厚”作为形容人高尚品德的概念，在其开始使用的时候，具有浓厚的政治色彩，其使用对象主要是指社会上的权力阶层，其目的也是希望所谓“君子”们加强厚德怀人、以德服人的修养，通过怀柔的方式达到社会统治的理想状态。因此“厚”在使用初期是一个具有身份和阶级色彩的品人词语，并不具有使用的广泛性。

《春秋感精符》曰："人主与日月同明，四时合信，故父母天地，兄日姊月。"[①]《礼记·经解》曰："天子者，与天地参，故德配天地。"古代君王以天子自称，他们以天地为父母，以日月为兄姊，把自己对国家的管理权赋予至高无上的神权色彩。同时，为了巩固统治，他们还必须用各种各样的方式教化民众，提高百姓的思想道德素养，从而使得民风朴实淳厚，国家安定太平。《论语·学而》中载曾子的话说："慎终追远，民德归厚矣。"孔安国注："慎终者，丧尽其哀。追远者，祭尽其敬。君能行此二者，民化其德，皆归于厚也。"[②]"民德归厚"者，邢昺疏："言君能行此慎终追远二者，民化其德，皆归厚矣。言不偷薄也。"[③]圣贤施教，以孝为本。孔子的学生有若说："君子务本，本立而道生。孝悌也者，其为仁之本与！"[④]儒学以"仁"为核心，而"仁"又以"孝"为根本，如《孝经·开宗明义》："子曰：'夫孝，德之本也，教之所由生也。'"孝道既是道德产生的本源，也是圣贤君子教化天下的根本。《礼记·檀弓》云："君子曰终，小人曰死。"按曾子所云，如果君主能够谨慎肃重地对待父母的逝世，至诚地追祭先祖的恩德，为天下百姓做出孝敬父母和祖先的表率，并以此垂范天下，民众学而从之，这样民风自然也就趋向淳厚朴实了。

曾子所云的"慎终追远，民德归厚"是讲孝道，认为"厚德"由行孝而来，其言论正是针对当时礼崩乐坏、道德沦散的现状有所讽而发的。《论语正义》引《墨子·经上》云"厚，有所大也"，并进而解释说："当春秋时，礼教衰微，民多薄于其亲，故曾子讽在位者，但能慎终追远，民自知感

① ［宋］李昉. 太平御览：卷2［A］.（文渊阁）四库全书：卷1［M/CD］. 上海：上海人民出版社，1999.

② ［清］刘宾楠. 论语正义［M］. 诸子集成本. 北京：中华书局，1996：13.

③ ［魏］何晏注，［宋］邢昺疏. 论语注疏［M］. 十三经注疏本. 北京：中华书局，1980：7.

④ ［清］刘宾楠. 论语正义［M］. 诸子集成本. 北京：中华书局，1996：4.

厉,亦归于厚也。”[①]曾子言论的目的,也正是为了主张君主行孝道而致“厚德”,并以此教导万民孝敬和顺,进而达到管理好民众和国家的目的。“言君者以曾子言民德,民是对君之称。盖化民成俗,必由上者有以导之也。”[②]出于维护国家统治的目的,曾子劝导君子(君主)们能以自己的孝道之德去为民众做榜样,并化民成俗,使天下百姓的品德修养也趋向于淳厚。尽管曾子仍是站在维护统治阶级的立场上发表言论的,但他的一个重要进步就是把只局限于社会上层君子之德的“厚”,应用到了普通百姓的民众之德上,从而在相当大的程度上扩大了“厚”的应用对象,拓展了“厚”的使用范围,丰富了“厚”的内涵和外延,并最终进入美学领域,成为中国古典美学思想中的重要审美范畴之一。

“厚”由一个道德范畴逐渐演变为审美范畴的历史进程,一方面鲜明地证明了“中国美学竟是出发于‘人物品藻’之美学。美的概念、范畴、形容词,发源于人格美的评赏”[③],另一方面也有力地把人物品藻与美学融合的历史往前推到了先秦时代。与儒家思想强调群体性、社会性、伦理性的特点相协调一致,“厚”范畴在人物品藻上明显沾有较浓厚的政治与道德因素,主要是对人物的思想、品德等理性内容的抽象判断,而较少涉及人的个体魅力和才性风韵。人物品藻作为一种文化现象,随着人的自我意识的不断觉醒,至东汉末年已较为风行。魏晋玄学的高涨更使人得到了空前绝后的精神解放,一时间谈说玄理、品藻人物成为社会地位的重要象征和社会交往的主要内容。随着人的个性意识、个人价值日益张扬和受到越来越多的重视,发展到“世说新语时代”,人物品评尤其沉醉于人物的容貌、器识、肉体与精神的美,此间人物品鉴更重视对人物神理的鉴赏,赋予人物神韵体度以美的品格,正是在这样的背景下,发

① [清]刘宾楠. 论语正义[M]. 诸子集成本. 北京:中华书局,1996:13.
② [清]刘宾楠. 论语正义[M]. 诸子集成本. 北京:中华书局,1996:14.
③ 宗白华. 艺境[M]. 北京:北京大学出版社,1989:127.

展出了一批被频繁使用的语词，而这些语词后来被移植到文艺评论领域，成了我国古代重要的文艺学、美学范畴，诸如“风骨”“神韵”“风格”“清远”等，莫不如此。

然而，对人感性形象的重视，并不意味着对人理性价值的抛弃，审美“厚”范畴的作用和影响并没有因为六朝以来人物品藻侧重点的变化而废败消失。实际上伴随着儒家思想和封建主义在中国统治地位的延续，“厚”范畴在整个中国古代社会文化艺术领域始终占据着重要地位，尤其是在历史上一些以“复古为革新”的特殊时期，更往往成为拨乱反正、复归传统的旗帜和号角。同时，伴随着中国古代艺术的日益成熟，其审美的艺术性质日见彰显，“厚”范畴也适应了文艺发展的特殊规律，既保持着自己特有的伦理道德内涵，又与一些较富艺术味道的审美范畴逐渐交会融通，因革沿成[①]，在一次次的嬗变中丰满着自己的羽翼，壮大着自己的力量。

① 如钟惺、谭元春提出的“灵而厚”，刘熙载主张的“清而厚”，等等。

第二章　诗歌美学“厚”范畴

中国是诗的国度，中华民族是个以诗语来领悟自然和人生的民族，诗歌是中国古典艺术中最古老的形式之一，其历史可追溯到3000多年前，并且在中国几千年文明进程中发挥着举足轻重的作用。古典诗歌美学是中国传统美学思想中最稳定、最主要的有机组成部分，是东方文化重领悟性和教化性的生动体现，中国古典美学中的许多范畴都是从这一领域生发、延展。范畴在中国哲学那里，是一整套可以发展不同思想体系的基本名言。由于概念的一般性和名言的共通性特点，它很容易发展、变化出新的思想观念，甚至是范畴。[①]中国古典诗歌美学范畴中有不少本从哲学或伦理学范畴引入，因而也表现出了极强的能产性和衍生性，“厚”范畴亦是如此。

就单个范畴而言，“厚”通常是指诗歌内容深刻、格调醇厚的艺术品格和风格，由于其自身的能产性和衍展能力，它不断吸纳或连缀与自己意义相邻或相关的范畴，从而衍生出新的范畴。因此对“厚”范畴内涵的把握不能只局限于其自身，还应充分考虑到对其衍生范畴的考量。基

① 汪涌豪. 范畴论［M］. 上海：复旦大学出版社，1999：96.

于这样的观点，我们重点选取了历史上以“厚”为核心元素的重要范畴，通过对它们的梳理，以期尽可能地展现“厚”范畴在历史发展进程中的本来面目。

第一节　温柔敦厚

一、秦汉：温柔敦厚诗教的孕育与提出

“温柔敦厚”一词最早见于《礼记·经解》，是儒家用来阐释“六艺”[①]之教的，其云：

> 孔子曰：“入其国，其教可知也。其为人也，温柔敦厚，诗教也……其为人也温柔敦厚而不愚，则深于《诗》者也。”

这是汉代儒家对孔子文艺思想的一种概括，意思是说从一个国度中民众的文化教养，可以判断出统治者施行“六艺”之教的情况。很显然，“温柔敦厚”首先指人并且是指人的性情，人民温和柔顺，宽博淳厚，是以《诗》化民的作用和效果。因此，它首先是一个诗教原则，并进而逐渐演变为艺术原则和美学原则。“温柔敦厚”是儒家中庸之道在文艺思想上的反映，与《论语·八佾》中所说的“《关雎》乐而不淫，哀而不伤”的意思相一致，要求诗无论是写欢乐还是写悲伤，都不能过分泄露感情，而要平静克制，委婉含蓄地加以表达。

① 此“六艺”是指用《诗》《书》《礼》《易》《春秋》《乐》六部儒家经典施行教化，与西周时施行的礼、乐、书、数、射、御的“六艺之教”不同。

《礼记·经解》大概成篇于汉初，其所说的“六艺”之教的效果，是否出于孔子，难遽下断语，但强调《诗》的政治教化作用，无疑是出自孔门的一种共同认识。孔门四科之一的文学，就是用《诗经》作教材，要求熟读背诵，并能用于政治活动。“诵《诗》三百，授之以政，不达；使于四方，不能专对。虽多，亦奚以为？”（《论语·子路》）在先秦政治文化活动中，赋诗言志风气盛行的前提，正是当时上层社会诗教的流行和普及。到汉代，《毛诗序》继承和发扬了先秦儒家关于诗的见解，更加突出诗歌的教化作用，认为先王以《诗》“经夫妇，成孝敬，厚人伦，美教化，移风俗”[①]，即用诗以“成”统治者之政。同时《毛诗序》还进一步强调了诗“颂者，美盛德之形容”“下以风刺上，主文而谲谏”的美刺讽喻作用和“变风发乎情，止乎礼义”[②]的情感节制作用。

《礼记·经解》所云的“温柔敦厚”本是指《诗》所培育出来的一种理想的“中和”人格，几乎与《毛诗序》“发乎情，止乎礼义”同义，是一种受到特定规范限制的性情。两汉时代除了用音乐与诗歌来教化人民、移风易俗外，儒生们还希望继承《诗》三百篇“讽谏”的作用，提倡用诗来规讽劝谏帝王的过失。“美刺”是汉代《诗》学的重要范畴，有人甚至用“美刺”来概括汉代的《诗》学，如清代学者程廷祚《再论刺诗》云：“汉儒言诗，不过美刺两端。”[③]《毛诗序》的《小序》几乎每篇都首先指出是美诗还是刺诗，《诗经》的政治性和道德性，在汉代甚至因曲解而被强化了，本来不是直接反映政治与道德问题的诗，包括众多的爱情诗，在汉代的《毛诗序》中，也一律被解释为对政治、道德或“美”或“刺”的作品。强

① ［汉］郑玄笺、［唐］孔颖达疏．毛诗正义［M］．十三经注疏本．北京：中华书局，1990：17．

② ［汉］郑玄笺、［唐］孔颖达疏．毛诗正义［M］．十三经注疏本．北京：中华书局，1990：20，18，19．

③ ［清］程廷祚．青溪集：卷3［M］．合肥：黄山书社，2004．

调诗歌的政治讽谏作用，可以说是汉代说诗的一般现象，但又鉴于封建大一统专制制度下君臣尊卑的伦理纲常，慑于君臣之义，于是汉儒将“温柔敦厚”的性情与“美刺”的目的相结合、融汇。由《礼记·经解》对诗所提出的“温柔敦厚”四字，成为尔后说诗的最高圭臬，影响至大。

二、齐梁：温柔敦厚从重教化走向审美

诗教在“六艺”之教中处于首要地位，对中国古代诗学以及中国人的民族性格和审美情趣均有莫大的影响。后世诗人大多从《诗大序》强调教化的思想中吸取有为而作的精华，关心时事，关心社会，关心人生，使诗歌始终是为人生的艺术。就诗学理论阐发而言，齐梁时期的刘勰基本沿袭了汉代的诗学观点，但同时认为“温柔敦厚”是与“文主谲谏”分不开的。其云：

> 《诗》主言志，诂训同《书》，摛风裁兴，藻辞谲喻，温柔在诵，故最附深衷矣。
>
> （《文心雕龙·宗经》）

刘勰是结合《诗大序》来理解《诗》教的，包括了“美刺”“比兴”与“主文而谲谏”的内容。这几句话的意思是说：《诗经》是抒情言志的，注解它同注解《尚书》一样困难，其中有《风》《雅》等不同类型的诗篇，《诗经》采用了比兴手法，修饰辞藻，比喻曲折，吟咏讽诵，可以体会它“温柔敦厚”之美，最能切合人们的内心情怀。所谓“谲喻”就是“谲谏”，意谓诗人表达怨讽之情不能太直接，要婉曲讽喻，委婉达情，使人在吟诵中受到感发，体味出作者的善意和深情。用“温柔敦厚”对《诗经》进行审美观照，汉代《诗》学突出的是《诗经》的教化功能，而刘勰突出的是审

美功能，这是刘勰对“温柔敦厚”的一个重要发展。

《文心雕龙》中以“温柔敦厚”四字连用者，全书不见一处。“温柔”一词全书也只有上述《宗经》所云一处，但从刘勰的美学思想来看，“温柔敦厚”的美学思想是贯穿在《文心雕龙》全书之中的。《文心雕龙·序志》篇云：“擘肌分理，唯务折衷。”“折衷”对刘勰来说，不仅仅是方法论的问题，而且与他的美学理想密切相关，“温柔敦厚”的美学内涵是“中和之美”，追求一种和谐之美是刘勰美学思想的一个核心，因此笔者以为，《文心雕龙》虽未全文使用过“温柔敦厚”一语，但“温柔敦厚”的诗教对刘勰的影响是明显存在的。

三、唐代：温柔敦厚诗教的继承与发展

唐代是一个昂扬开放的时代，诗人辈出，流派众多，诗作风格多样、异彩纷呈，是中国诗歌史上最辉煌的一幕。在从事诗歌创作的同时，诸如杜甫、元结、皎然、刘禹锡、白居易、元稹等诗人对“温柔敦厚”的诗教观也进行了各自的阐发，但就唐代总体而言，对“温柔敦厚”诗教观的继承与发展起作用最大的当属经学大师孔颖达。

孔颖达在经学上的最大成就是奉诏主持编纂旧说府库、资料宝藏——《五经正义》，其进一步发挥了汉儒和刘勰的观点，他在解释“温柔敦厚”时释曰：

> 温，谓颜色温润；柔，谓情性和柔。《诗》依违讽谏，不指切事情，故云“温柔敦厚”，是《诗》教也。
>
> （《礼记正义·卷五十·经解第二十六》）

这是“温柔敦厚”在汉代提出之后，目前所见对它最直接、最明确的阐释。孔颖达将《诗》三百篇的“讽谏”传统和“温柔敦厚”说结合起来，“依违”，反复犹豫的意思，形容声音的乍离乍合。孔氏所说的“依违讽谏”就是《毛诗序》所说的“主文而谲谏”，但严格地说他仅仅说的是刺诗，是诗的“讽谏”，即以诗歌来进行讽谏，要不游离主题，又不直逼主题，而是始终围绕主题反复旋回，不即不离，隐约其词，婉曲道来，意在言外，以收到最佳的讽刺效果。朱自清说：“讽谏似乎就是‘谲谏’，似乎就指献诗讽谏而言。讽谏用诗，自然是最婉曲了。谏诤是君臣之事，属于礼；献诗主‘温柔敦厚’，正是礼教，也是《诗》教。”①所谓“不指切事情”，就是要求诗歌的讽谏不要直接指斥具体某人某事，不要急切地指责具体某人某事，即作家要性情和柔，可以讽谏，但要“怨而不怒”“止乎礼义”，保持“中和”，以委婉之词寄寓讽谏之意，使人易于接受，又不僭越礼义规范。孔氏对“温柔敦厚”的解释被后人广泛征引，其对于“温厚”一说传播流远，自然功不可没。

四、宋代：温柔敦厚诗教的重识与转型

在唐诗伟岸艺术高峰的巨大影响下，宋人为诗歌的发展付出了极为艰辛的努力。与唐诗外向开放的总体性格不同，诗歌发展到宋代转向内敛自省。“温柔敦厚”诗教在宋代的重新被认识，主要是源于理学的提倡，但其内涵在宋代的被接受与阐释均发生了一定的变化。

（一）黄庭坚

随着宋代文化专制主义的日渐加强，不少文人因文字而遭祸，时人对“温柔敦厚”的理解又多了一层保身和避祸的含义。例如江西诗派领

① 朱自清. 朱自清说诗［M］. 上海：上海古籍出版社 1999：123.

袖黄庭坚认为，诗歌是“温柔敦厚”性情的表现，一个真正的诗人，即使受到了再苦难卓绝的人生遭际，其不堪之情的抒发也不要超出纲常伦理所允许的范围，他对嵇康、白居易、苏轼等主张不平则鸣的文人表示了批评：

> 老夫绍圣以前，不知作文章斧斤，取旧所作读之，皆可笑。绍圣以后，始知作文章，但以老病懒惰，不能下笔也……东坡文章天下妙，其短处在好骂，慎勿袭其轨也。
>
> （《答洪驹父书》）
>
> 诗者，人之情性也，非强谏争于廷，怨忿诟于道，怒邻骂坐之为也。
>
> （《书王知载〈朐山杂咏〉后》）

在自述文学创作体会并教导外甥洪驹父时，黄庭坚否定了苏轼那些锋芒毕露、恣肆随性的作品。尤其是他本人有因文字而“遭诬枉”的经历，因此，他主张诗歌中表达的个人性情应当言辞温厚，用语平和，诗歌不当有“强谏”“怨愤”及“散谤侵陵”的内容，否则容易招来承戈受矢的杀身之祸。黄庭坚主张“温柔敦厚”的诗教观，在很大程度上带有避祸的自我抑制因素和明哲保身的自我保护因素。

（二）朱熹

宋代“温柔敦厚”阐释转向是理学思想运用到传统诗教中的结果。“温柔敦厚”在理学家眼里，有了极端化的倾向，变得更加苛刻了。到南宋时期，对“温柔敦厚”诗教观发展贡献最大的是朱熹。“忠厚恻怛之心，陈善闭邪之意”[①]可以说是朱熹对“温柔敦厚”的新阐发，他认为诗歌发生于“温柔敦厚”的情感，即使《诗经》中的变风变雅，也是圣人出于

① ［宋］朱熹．诗集传：序［M］．长沙：岳麓书社，1994．

“忠厚恻怛”的教化目的，为读诗者提供无邪心性的反面教材。朱熹旨在将《诗经》作为“思无邪”的范本，以教化民众达到“内圣”而“外王”的统一。

朱熹依据其“天理”“人欲”之辩对《诗经》提出了新的解说，他高扬《大雅》《颂》《小雅》中部分君子贤人的“悯时病俗”[①]之作，认为《风》中只有《周南》《召南》因亲受所谓文王教化之泽，得其“乐而不淫，哀而不伤”的性情之正，其他的都有失“正经”。他虽然也认为《诗经》是政治性的经典，但却与前人说诗有了很大的变化，他把《风》看作“里巷歌谣之作”“各言其性情者”[①]，对《国风》中的民间爱情诗大加挞伐，如说《氓》中的弃妇曰：“盖淫奔从人，不为兄弟所齿，故其见弃而归，亦不为兄弟所恤，理固有必然者，亦何所归咎哉，但自痛悼而已。”[②]这番话在一定程度上反映出“温柔敦厚”到宋代理学家那里，已经走向了狭隘和偏执，其实质变成了刻薄挑剔，泯灭人性。

五、元明：温柔敦厚诗教的离析与式微

金元时期，社会的激烈变化，使整个文坛的审美情趣也产生了巨大的变化，叙事文学与抒情文学情趣的吻合，无论是叙事性还是抒情性的文学创作，均体现出“自然酣畅”之美。少数民族狂歌闹舞的异域文化情调，通俗文学的蓬勃发展，理论家推动“情”的主张，使整个文坛的审美情趣也产生了巨大的变化，许多作家“显而畅”的做法，大异于传统“温柔敦厚”诗教观，加之元代汉儒地位的低下，“温柔敦厚”的诗教观逐渐消解弱化。

---

① ［宋］朱熹．诗集传［M］．长沙：岳麓书社，1994．

② ［宋］朱熹．诗集传［M］．长沙：岳麓书社，1994．

明代社会，儒家“温柔敦厚”诗教论重新占据主流地位，明代文人既重视诗歌创作形式、技巧的探索，又关注这种形式探索必须要符合诗教原则。前后七子在“复古”的旗帜下，重新审视文学现状，寻求文学出路，提出“文必秦汉，诗必盛唐”的口号，其“复古”主张乃是以振兴诗教为目的的。然而，他们过多地重视古人的诗文法度格调，注重诗歌形式技巧的探索。正是对诗歌仿古艺术形式技巧的过度关注，反而易给人造成一种“温柔敦厚”诗教观被忽视甚至被抛弃的印象。明代诗歌纠缠于复古与反复古之间，复古派在理论上并无什么新意。后来，李挚高举“童心”，倡言真性情，开公安派先声，三袁力倡“性灵”，呼吁诗歌创作“独抒性灵，不拘格套”，传统的诗教观进一步呈现衰微的势态。

六、清代：温柔敦厚诗教的回归与末路

明清之际，明朝的灭亡和清兵的入关，对许多具有爱国主义思想的汉族文人来说是一个极端痛苦的过程，在总结明亡的历史教训时，他们认为就思想文化而言，儒家思想的失控，经学礼义的不行，是王朝纲纪不振、腐败横行的原因，因此在文学思想上遂出现了重视诗教的回归之风。当然，这并不是对“温柔敦厚”的简单复归，而是在吸取文学思想发展新成果的基础上对旧传统的改造和扬弃。

清朝统治阶级借鉴了前代王朝的经验教训，推行积极的汉化政策，“温柔敦厚”的儒家诗教不但没被压制，反而作为其利用的文化策略之一，伴随着中国封建社会的后期鼎盛，得到了更多的认同。当然，在新的历史语境下，所谓“温柔敦厚”被不断赋予新的演绎。

（一）钱谦益之“志在救世”温柔敦厚论

时至清代，儒家《诗》教不再局限于中和的表达，“温柔敦厚”也被重新阐述。钱谦益作为清初诗坛盟主之一，认为不应该把具有怨愤风格的“变风”“变雅”之音逐出儒家诗坛，他结合当时社会的时代形势，在《施愚山诗集序》中重新解释了“温柔敦厚”，其云：

> 《记》曰：温柔敦厚，《诗》之教也。说《诗》者谓《鸡鸣》《沔水》，殷勤而规劝者，如扁鹊之疗太子；《溱洧》《桑中》，咨嗟而哀叹者，如秦和之视平公。病有浅深，治有缓急，诗人之志在救世，归本于温柔敦厚，一也。
>
> （《牧斋有学集·卷十七》）

钱氏认为“温柔敦厚”的主旨不在于外在的形式，而在于最终的目的和归宿；只要诗人怀有治国救世的理想和抱负，那么，在诗歌的表现形式上，就不必一味地强调中正和平、“怨而不怒”“哀而不伤”，其情感的抒发和言辞的表达即使是激切忧愤的，只要怀揣一颗火热真挚的救世之心，依然是合乎“温柔敦厚”诗教原则的。钱氏关于“温柔敦厚”的新主张，从理论上肯定了明末清初以来涌现的大量哀怨忧愤的“变风”“变雅”诗歌的合理性。

（二）黄宗羲之“激扬以抵平和”温柔敦厚论

黄宗羲从诗以言情的角度出发，认为当时的时代特征是天下之治日少而乱日多，生活在这样时世中的诗人要真正运用“温柔敦厚”的诗教，而充分发挥政教功能的诗歌必然是作者强烈的爱国忧民情感的流露，所以愁思哀痛之音在思想表达和艺术魅力方面都远远超过温厚和平之音，更会传诸后世。他对“温柔敦厚”的美学内涵作了新的阐释：

> 今之论诗者，谁不言本于性情？顾非烹炼使银铜铅铁之尽去，则性情不可出。彼以为温柔敦厚之诗教，必委蛇颓堕，有怀而不吐，将相趋于厌厌无气而后已。若是则四时之发敛寒暑，必发敛乃为温柔敦厚，寒暑则非矣。人之喜怒哀乐，必喜乐乃为温柔敦厚，怒哀则非矣。其人之为诗者，亦必闲散放荡，岩居川观，无所事事而后可。亦必茗椀薰垆，法书名画，位置雅洁，入其室者萧然如睹云林、海岳之风而后可。然吾观夫子所删，非无《考槃》《丘中》之什厝于其间，而讽之令人低徊而不能去者，必于变风变雅归焉。盖其疾恶思古，指事陈情，不异熏风之南来，履冰之中骨，怒则掣电流虹，哀则凄楚蕴结，激扬以抵平和，方可谓之温柔敦厚也。
>
> （《南雷文定·四集卷一·万贞一诗序》）

黄氏认为孔子在《诗三百》中，非但没有删去那些“讽之令人低徊而不能去者”，反而把它们归入变风变雅之中，这在一定程度上表明在动荡的时代，“温柔敦厚”的诗教只有通过变风变雅的激扬凌厉之音才能表现出来。儒家诗教中本身就包含着与平和中正相对的激昂慷慨的内涵，只是这一内涵长期被封建统治者淡化甚至故意忽略。黄氏认为在乱世之中，和平之音已经不能淋漓尽致地抒发性情，愁思哀痛之音反而具有更深刻的表现力和感染力，“怒则掣电流虹，哀则凄楚蕴结，激扬以抵和平，方可谓之温柔敦厚也”。黄宗羲在理论上进一步发展了“温柔敦厚”的儒家诗论，使其更为切合明清之际的社会情况，并为诗歌能够以不同于传统的新形式充分发挥其社会作用提供了新的理论依据。

（三）王夫之之“温厚和平”温柔敦厚论

《古诗评选》是王夫之重要的诗学著作，书中辑录、评点了自汉魏至隋代王夫之推崇、欣赏以及批评、贬斥的诗人诗作，蕴含着王夫之独特的诗学观念和审美理想，他认为诗的本质是“诗道性情”，这种“性情”具体指“兴观群怨”：

“诗可以兴，可以观，可以群，可以怨”，尽矣。辨汉、魏、唐、宋、之雅俗得失以此，读《三百篇》者必此也。“可以”云者，随所“以”而皆“可”也。于所兴而可观，其兴也深；于所观而可兴，其观也审。以其群者而怨，怨愈不忘；以其怨者而群，群乃益挚。出于四情之外，以生起四情；游于四情之中，情无所窒。作者用一致之思，读者各以其情而自得……人情之游也无涯，而各以其情遇，期所贵于有诗。

（《姜斋诗话·卷一·诗译》）

诗能否“道情”“动人以兴观群怨”，成为王夫之判断诗歌艺术水准高下的一条重要标准，他有感于诗教与世道人心的因应关系，一方面非常重视文学的社会作用，重申诗以道性情的古训，把陶冶性情视为诗的首要功能，强调诗歌所发之情的积极、健康和合乎雅正的原则。

另一方面，王夫之更加关注诗的艺术表现方式，他把“温柔敦厚”的尺度运用到诗的各个环节或领域中，将其视为诗教得以成立的基本前提，推崇委婉含蓄、审美感兴，反对直露促迫的诗风：

微而婉，则《诗》教存矣。

（《诗经稗疏·卷一》）

倾情，倾度，倾色，倾声，古今无两。

（《古诗评选·卷一》评曹丕《燕歌行》）

盖诗自有教，或温或惨，总不可以赤频热耳争也。

（《古诗评选·卷二》评嵇康《酒会六首》）

可以直促处且不直促，故曰温厚和平。结语又磬然而止，方合天籁。

（《古诗评选·卷五》评谢灵运《道路忆山中》）

王夫之论诗歌贵“平”，主张诗歌情感温厚平和，表达含蓄雅致，布局谋篇自然流畅、纡徐舒缓，在平和中抒写心灵、流露情感。从“温柔敦厚”的审美标准出发，他盛赞诗歌委婉细致、清绮动人，情致流转、缠绵悱恻的曹丕，钟情或用比兴、或用影射暗示、或借古喻今，委婉曲折地表现残酷现实的阮籍。

同样本着“温柔敦厚”的尺度，王夫之对出自杜甫的“健笔纵横”说加以抨击。如杜甫《戏为六绝句》云：“庾信文章老更成，凌云健笔意纵横。”然而，王夫之对庾信的评价则明确表明了他反对“健笔纵横”的态度：

故闻温柔之为诗教，未闻其以健也。健笔者，酷吏以之成爰书而杀人。艺苑有健讼之言，不足为人心忧乎？况乎“纵横”云者，小人之技，初非雅士之所问津。

（《古诗评选·卷五》评庾信《咏怀·日色临平乐》）

王夫之认为，杜甫所谓“健笔纵横”是对庾信的误读，也是对后人竞相仿效的误导，在他看来，庾信晚年历经人生变故，诗风抛弃了早年的宫体气息，其悲愤狂吟是有违温厚平易、舒缓平善的儒家诗教的。此外，他不喜欢杜甫“语不惊人死不休”的炼字行为，同时也对奉杜甫为祖、主张“点铁成金”“脱胎换骨”的江西诗派的诗歌创作持否定态度。

王夫之以博古通今的方式继承了儒家传统的诗教观，充分地吸取历代审美诗学的理论成果和艺术精神，赋予诗教以丰富的审美意义，他的“温厚和平”之说，把“温柔敦厚”纳入诗歌艺术美学的轨道，该审美立场和诗学理想是儒家诗教观同中国古典诗歌的抒情传统和艺术特性有机结合的结果。

（四）施闰章之“清明广大”温柔敦厚论

施闰章是清初杰出的文学家，诗尊李白、杜甫，主张宗法唐人，反对浮华诗歌格调，被誉为“尊唐派”首领。在其出仕的顺、康前期，多是遗民诗人发出的慷慨激越、呼怀壮烈之音，“今四海干戈未宁，独风诗为盛，贫士失职之赋，骚人怨愤之章，宜其霞蔚云属也。”[①] 施氏对明清之际变风变雅的怨愤诗歌不甚满意，而是以儒家传统文艺思想为标尺，重视并提倡“温柔敦厚”的诗教精神：

> 夫诗与乐为源流，古者诗作而被诸乐，后世乐亡而散见诸诗，大抵忧心感者其声噍以杀，乐心感者其声啴以缓，怒心感者其声粗以厉……诚积之于中不自知其然也。故曰：“温柔敦厚，诗教也。”
>
> （《佳山堂诗序》）

施闰章作为出仕清廷的官员，心态平和，有哀思但无怨愤，他历经明清交替之际哀痛乖戾之音的逐渐平息、清代统一的多民族国家日益巩固，特别时康熙时期开创出大国盛世的局面。于是，施润章与当时的台阁大臣冯溥等人把“温柔敦厚”与“清明广大”的盛世之音结合起来，

① ［清］施闰章．施愚山集：卷 1［M］．合肥：黄山书社，1992：115.

主张修养诗人内心的平和冲夷，并且以“温柔敦厚”的诗风来为“清明广大”的盛世服务。

古人称诗，莫尚于六经。《书》曰“诗言志，歌永言”，《诗》曰“穆如清风”、曰“其风肆好”，《记》称“温柔敦厚，诗教也”。于乎蔑以进已。风雅递变，义归正始，率多清明广大，一唱三叹之遗音焉。

（《重刻〈何大复诗集〉序》）

去浮艳于清态。去浮艳近古，去清太近厚。夫裘马纨绔之习既不足尚，就使楮冠芒履，敝敝焉憔悴其形容，凄寒其音节，以号为诗人，岂所谓清明广大之道哉！本乎道德之源，发为书卷之气，油油然，沨沨然，铿金石而感鬼神可也。

（《程山尊诗集》）

他指出，要达到“清明广大”的要求，必须去除“浮艳”与“清态”，近于“古”“厚”，其要求正与“温柔敦厚”的诗教相表里。反映在审美趣味上，提倡比兴，追求“含而不露”的诗学传统，以含蓄为美的审美情趣。反映在审美评价上，则表现为尊唐抑宋的倾向，欣赏蕴藉、空灵、尚情的唐诗，贬抑径露、拙实、尚意的宋诗。其“清明广大”温柔敦厚论反映了清初国家稳定之后，统治者鼓吹盛世修明，提倡从容大雅、清真雅正的文风祈尚。

（五）叶燮之“体用”温柔敦厚论

明清之际对“温柔敦厚”内涵的富有创造性的重新阐释使叶燮深受影响，他继承了钱谦益、黄宗羲等在“温柔敦厚”理解上体现出来的共同思维特征：目的与过程或内容与形式上的相反相成论，并结合他自己主“变”的思想，提出了著名的“体用”论。其云：

> 或曰：“‘温柔敦厚，诗教也。’汉、魏去古未远，此意犹存，后此者不及也。”不知“温柔敦厚”，其意也，所以为体也，措之于用则不同；辞者，其文也，所以为用也，返之于体则不异。汉魏之辞，有汉魏之“温柔敦厚”，唐、宋、元之辞，有唐、宋、元之“温柔敦厚”。譬之一草一木，无不得天地之阳春以发生。草木以亿万计，其发生之情状，亦以亿万计，而未尝有相同一定之形，无不盎然皆具阳春之意。岂得曰若者得天地之阳春，而若者为不得者哉！且“温柔敦厚”之旨，亦在作者神而明之；如必执而泥之，则《巷伯》“投畀”之章，亦难合于斯言矣。
>
> （《原诗·内篇上》）

叶燮以为“温柔敦厚”是“体”，而言辞为“用”；“温柔敦厚”是本质，是内容，而言辞为现象，为形式。“温柔敦厚”是一种诗歌立意上应遵循的普遍原则，它作为诗的内在主体是始终不变的，但表现这种主体的文辞则是多种多样、千变万化。叶氏对“温柔敦厚”的理解并不“执而泥之”，仅限于对《诗经》的评价，恪守前人所谓“乐而不淫，哀而不伤”的标准，而是采取圆融会通的态度，主张“作者神而明之”，强调“温柔敦厚”的诗教可以随着时代的不同而有其不同的具体内容。

“温柔敦厚”是“体”，它在各个时代创作中带有特色的表现则是“用”，叶燮对“温柔敦厚”的“体用”论的理解把儒家重视政教功能的诗教传统与强调艺术形式的变化创新有机地统一在一起，揭示了“变”与“不变”的辩证法。其最突出的价值是把艺术形式真正从儒家“怨而不怒，哀而不伤”“主文而谲谏”的中正和平的审美价值传统中解放出来，还诗歌在艺术形式表现上以真正的自由，从而摆脱了传统的“温柔敦厚”的诗教对诗歌艺术形式的理性束缚，在诗歌形式上完成了对儒家诗学的真正革命。

（六）沈德潜之“正统”温柔敦厚论

康乾时期，在清代经历了长期稳定之后进入繁荣发展的高潮期，士人中反清复明的民族思潮已经成为过去，绝大多数人已经适应了清代的统治，为了更好地为封建政治、文化服务，传统诗教的“温柔敦厚”观又重新得到人们的重视。沈德潜是康熙、乾隆两朝的诗人及诗论家，官至内阁学士兼礼部侍郎，深得皇帝信任，在当时诗坛更是处于执牛耳的重要位置，由于他在政治上的优渥地位，其诗学思想自然会带有鲜明的维护封建正统色彩。他谨守儒家传统的诗论，以“温柔敦厚”作为其论诗的纲领：

> 诗之为道，不外孔子教小子、教伯鱼数言，而其立言，一归于温柔敦厚，无古今一也。自陆士衡有缘情绮靡之语，后人奉以为宗，波流滔滔，去而日远矣。选中体制各殊，要惟恐失温柔敦厚之旨。
>
> （《清诗别裁集·凡例》）

> 州吁之乱，庄公致之，而《燕燕》一诗，犹念“先君之思”。七子之母，不安其室，非七子之不令，而《凯风》之诗，犹云“莫慰母心”。温柔敦厚，斯为极则。
>
> （《说诗晬语·卷上》）

可见沈氏以为“温柔敦厚”是与“缘情绮靡”相对立的作诗原则，他要求诗歌的感情必须符合君臣长幼的封建道德观念。在有益于教化作用的前提下，沈德潜肯定了诗歌的言情特征，对像杜甫《新婚别》这样虽揭露统治者的穷兵黩武，却最终写到妇人勉励丈夫从军的作品大加赞赏，对艳情之作，乃至诸如李商隐《无题》诗等无关教化的诗歌则给予贬斥和冷落，明显地表明了维护封建正统的诗学立场。

诗必原本性情，关乎人伦日用及古今成败兴坏之故者，方为可存，所谓其言有物也。若一无关系，徒办浮华，又或叫号撞搪以出之，非风人之指矣。尤有甚者，动作温柔乡语，如王次回《疑雨集》之类，最足害人心术，一概不存。

（《清诗别裁集·凡例》）

沈德潜秉承了宋代道学家的正统儒学观点，提倡“温柔敦厚”的诗歌风格，要求诗歌“去淫滥而归雅正”，要起到“和性情，厚人伦，匡政治”的作用，有时甚至打着“温柔敦厚”的金字招牌，力倡“大声壮音”，干脆驱散了那层含蓄朦胧的遮掩，更加理直气壮地为帝王家服务，称颂盛世太平。

沈德潜提倡“温柔敦厚”的儒家诗教，表明了康乾盛世时期，相当一部分知识分子对清政权的依赖，以及为之真诚效劳的立场。沈氏维护封建正统的“温柔敦厚”论较传统诗论维护封建正统的程度而言，只有过之而无不及，并使正统的诗教观获得了更加尊崇的地位，其理论适应了康熙、乾隆盛世统治阶级的需要，同时也可看作“温柔敦厚”诗教观历经几千年封建社会后，日趋走向穷途末路的回光返照。

七、近代：温柔敦厚诗教观的终结

“温柔敦厚”作为儒家的传统诗教，在中国封建社会中发生了重大的影响作用。一方面，在封建社会统治阶级内部，运用这一诗教来调整本阶级社会成员之间的关系，是合理的。但另一方面，由于它规定怨刺必须“温柔敦厚”，强调“止乎礼义”和“主文而谲谏”，只允许“怨而不怒”地委婉规劝，不允许抨击时政的激烈言辞；只允许有助政治教化的感情抒发，不允许过露地抒写个人的哀怨和牢骚。因此，对诗歌的言志抒情起了束缚、限制的消极作用。

对于这一艺术信条，前人曾作过多种解释，但很少有人提出过怀疑。直到清初，王夫之才在《姜斋诗话》中指出：“诗教虽云温厚，然光昭之志，无畏于天，无恤于人，揭日月而行，岂女子小人半含不吐之态乎？《离骚》虽多引喻，而直言处亦无所讳。”[①]认为诗教并不切合实际。其后，袁枚也反对沈德潜将“温柔敦厚”的诗教绝对化，他在《再答李少鹤书》中指出：“《礼记》一书，汉人所述，未必皆圣人之言。即如‘温柔敦厚’四字，亦不过诗教之一端，不必篇篇如是。”因此，袁氏认为《诗经》中的一些篇章并不“敦厚”，有的简直“裂眦攘臂而呼”，所以他认为“孔子论诗可信者，‘兴观群怨’也；不可信者，‘温柔敦厚’也。”[②]

不过，王夫之与袁枚的否定并不彻底，都未能深刻认识诗教的实质。“九州生气恃风雷，万马齐喑究可哀。我劝天公重抖擞，不拘一格降人才。”[③]清代末年的龚自珍在万马齐喑的风气下，喊出了重振民族强音的口号，要求打破“温柔敦厚”的诗教模式，振奋精神，迎接时代的挑战。到戊戌变法时期，梁启超清醒地看到了旧社会、旧制度的极端腐败和社会冗弊，他在呼吁变革社会的同时，在文化思想领域倡导文学的革新，号召人们用诗歌作为武器，批判封建的旧制度、旧秩序、旧道德、旧风俗，提倡

① ［清］王夫之．姜斋诗话［M］．北京：人民文学出版社，1998：159.
② ［清］袁枚．小仓山房尺牍：卷10［A］．袁枚全集：第5册［C］．南京：江苏古籍出版社，1993.
③ 刘逸生．龚自珍诗选［M］．杭州：浙江人民出版社，1980：195-196.

科学、民主、自由、人权，并由此而建立新的政治体制，改变中国贫穷落后的面貌。其“诗界革命”以“旧风格含新意境”[1]为革命精神，超越了“温柔敦厚”诗教的藩篱，同时也标志了传统诗教思想的终结。

第二节　气象浑厚

一、“气象”流变

“气象”范畴的应用是宋代美学的基本特色之一，“气”是中国传统文化中一个十分古老而又普遍使用的范畴。就其本义而言，“气”是指自然界中流行不止的“大气”“空气”，是维持地球上生命现象的基本前提条件。葛洪《抱朴子·内篇》指出：“人在气中，气在人中，自天地至于万物，无不须气以生者也。”“气”是生命的本原，是生命活力的源泉，也是审美活动与审美能力的源泉。

中国古典美学从生命形式和人体现象中获得审美启示，并建立起了相应的审美范畴。“气”被文艺美学借用，曹丕的“文以气为主”开其先河，陆机、刘勰、钟嵘继之。“尽管他们对‘气’的理解不完全一致，但都是基于对‘气’体验和经验感受来解释文艺的，是将文艺视为一个整体的前提下运用这一概念的。‘气’成了充塞在艺术有机体之中、并在其间回荡的生命和精神实体。”[2]率先于除音乐以外的其他艺术门类，文学在理论批评中是较早运用“气”范畴的，由“气”组合而成的概念绝大多数先出现于文学批评，然后才被移用于其他艺术门类。经过不断地发展，“气”

① 梁启超．饮冰室诗话［M］．北京：人民文学出版社，1998：51.

② 赵宪章．文艺美学方法论问题［M］．广州：暨南大学出版社，2002：220.

逐渐成为中国古典美学中具有独特意蕴的范畴。

依照古人的说法，“象”是对一切视而可见之物的总称。如论天体，为“天象”；论人体，为“心象”“脉象”或“脏象”。《周易》古经由八卦而六十四卦，古人认为这是圣人仿照自然界天象而创造的符号，是圣人深刻地观察了纷纭复杂的事物，模仿其形态，恰如其分地创造出来的。《易传·系辞上传》有言：“圣人立象以尽意”，“易者，象也；象也者，像者也。”具体说，“象”包含有天象和象征两层意思，这两层意项对中国古典诗歌创作及文艺批评亦带来了两点重要影响：一是它的直观可感，从根本上导致中国人好用一种取象比类的直觉性思维方式把握和反映身外世界；一是它对客观事物的适切形容和描摹，使其具有完整传达客观事物的功能，但又不舍去思维主体的主观旨趣。古人艺术创作重“象”的创造，美学批评重“象”的主观性、象征性的标举和揭示，“象”一直是中国古典美学的重要范畴之一。

“气”与“象”的连用，早在秦汉以前就已出现，如《黄帝内经·素问》中就有《平人气象论》，这里的“平人气象”是指健康人所具有的生命活力和状貌。齐梁时期，《梁书·徐勉传》有“仆闻古往今来，理运之常数；春荣秋落，气象之定期”之论，这里的“气象”是指自然景色、山川风貌等现象。

美学意义上的“气象”，是唐代出现的一种偏于宏观的审美概念，因在艺术创作中自然景象对作为创作主体的人发生了直接的影响，于是把“气象”引入了美学领域。王维的《山水论》中首先提出了“观者先看气象，后辨清浊”的命题，韩愈则以诗人的审美眼光来加以探索，他从《诗经》开始历数各个时代诗歌的流变，并在《荐士》诗中批判六朝诗歌“逶迤抵晋宋，气象日凋耗”。皎然《诗式》论“诗有四深”，列为第一的就是“气象氤氲，由深于体势”[1]。“气象”成为普遍使用的美学范畴始于宋代，朱熹较早开始用“气象”范畴评论和把握审美对象，其所言“气象”更多地倾向于对人格审美境界之赞扬。姜夔提出“气象浑厚”之说，把以“气象”论诗推进了一步。后来，严羽更加深入地总结唐代文学创作的经验，将这一审美范畴发扬光大。

二、“浑厚”辨义

“浑，溷流声也。”段注：“溷，乱也。郦善长谓二水合流为浑涛，今人谓水浊为浑。”[2]如此可见，“浑”除水不清外，还有和合、交融、统一的意思在内。进而观之，“浑”还有“全”“满”和模糊不明的意思。《晋书·王戎传》有“璞玉浑金”语，“浑”是未分剖的、天然、纯粹之谓。清人杨廷芝《诗品浅解》释“雄浑”一品时云：“元气未分曰浑。”

从文字学意义上说，“浑”所具有的质朴天然的含义与“厚”范畴所具有的返本归源、本色真淳的内蕴相契合，组成“浑厚”，一般用来形容一种自然天成、未经人工雕琢的质古朴素的情状，如《书经大全·卷十》：“鸿荒之世浑厚敦庞。”后来“浑厚”也用于人物的品鉴方面，是对人物资质、品性进行评价的用语，如《左氏传续说·卷四》云“百里奚资质浑厚”，《孟子集疏·序说》云“颜子便浑厚不同，颜子去圣人只毫发间”，《宋史·卷二百四十五》载濮安懿王“天资浑厚”，宋人韩琦说大理寺丞次公“孺性浑厚”[3]等。

“中国美学竟是出发于‘人物品藻’之美学。美的概念、范畴、形容

---

① 李壮鹰．诗式校注［M］．北京：人民文学出版社，2003：18.

② ［清］段玉裁．说文解字注［M］．上海：上海古籍出版社，1981：550.

③ 安阳集：卷 50［M］．（文渊阁）四库全书［M/CD］．上海：上海人民出版社，1999.

词，发源于人格美的评赏。”[①]“浑厚”亦是如此，由对人的评价进而成为对人的作品进行评价的用语。如唐人钱起《钱仲文集·提要》:“大历以还，诗格初变，开宝浑厚之气，渐远渐漓。”宋代苏颂《苏魏文公集·殿中丞华君墓志铭》:“君所著文章三十编，凡三千余首，风格浑厚，论议纯正。”在诗论中,“浑厚”主要指阳刚之美的一种诗歌风格,表现出一种朴实宏大、浑成自然的审美特点。郭绍虞先生注《诗品》时也说：“浑，全也，浑成自然也。”[②]“厚”是诗人内在的生命精神特征,“浑”是诗歌外在的艺术风貌特点，故“厚”为“体”,“浑”为“用”，二者和合为一，既反映出创作主体深厚的人生修养和健旺的生命精神，又与其作品整体的艺术风貌完美融合、浑然一体，并表现出一种余味无尽的审美特征。

三、“气象浑厚”之审美旨趣

较早把“气象”与“浑厚”联系在一起论诗的是南宋姜夔，其在《白石诗说》中首条即以人的体貌风采喻诗，其云：

> 大凡诗，自有气象、体面、血脉、韵度。气象欲其浑厚，其失也俗。
>
> （《白石诗说》）

姜夔以人拟诗，将古代本惯以用来描状人的精神和肉体的诸要素置于诗，将“气象”列为第一，是指诗篇总体的精神状貌，并进而以习于品评赞誉人物的“浑厚”作为“气象”的标准。姜氏认为“气象”浑朴深厚应是诗家追求的目标，也是诗歌审美的最理想境界。

① 宗白华. 艺境［M］. 北京：北京大学出版社，1989：127.

② 郭绍虞. 诗品集解［M］. 北京：人民文学出版社，1963：3.

严羽继承和发扬了姜夔的观点，对“气象浑厚”更是一再申说，阐释得也更细致具体。在严羽看来，“气象”是诗歌艺术创造的五个基本方面之一，其曰：

> 诗之法有五：曰体制，曰格力，曰气象，曰兴趣，曰音节。
>
> （《沧浪诗话·诗辩》）

郭绍虞先生《沧浪诗话校释》引陶明濬《诗说杂记》：“气象如人之仪容，必须庄重。”[①] 也就是说“气象”是诗歌神情气概风貌的集中体现。严羽又进一步阐释说：

> 坡、谷诸公之诗，如米元章之字，虽笔力劲健，终有子路事夫子时气象。盛唐诸公之诗，如颜鲁公书，既笔力雄壮，又气象浑厚，其不同如此。
>
> （《沧浪诗话·附录·答出继叔临安吴景仙书》）

严羽以书法喻诗，用“气象浑厚”集中概括了盛唐诗歌的主要艺术特色，也表达了他要求诗歌创作“雄浑壮阔而不锋芒毕露，含蕴深妙而不雕琢奥僻，质朴自然而不浅俗浮薄”[②] 的理论主张。联系他“镜花水月”之美等倡导，可以看出他心目中诗的最高境界是要具有如下几方面特点。

其一，浑然一体的整体风貌美。严羽认为唐诗和宋诗的区别，不能光从篇章字句修饰的工细或粗拙上来比较，而要注意到其整体风貌上的差异。严羽“气象浑厚”首先强调了一种“浑”的特点，凡是具有“浑”

① 郭绍虞．沧浪诗话校释［M］．北京：人民文学出版社，1961：6.

② 王运熙．中国古代文论管窥［M］．济南：齐鲁书社，1987：403.

这种特点的诗，都是一个完整有机的统一体，你中有我，我中有你。他说“汉魏古诗，气象混沌，难以句摘”，“建安之作，全在气象，不可寻枝摘叶”[①]，充分肯定了汉魏古诗的整体性。又说“盛唐诸公之诗……气象浑厚”，认为“浑”是盛唐诗歌的最基本特色之一，并以为这些时代的诗作全篇“气象”浑融深厚不容割裂，是后来那些有句无篇之作难以企及的。严羽认为，写诗应注意全篇的统一和完整的美，而不应以镶嵌奇字、构造佳句为能事，他批评“灵运之诗，已是彻首尾成对句矣，是以不及建安也”，并指出：“唐人与本朝人诗，未论工拙，直是气象不同。”[②]就是说评论唐、宋诗之优劣，主要不应着眼于字句的工拙，而应着眼于整体的艺术风貌。严羽将“气象”与时代社会、个性特征和言语技巧联系起来考察，反对“寻枝摘叶”的个别观照，否定局部字句的精巧，而是着意于整体境界的建构，追求诗歌不可句摘、难以言喻、超出技巧、无法机械模仿的浑然一体的整体风貌美，这种看法是可取的。

其二，不落痕迹的自然化工美。“浑”与“厚”都有天成、本色的含义，“浑厚”之美本身就是一种自然美、浑朴美。严羽《沧浪诗话·诗评》说：“盛唐人，有似粗而非粗处，有似拙而非拙处。”[③]揭示盛唐诗歌这种“似粗而非粗”“似拙而非拙”的妙处就在于其浑成自然，表明了严羽提倡浑朴天然之美、反对过分雕琢字句的诗歌审美态度。但我们也注意到，严羽虽以“气象”赞誉汉魏古诗和盛唐诗歌，措辞却有“混沌”和“浑厚”的不同。应该说二者在强调诗歌风貌的浑整性和浑朴性上基本是相同的，但严羽认为汉魏古诗“不假悟也”，还处在朴素的审美阶段，其“混沌”的淳朴之美是自发的、初级的；而盛唐诸公则是“透彻之悟也”[④]，因而其

① 郭绍虞．沧浪诗话校释［M］．北京：人民文学出版社，1961：138，145．
② 郭绍虞．沧浪诗话校释［M］．北京：人民文学出版社，1961：145，133．
③ 郭绍虞．沧浪诗话校释［M］．北京：人民文学出版社，1961：130–131．
④ 郭绍虞．沧浪诗话校释［M］．北京：人民文学出版社，1961：10．

诗有“透彻玲珑，不可凑泊”[①]的意境，体现了一种天生化成而无任何人为造作痕迹的特点，而这正与他提倡“兴趣”时强调“无迹可求”的精神是相通的。由此我们发现，严羽反对刻露斧凿的痕迹，但并非排斥人工，他肯定浑朴天成之美，但他最欣赏的理想天然之美并不是自发的、初级的那种，而是一种在审美高度自觉基础上产生的不落痕迹、巧夺天工之美，是人工胜似天工的完美状态。对此王运熙先生曾指出：“盛唐诗歌的浑成，不是对汉魏古诗浑成的简单回归。它们虽然力追汉魏古诗的浑成，但毕竟经历了六朝诗歌注意语言美的长期浸润，因此比起汉魏古诗来，大抵语句比较工致，音韵更为和谐流畅，在浑成中往往包含着精工的因素。至于律诗，那精工的特色就更为鲜明了。”[②]

其三，浑沦深厚的朦胧含蓄美。严羽要求诗要有力量和气魄，但是反对把这种力量和气魄表现得过于直露，流于表面，因而在提倡“笔力雄壮”的同时又特别强调“气象浑厚”，并以“子路事夫子时气象”[③]和所谓“浑厚”气象相对照，指出苏轼、黄庭坚的诗，犹如米芾的字，虽然笔力并不孱弱，但终究是像孔武的子路初随孔子时那样，不脱剑拔弩张的气象，比较外露，乃至刻意表现，甚至难免有做作之嫌；而盛唐诗则像颜真卿的字之笔力劲健、力量内蕴而意趣深厚，浑成自然，无迹可求，所以读来韵远味长，耐人咀嚼，具有婉曲绵延的含蓄之美。严羽在《沧浪诗话·诗法》中论诗歌创作时提出了“语忌直，意忌浅，脉忌露，味忌短”[④]诸项要求，“语忌直者，是指诗歌语言要委婉，意思不可直白说出。意忌浅者，是指诗歌含意要深远，不可流于浮浅。脉忌露者，是指诗歌

① 郭绍虞．沧浪诗话校释［M］．北京：人民文学出版社，1961：24．

② 王运熙．中国文学批评通史：宋金元卷［M］．上海：上海古籍出版社，1996：205．

③ 即《论语·先进》：“闵子侍侧，訚訚（和悦貌）如也；子路，行行（刚强貌）如也；冉有、子贡，侃侃（刚直貌）如也。”这里“气象”是指表现在外的气度神态，闵子、子路、冉有、子贡四个人的气象分为三种，都表现在外，容易辨别。

④ 郭绍虞．沧浪诗话校释［M］．北京：人民文学出版社，1961：114．

表达要凝炼而具有跳跃性，可以省去许多中间环节，使意义脉络较为隐蔽，而不显露在外。味忌短者，即是诗歌要有味外之味，韵外之致。”[①] 此四忌实质上就是要求诗歌创作要“气象浑厚”，追求一种只可“妙悟”、不可言说的含蓄深沉之美。中国古人的审美趣味在于余味无穷，浑厚风格包蕴丰富的审美特点，恰恰符合中国古人的审美趣味，因而得到了广泛的认同。

从中国古典审美意识的流变来看，唐代的“意境”理论转向到了宋代的“气象”理论。严羽用“气象浑厚”简练、精当地概括了盛唐诗歌乃至整个盛唐艺术的时代风格，也表达了他要求诗歌创作“雄浑壮阔而不锋芒毕露，含蕴深妙而不雕琢奥僻，质朴自然而不浅俗浮薄”[②] 的理论主张。联系他镜花水月之美等观点，可以看出他心目中诗的最高境界是：既含蓄而又气象雄浑；质朴自然，不雕章琢句；即事命篇而又寓意深远。

“气象浑厚”是宋代审美精神的重要理论结晶，亦是宋代审美意趣、审美评价、审美标准之基本精神，对后世影响日益深远，如清人吴乔《围炉诗话》引《隐居诗话》云：“山谷好取南朝人语之未经用奇字，缀辑成诗，故句虽新而不浑厚。”[③] 李调元《雨村诗话》：“唐王、杨、卢、骆四杰，浑厚朴茂，犹是开国风气。”[④] 都与严氏“浑厚”一论意脉相承。此外，“浑厚”标准的评价范围也不断扩大，由诗而词而文，如周济《介存斋论词杂稿》：“花间极有浑厚气象。如飞卿则神理超越，不复可以迹象求矣。”[⑤] 余成教《石

① 张少康. 中国文学理论批评史教程［M］. 北京：北京大学出版社，1999：226.

② 王运熙. 中国文学批评通史：宋金元卷［M］. 上海：上海古籍出版社，1996：403.

③ ［清］吴乔. 围炉诗话［A］. 郭绍虞. 清诗话续编［C］. 上海：上海古籍出版社，1983：608.

④ ［清］李调元. 雨村诗话［A］. 郭绍虞. 清诗话续编［C］. 上海：上海古籍出版社，1983：1525.

⑤ ［清］周济. 介存斋论词杂著［M］. 北京：人民文学出版社，1998：5.

园诗话》:"李习之翱皇甫持正,同为韩门弟子。习之文章浑厚,诗非所长。"[①]随着历史的发展,"浑厚"范畴也不断地浑厚着自己,其内涵也越来越丰满,并逐渐成为中国古典美学范畴中使用频率相当高的一个。

第三节　厚出于灵

一、期在必厚

以选本的形式来表白自己的文学主张和诗学取向，是中国古代诗人传播自己文学主张的一种独特方法。《诗归》是晚明竟陵派领袖人物——钟惺、谭元春编选的一部特立独行的诗歌选集，谭元春在《诗归序》中自称未壮时,"与钟子约为古学,冥心放怀,期在必厚"。清人贺贻孙在《诗筏》中说:"钟、谭《诗归》，大旨不出'厚'字。"[②]"厚"是钟、谭有鉴于公安派的浅率刻露，从体浑、词整、法严[③]的角度提出的，在诗歌美学史上第一次把"厚"作为一个明确的美学范畴正式提出。

明代嘉靖后期，中国封建专制制度已经步入暮年，统治集团内部十分腐败，同时随着社会生产力的迅猛发展，商品经济的空前繁荣，资本主义萌芽的产生，在思想文化领域也随之发生了相应的变化。一股反复古的新思潮在文艺领域迅速蔓延，这股新思潮反映在诗歌理论方面的最突出代表就是公安三袁的"性灵"说。公安派论诗主张畅发性灵，崇尚

① ［清］余成教. 石园诗话［A］. 郭绍虞. 清诗话续编［C］. 上海：上海古籍出版社，1983.

② ［清］贺贻孙. 诗筏［A］. 郭绍虞. 清诗话续编［C］. 上海：上海古籍出版社，1983：141.

③ 钟惺自序《江上徘体》称，作诗"要使体浑而响切，事杂而词整，气恢而法严，令才有不必尽，意有不得逞，亦是蚁封盘马意也"。

一种敢于背叛传统观念的主观精神，倡导诗歌冲破礼教和理学的羁绊、充分体现人的个性和心灵。但此举使一些本无叛逆精神的庸俗之徒望风附和，使很多诗作流于精神内容的儇薄和艺术形式上的浅露。

继之而起的竟陵派也主张抒发性灵，他们在公安派的基础上，欲别出手眼，希望以“厚”来矫正“性灵”一说的浅薄之失，因此他们提出的“厚”是一个与“性灵”相辅的观念。代表人物钟惺详细论述了所谓“厚”的观点：

> 向捧读回示，辱论以惺所评《诗归》，反复于“厚”之一字，而下笔多有未厚者，此洞见深中之言。然而有说：夫所谓反复于“厚”之一字者，心知诗中实有此境也；其下笔未能如此者，则所谓知而未蹈、期而未至、望而未之见也。何以言之？诗至于厚而无余事矣。然从古未有无灵心而能为诗者。厚出于灵，而灵者不即能厚。弟尝谓古人诗有两派难入手处：有如元气大化，声臭已绝，此以平而厚者也，《古诗十九首》、苏、李是也；有如高岩峻壑，岸壁无阶，此以险而厚也，汉郊祀、铙歌、魏武帝乐府是也。非不灵也，厚之极，灵不足以言之也。然必保此灵心，方可读书养气，以求其厚。若以夫顽冥不灵为厚，又岂吾孩之所谓厚哉？
>
> （《隐秀轩集·卷二十八·与高孩之观察》）

在其他的许多场合，钟、谭论诗曾大量使用了“厚”系列的一些概念，如“深厚”“浑厚”“博厚”“柔厚”“雄厚”“幽厚”“庞厚”“隆厚”“气厚”“力厚”“厚力”“厚远”，等等，“厚”成为竟陵派最重要的诗学概念和孜孜以求的审美理想，其诗歌创作与诗歌评价多围绕此生发，主要包含双重含义：一方面指诗人本身性情之厚和学力功底的深厚，即符合儒家温柔敦厚诗教的“厚”；另一方面，指诗歌艺术形式上的蕴藉浑厚和真朴厚拙。

二、以厚补灵

沿公安派之余绪，竟陵派也是抒发“性灵”的坚决拥护者，钟惺以为诗家当“求古人真诗所在。真诗者，精神所为也”。谭元春则表示：“夫真有性灵之言，常浮出纸上，决不与众言伍。”[①]这些主张都是竟陵派重视作家个人情性流露的体现。他们力主“厚”,并不是排斥“灵”、否定“灵”，而是希望以“厚”来补救“灵”之失，尚“灵”求“厚”是钟惺和谭元春诗歌美学的重要理论原则，因此他们众多关于“厚”的论述也是围绕和结合“灵”来展开的[②]。

就创作主体而言，“厚出于灵”，“厚指什么呢？谭元春《与舍弟五人书》：‘舟中无事，间发其（蔡公）回陈志寰先生与伯敬二书，说我人愈朴，性愈厚，是进德之验。又说我笔慧而人朴，心灵而性厚。不知公从何处窥我如此也。’那末厚指为人厚道，诚朴，厚与进德有关，这又是仁厚了。灵指笔慧心灵。钟惺指出有两种厚，一种是‘平而厚’，指性情真率和平，诗从肺腑中流出，自然真诚，这就是灵。一种是‘险而厚’，品格高峻，有原则性，不可侵犯，语言卓绝，其锋不可犯，这也是一种灵。灵即有真性灵，自出眼光。‘厚出于灵’，即有了自出眼光的见解，才显出人的仁厚或险厚来。否则人云亦云，就显不出仁厚或险厚来了。”[③]

钟惺认为所谓古诗之“厚”，并不全在其高古的格调，而是在于古

---

① ［明］钟惺．诗归序［A］．隐秀轩集：卷 16［C］．上海：上海古籍出版社，1992.

② 钟惺书斋名“隐秀轩”，作品名“隐秀集”，恰与其尚“灵”求“厚”的主张相一致，“隐”者才“厚”，“秀”者必“灵”。

③ 周振甫．《谈艺录》读本［M］．上海：上海教育出版社，1992：248-249.

人的“灵心”。“灵”或“灵心”是诗人求“厚”所必备的主观前提条件，是基础，创作需要诗人的聪明才智，古今中外概莫能外。然而，这也并不等于说有了先天“灵性”，为诗者就可以达到“厚”的境界，“必保此灵心，方可读书养气，以求其厚。”也就是说，仅有飞动的“灵心”还远远不够，还要“挟灵气者多读古书”[①]，“多读书，厚养气；暇日以修其孝悌忠信，入以事其父兄，出以事其长上。”[②]通过读古人之书来积累深厚的学养，这样才能使作品在清灵中寄托深远厚重的韵味，传世久远。

以学问入手来学诗是竟陵派达到“厚”之理想境界的必经之路，也是他们为学诗者提示的正确途径。钟惺主张：“人之为诗所入不同，而其所成亦异……从学入者，心平而气实。平之不复躁，实之不复浅，不待年而成。”[③]钟氏所倡的以读书养气来加强个人修养，不仅包括传统的思想修养，也包括多方面加强心性修养和艺术修养，来提高人的综合素质和能力。当然，由于阶级和时代的局限，他们所主导的思想修养仍是以儒家孝悌忠信的封建仁义道德为核心的。钟、谭以读书学古的方式，将古人精神内化为自己的心理内容，达到融合古今，以积聚其“厚”，他们选《诗归》，目的就在于“引古人之精神以接后人之心目”[④]，试图开导时人心窍，呼吁积储文学底蕴，追求“学养深厚”，以创作出具有深厚思想意蕴的诗歌作品，这与单纯在形式上蹈袭古风的做法有着很大的区别，客观上对纠正明中期复古派拟古流弊起着一定的积极作用。

---

① ［明］谭元春. 九峰静业序［A］. 谭元春集：卷 239［C］. 上海：上海古籍出版社，1998.

② ［明］钟惺. 周伯孔诗序［A］. 隐秀轩集：卷 17［C］. 上海：上海古籍出版社，1992.

③ ［明］钟惺. 孙昙生诗序［A］. 隐秀轩集：卷 17［C］. 上海：上海古籍出版社，1992.

④ ［明］钟惺. 诗归序［A］. 隐秀轩集：卷 16［C］. 上海：上海古籍出版社，1992.

三、求灵至厚

竟陵派以“厚”补救公安派之纤巧细疏，又以“灵”矫正七子派“肤廓”的缺陷，在复古与反复古之间寻求诗歌发展的新径，因而提出了求“灵”致“厚”的诗论主张，但怎样调和“灵”与“厚”、师心与师古间的关系，如何处理二者间的“隔而不合”，亦是他们必须面对的问题。对此谭元春云：

> 夫诗文之道非苟然也，其大患有二：朴者无味，灵者有痕。故有志者常精心于二者之间，而验其候以为浅深。必一句之灵，能回一篇之运；一篇之朴，能养一句之神，乃为善作。谭子曰：古人一语之妙，至于不可思议，而常借前后左右宽裕朴拙之气，使人无可喜而忽喜焉。如心居内，目居外，神光一寸耳，其余皆皮肉肤毛也。若满身皆心，心外皆目，人乃大不祥矣。
>
> （《谭友夏合集·卷二十三·题简远堂诗》）

在这里“朴”与“灵”相对，“朴”就是“厚”，“朴”是本色，是真我，与灵性融为一体，才能做到清新而无痕。“朴”是全篇的“宽裕朴拙”，是整体的美质，“灵”是一字一句的灵动神妙，一篇之中一字一句的画龙点睛之灵妙可以使全篇灵气飞动，而“一句之神”亦要靠“一篇之朴”来养护衬托。“若满身皆心，心外皆目，人乃大不祥矣”，诗若“极透”，亦不“厚”矣。总而言之，以“点逗一二新隽字句”[①] 的灵动来求一篇之气运，以整篇的浑厚蕴藉来突出一句诗的神采，这是就竟陵派“灵而厚”的诗学精义。

① ［明］钟惺．孙昙生诗序［A］．隐秀轩集：卷 17［C］．上海：上海古籍出版社，1992．

竟陵派关于诗歌“厚”的美学主张，是针对公安派刻露有余而浑厚不足的主要病端而提出的，因此除了在精神思想方面强调加强作品内涵的厚度外，在艺术形式上对诗歌亦有求“厚”的要求。钟、谭在艺术上对“厚”的理解，主要继承和吸收了宋代以来所谓“气象浑厚”的观点，追求诗歌整体艺术风貌上浑厚蕴藉的美学特征，这也是他们品评古诗的一项重要准则，如：

只是极真极厚，若云某句某句佳，亦无寻处。（评苏武诗）

不朴不茂，不深不清，不浑不雄，不厚不光。了此可读陶诗。（评陶渊明诗）

初、盛唐之妙，未有不出于厚者。（评常建诗）

极真极厚，不作一体面勉留套语，然亦愤甚，特深浑不觉。（评王维诗）

在钟、谭眼中，仅包蕴深厚还不是诗的至境，最理想的诗境应是内蕴丰富，情意深厚，又浑然天成，无迹可寻。那些汉魏盛唐诗歌作品的一个重要特点就在于其含浑朦胧、寄托深远，具有蕴藉深厚的韵味，这才是诗歌的真正魅力所在。如谭元春评杜甫《捣衣》“用尽闺中力，君听空外音”时，曾比较王维“别后同明月，君应听子规”，认为二者“皆以其涵蓄渊永意出纸外，而王语之渊永以清，此语之渊永以厚，不可不察”。[①] 谭氏肯定二诗都用了含蓄的手法表达了诗中主人公思念对方的深情厚意，

① ［明］钟惺，谭元春. 唐诗归［A］. 诗归：卷 21［C］. 武汉：湖北人民出版社，1985.

但一浑厚，一清新，其美学表征不同，在他眼中，自然是前者要胜出一筹。

竟陵派试图以“灵”求“厚”，以一字一句的灵动来求得古诗之“厚”，因而难免存在流于轻儇玄妙之弊，加之钟、谭二人的诗歌创作实践中浑朴淳厚的佳作确实少，因此在很长的时间内他们一直受到后世诗论家的批评。我们以为，自古以来，理论主张和创作实践脱节的现象并不足为怪，我们不能因为钟、谭的诗歌创作没能达到“厚”的境界而贬低甚至否定他们在理论探讨上的勇气和所取得的成绩。钱钟书先生说竟陵诗论：“以‘厚’为诗学，以‘灵”为诗心，贤于渔洋之徒言妙悟，以空为灵矣。”①

钟惺在《与高孩之观察》中坦率地表示：“心知诗中实有此境也。其下笔未能如此者，则所谓知而未蹈、期而未至、望而未之见也。”我们也不能因为他们的创作没有达到其理论所向往的境界，便认为他们不知“厚”。竟陵派“期在必厚”，又说“厚出于灵”，并非要偏重于“灵”，其“厚”与“灵”的并提及对二者关系的理解，一方面表明了竟陵派为调整晚明个性解放思潮与传统儒家诗教之间的平衡所做的努力，另一方面其见解也在一定程度上显示了晚明文学中激进活跃精神呈现收敛的迹象，进而容纳到儒家美学体系中，折射出了一种历史发展的真实脉络。

第四节　无厚之厚

一、厚与薄、淡、富、肥、蛮

“厚”是竟陵派为纠正公安派末流的浅率直露的诗风而提出的美学观

① 周振甫.《谈艺录》读本［M］. 上海：上海教育出版社，1992：224.

念，清初贺贻孙特别推崇这一观念，并把它和严羽的“悟”相并称：“严沧浪《诗话》大旨不出‘悟’字；钟、谭《诗归》，大旨不出‘厚’字，二书皆足长人慧根。”①贺贻孙沿用竟陵派“厚”之观念作为其理论的生发点，并作了进一步的发挥和深入，其对“厚”范畴的内涵作了细致的比较和分析，从而使“厚”范畴与相关范畴的区隔更加精确。

（一）厚与薄

“厚”是贺氏诗歌美学的核心命题，其《诗筏》开首不久，便提出了这一关键性概念，同时将“厚”与“薄”对举提出，使美学“厚”范畴极具辩证色彩：

> 李、杜诗，韩、苏文，但诵一二首，似可学而至焉。试更诵数十首，方觉其妙。诵及全集，愈多愈妙。反复朗诵至数十百过，口颔涎流，滋味无穷，咀嚼不尽。乃至自少至老，诵之不辍，其境愈熟，其味愈长。后代名家诗文，偶取数首诵之，非不赏心惬目，及诵全集，则渐令人厌，又使人不欲再诵。此则古今人厚薄之别也。
>
> （《诗筏》）

贺氏眼中的“厚”，不是仅指诗歌的某一方面来讲的，而是一个整体性、全局性的概念，他在评述李杜诗和韩苏文时将“厚”与“薄”一起提出，把“厚”与“薄”均作为评判诗歌的标准来看待。李约瑟博士曾指出：“当希腊人和印度人很早就仔细地考虑形式逻辑的时候，中国人则一直倾向于发展辩证逻辑，与此相应，在希腊人和印度人发展机械原子论的时候，中国人则发展了有机宇宙的哲学。在这些方面，西方是初等的，而中国

① ［清］贺贻孙．诗筏［A］．郭绍虞．清诗话续编［C］．上海：上海古籍出版社，1983：141．

是高深的。”[①]中国古典哲学认为，“一阴一阳之谓道”，世间的万事万物——乾与坤、天与地、阴与阳等——都存在着相反相成的二元对立关系，这一观念对中国人的思维模式影响至深，体现在古典美学方面，其范畴也往往是以二元对立的组对方式出现的，如文与质、虚与实、刚与柔、形与神、巧与拙、情与理，等等。“薄”与“厚”本是对立统一的一组范畴，但由于中国文化自身的特点，人们往往重“厚”轻“薄”，把“薄”看作独立的美学范畴并不多见。

（二）厚与淡

贺贻孙论“厚”及“薄”，完善和丰富了“厚”范畴原本应该具有的相反相成的美学内涵，接下来，他将“浓”与“淡”、“厚”与“薄”两组范畴交错对比，进而将“厚”和与之相异的“淡”相融合，并尤其推崇“淡而厚”的作品，其评陶渊明诗曰：

> 陶元亮诗淡而不厌。何以不厌？厚为之也。诗固有浓而薄、淡而厚者矣。
>
> （《诗筏》）

贺贻孙认为一些诗表面看似平淡，却有较强的艺术魅力，就在于“厚为之也”。但诗美并不一定要出自“厚”，也可以出自“薄”，出自“淡”。“淡”和“厚”本是两种相异类的诗歌品质或艺术风格，但它们可以相反相成、相互渗透，一味地淡薄或浓厚，都会流于单调。如果诗人把这两种对立的诗歌品质统一起来，即用古朴单纯的形式表现浓重丰厚的内容，外“淡”而中“厚”，使二者圆融会通为你中有我、我中有你，从而达到“淡而厚”诗美境界。陶诗中诗人的主体之“厚”外化于平淡真淳之中，于

① 〔英〕李约瑟．中国科学技术史：第3卷［M］．北京：科学出版社，1978：337.

淡然中透见作者深厚的艺术修养和创作功力，因此“淡”中见“厚”，“淡”而愈“厚”，呈现出一种错综变化后的独特韵味和别样精彩。贺氏所标举的“淡而厚”的诗美追求与苏轼所说的“发纤秾于简古，寄至味于淡泊”（《书〈黄子思诗集〉后》）的审美理想境界有着异曲同工之妙，其主张使人们对“厚”范畴的认识和思考更加辩证、更加开放。

（三）厚与富、肥、蛮

在分析阐释“厚”范畴含义并对比相对应的“薄”“淡”范畴等基础上，贺贻孙进一步运用排除法，对“博综”“秾缛”和“粗僿”这三种范畴加以界定，然后分清它们与“厚”彼此的不同：

> 博综者谓之富，不谓之厚。秾缛者谓之肥，不谓之厚。粗僿者谓之蛮，不谓之厚。
>
> （《诗筏》）

贺氏认为诗歌作品的沉雄浑厚，得之诗人的“内养”，而不是外在形式上的“博综”“秾缛”和“粗僿”。“博综”为文字的博引与堆砌，繁丽富冗；“秾缛”为过度的修饰，臃肿呆滞，缺乏生气，至多算是痴肥；“粗僿”则徒为壮语，浅薄鄙陋，叫嚣恣肆，缺乏含蓄蕴藉，只是一味“粗蛮”。“富”“肥”“蛮”与“厚”是不同的审美范畴，它们都是外在形式上的，是“厚”的外在形袭或貌似。在“厚”范畴的发展演进史上，贺氏不仅将“厚”同与其相异的“薄”“淡”等范畴联系起来进行统一观照，还把“厚”和与它相近相类的“富”“肥”和“蛮”等范畴进行了比较和区隔，从而精确了“厚”范畴的内涵和外延，其功绩值得肯定。

二、神厚、气厚、味厚

贺贻孙沿用竟陵派“厚”之观念演绎自己的美学主张，目的是深化诗美。关于“厚”的具体组成，前人很少涉及，而贺贻孙对此也有一段比较集中的论述，将“厚”分成三个部分，即神厚、气厚和味厚。

> “厚”之一言，可蔽《风》《雅》。《古十九首》，人知其澹，不知其厚。所谓厚者，以其神厚也，气厚也，味厚也。即如李太白诗歌，其神气与味皆厚，不独少陵也。他人学少陵者，形状庞然，自谓厚矣，及细测之，其神浮，其气嚣，其味短。画孟贲之目，大而无威；塑项籍之貌，猛而无气，安在其能厚哉！
>
> （《诗筏》）

（一）神厚

“神厚”是贺贻孙整个“厚”范畴体系中的基础和关键，显示了其诗学理论的渊源及主要观点：

> 诗文有神，方可行远。神者，吾身之生气也。老杜云：“读书破万卷，下笔如有神。”吾身之神，与神相通，吾神既来，如有神助，岂必湘灵鼓瑟，乃为神助乎？老杜之诗，所以传者，其神传也。
>
> （《诗筏》）

从其文辞来看，我们认为，其“神厚”主要表达了三个方面的含义：其一，从创作主体看，贺氏因袭钟、谭讲究诗外工夫的观点，主张修养诗人的性情之厚和深厚学养，“神厚”指诗人的思想和艺术修养之深厚，以及这种修养反映到作品中所呈现出来的精神美，是诗人志、气、性、情等内在生命力融合浸透在作品中的体现；其二，从创作过程看，贺氏阐述了创作过程中灵感的作用，以及灵感获得的途径——主要还是依靠深厚的学养来获得，即老杜所谓“读书破万卷，下笔如有神”；其三，从作品文本看，“神厚”反映了优秀的作品包蕴着的充沛生命活力和精神气势，以及摇曳生姿、撼人心魄的浓郁美感。

（二）气厚

“气”是中国古典美学中的一个重要范畴，贺贻孙将其与“厚”范畴结合，其主要理念可概括为三个方面。其一，从诗人角度，他认为创作主体“气”的形成非一日一时之功，而是一个长期陶冶涵养的过程，所谓“清空一气，搅之不碎，挥之不开，此化境也。然须厚养气始得，非浅薄者所能侥幸”[①]。其二，从作品角度，“气”是诗文的最高风格，“气厚”指显现于作品中的风格，他盛赞李白、韩愈作品具有奔放有力、健劲雄奇的气势。其三，从“气”的形成角度，贺贻孙提出了其创作方法：

> 古诗之妙，在首尾一意而转折处多，前后一气而变换处多。或意转而句不转，或句转而意不转；或气换而句不换，或句换而气不换。不转而转，故愈转而意愈不穷；不换而换，故愈换而气愈不竭。善作诗者，能留不穷之意、蓄不竭之气，则几于化。
>
> （《诗筏》）

贺贻孙指出，诗要达到“厚”的境界，诗人要擅长创作笔势的转换，在诗首尾一意、前后一气的情况下，诗笔跌宕婉曲，迂回往复，并通过“气”

① ［清］贺贻孙．诗筏［A］．郭绍虞．清诗话续编［C］．上海：上海古籍出版社，1983：137.

的流转贯注到诗歌意蕴、音律、字句上，形成气盛言宜、气动成势、浑然一体的有机融合，具有这样“真朴之气”“不竭之气”的作品才是上乘之作。他进而力赞那些“有血痕无墨痕”[①]的盛唐作品，“血痕”即有真厚之情，“无墨痕”即无字可求，把“厚”范畴在艺术风格上的表现和要求生动化、具体化、形象化。

（三）味厚

如果说“神厚”和“气厚”侧重于由感情深厚充实、艺术素养广博厚实所形成的艺术效果，那么“味厚”则是以前二者为基础，侧重于欣赏和感受的结果。用“味”论诗是中国古典诗歌美学的一大特色，“味”是与味觉、触觉、视觉、心觉相通的一种独特审美体验，贺贻孙认为诗歌的“味厚”在于“言止而意犹不尽”“止乎其所不得止”，让读者感受到深刻隽永、绵绵不绝的审美意趣和美感力量。

综而观之，贺氏认为艺术创作的真正美感，应该来自深厚的内蕴之美，而非来自外在的形袭或貌似。形袭或貌似，如画勇士孟贲之目，塑猛士项羽之貌，只可能是“大而无威”或“猛而无气”，这与他所说的“诗文之厚，得之内养，非可袭而取也”[②]的看法一脉相承。贺氏以“味”说“厚”，意在突出“厚”在文艺鉴赏方面的功用，此论无疑为建构更为完整而系统的美学“厚”范畴体系，提供了又一具有重要支撑作用的理论基石。

三、至厚无厚

贺贻孙以“厚”为原点，构建自己的诗歌美学范畴体系，他承续了

---

① ［清］贺贻孙．诗筏［A］．郭绍虞．清诗话续编［C］．上海：上海古籍出版社，1983：139．

② ［清］贺贻孙．诗筏［A］．郭绍虞．清诗话续编［C］．上海：上海古籍出版社，1983：135．

庄子的“神化”思想，结合唐代以来的境界理论，首次提出了诗歌所能“厚”到的最高境界——“无厚之厚”，即所谓“化境”。

贺氏此说主要是继承和借鉴了庄子的“无厚”思想,《庄子·天下篇》云：“至大无外，谓之大一；至小无内，谓之小一。无厚，不可积也，其大千里。”晋司马彪《庄子注·天下篇》解说曰：“无外不可一，无内不可分，故谓之一也。天下所谓大小皆非形，所谓一二非至名也。至形无形，至名无名。”又说:“物言形为有，形之外为无，无形与有，相为表里，故形物之厚,尽于无厚。无厚与有,同一体也,其有厚大者,其无厚亦大。”郭庆藩疏曰：“囊括无外，谓之大也；入于无间，谓之小也；虽复大小异名，理归无二，故曰一也。理既精微，搏之不得，妙绝形色，何厚之有！故不可积而累之也。非但不有，亦乃不无，有无相生，故大千里也。”①这说明在庄子那里,“无厚”并不与“薄”同列,所谓“无厚”实际上就是“至厚”，是“厚”的极致状态。贺贻孙参悟庄子“至厚无厚”的辩证思想,由“厚”而至“无厚”，提出“厚”的最高层次是“无厚之厚”：

> 《庄子》云：“彼节者有间，而刀刃者无厚。”所谓“无厚”者，金之至精，炼之至熟，刃之至神，而厚之至变至化者也。夫惟能厚，斯能无厚。古今诗文能厚者有之,能无厚者未易觏也。无厚之厚,文惟孟、庄，诗惟苏、李、《十九首》与渊明。后来太白之诗，子瞻之文，庶几近之。虽然，无厚与薄，毫厘千里，不可不辨。
>
> （《诗筏》）

贺氏认为诗文的最高层次是由“厚”而来的“无厚”，而“无厚”又非“薄”，是“厚之至变至化者也”。这里的“化”本是道家的重要哲学范畴,在庄子眼中，

① ［清］郭庆藩．庄子集释［M］．诸子集成本．北京：中华书局，1996：476.

“化”主要是指万物存在的形式——变化。此外，庄子还有“神化”的思想，即经过长期的锻炼和积累，达到所谓“游刃有余”“运斤成风”的“化”功。

贺贻孙把庄子的“神化”思想运用到诗歌美学当中，认为诗歌当“不以字句诠，不以迹象求”，从而臻于“无厚之厚”的至高审美境界，也就是其所云的“化境”。“厚”是“无厚”的前提和基础，“无厚”是“厚”的目标和升华，但是“无厚”这一理想境界的实现却极其不易，只有极少数的作家和作品能够达到“无厚”的境界。

虽然“厚”“薄”相对，“无厚”与“薄”表面上看起来意义相类，但实际上恰恰是极端相反的两个概念，因此贺氏又进而申说了两者的千里之别和进行辨别的重要意义。“无厚”是游刃有余，是创作所达到的高度的自由性。这是“无厚之厚”的真谛及其难以实现的原因。应该说，贺氏这一富有卓见的辨析，是饱含着丰富的审美创造经验的。

每一位中国古代的美学家都是用自己特殊的理解和特有的思维，建构起他的范畴理论模式，来表达他对中国传统美学的深刻见解，范畴已然成为中国传统美学家表达他们美学思想的最佳途径。贺贻孙以“厚”为原点，阐发自己关于诗歌美学的见解，论述了他关于“厚”的诗歌理论，涉及作家、创作、作品及接受的整个文学活动过程，构架起了美学“厚”范畴的理论体系：

神厚

厚——气厚——无厚之厚（化境）

味厚

尽管他以“厚”为核心的诗学理论体系还有不尽完善之处，但他非凡的理论勇气和宏大的理论气魄，无疑为古典美学“厚”范畴的深入发展提供了强有力的支撑。由其所构建的理论框架，给以非逻辑思维著称的中国古典美学注入了几许逻辑的成分，对于“厚”范畴理论的体系生成亦可谓有着草创之功。

第五节　厚必由于性情

一、诗只一字诀，曰厚

清朝乾嘉时期，文坛上出现了两种似异实同的现象：诗歌当中以袁枚为首的“性灵”派流连于风花雪月、儿女情长，诗风日渐纤佻轻薄；清初由顾炎武、黄宗羲等人倡导的经世致用之学，因为畏惧文字狱，转到考据方向，文人们潜心于小学，不问世事，成为乾嘉学派。这种世风表现在诗歌创作上，翁方纲标榜“肌理”，过分地强调字句的考证，使诗歌参与现实的作用更加萎缩。而此时的清王朝亦开始走下坡路，吏治腐败，王朝衰落，民族矛盾尖锐，文化差异的冲突此起彼伏。于是，补救“性灵”之弊，改变浮靡诗风，力挽清廷衰微，成为一种潜在的要求。

在此时期一批嘉道名士蜂拥而现，他们关心时事，反映现实，扬起“诗教”的旗帜大胆品评社会、挽救时弊，试图以文救国，其中潘德舆是表现非常突出的一位。他认为“欲救人事恃人才，欲救人才恃人心，欲救人心则必恃学术”[①]。因此他把一生难酬之志寄之于文，潜心二十五载作《养一斋诗话》，作为他拯溺救世、“以文报国”的有力武器。

潘德舆论诗主张“有是非，无工拙”[②]，旨在强调诗歌的思想内容及其

① 见《养一斋集·卷二十二·与鲁通甫书》。
② 见《养一斋集·卷十八·姚梅伯诗序》。

教化作用，因此他的《养一斋诗话》首标一“厚”字，其卷首云：

> 诗只一字诀，曰厚。厚必由于性情，然师法不高，乌得厚也？清赡方可学诗，遒炼方可作诗，超雅方为名家，浑化方为大家，试自考来。
>
> （《养一斋集·卷首》）

他所谓的“厚”，既指诗应该出乎性情，根植于人品修养，同时又要求有所师法，取法乎上，其所举出的清赡、遒炼、超雅、浑化四种不同等级的诗歌风格，也都是力图说明风格的形成取决于作者的性情和学力，二者缺一不可，这一观点也是对他之前有关“厚”论的沿袭。

二、真则厚，率则不厚

潘氏之“厚”还上承贺贻孙“天然本色”的“厚”的观点，力主诗歌抒写真性情，他说：

> 先删诗，次删句，次改句，真处万不可不留，率处万不可不去。真率之间不容发，殊不易辨也。然真则厚，率则不厚，亦不难辨耳。
>
> （《养一斋集·卷首》）

潘氏提出“真则厚，率则不厚”，认为诗歌要能达到真诚而不率，就易达到“厚”的境界，作者应当以深厚真切的情感去投入诗歌创作，这种浓浓的真情是构成诗作深厚的关键。他虽主张诗“厚”以真性情为前提，但特别之处在于其所言的“性情”与公安、竟陵、贺贻孙及袁枚诗论中的“性情”内涵并不相同：

> 诗积故实，固是一病，矫之者则又曰诗本性情。予究其所谓性情者，最高不过嘲风雪、弄花草耳，其下则叹老嗟穷，志向龌龊。其尤悖理，则荒淫狎媟之语，皆以入诗，非独不引为耻，且曰此吾言情之什，古之所不禁也。欤呼！此岂性情也哉？吾所谓性情者，于《三百篇》取一言，曰“柔惠且直”而已。此不畏强御，不辱鳏寡之本原也。老杜云“公若登台辅，临危莫爱身”，直也；“穷年忧黎元，叹息肠内热”，柔惠也。乐天云“况多刚狷性，叹与世同尘”，直也；“不辞为俗吏，且欲活疲民”，柔惠也。两公此类诗句，开卷即是，得古诗人之性情矣。
>
> （《养一斋诗话·卷十》）

可见潘德舆所谓“性情”既不同于“神韵”派的空灵，也不同于“性灵”派的纵情声色，潘氏认为当今世道这些派别的所谓“性情”之说越是盛行，诗教的社会作用和积极意义越是凋敝，并痛斥袁枚一派冲破封建礼教表现男女之情的作品是“荒淫狎媟之语”“滋后学之惑[①]”。潘德舆主张诗发性情，但他也清楚地看到古今“性情”内涵已经有了十分巨大的差异，他所强调的“性情”是一种追古的性情，用他的话说是“柔惠且直”的性情。所谓“柔惠”就是“仁”；所谓“直”即指“义”，于是他把“性情”归入了儒家“仁义”的范畴,儒家的道德伦理准则成为其衡量“性情”高下的标尺。

潘氏从发挥诗歌美刺、讽喻的社会作用的立场出发，反对把真情拘泥于个人悲欢的狭隘自我天地之中，主张一种完全与儒家的立身处世之道相通的社会“性情”，即内能不畏强暴、不计个人得失，外能关心国计

① 《养一斋诗话·卷一》：“近人诗话之有名者，如愚山、渔洋、秋谷、竹垞、确士所著，不尽是发明第一义，然尚不至滋后学之惑。滋惑者，其随园乎？”

民生、先天下之忧而忧的“古诗人之性之情”。由上观之，潘德舆所标举的诗歌之“厚”主要是侧重于主体和作品的思想感情方面，要求诗歌表露自己的忧国忧民情绪，服务于爱国救世的封建政教，在一定程度上表现了要求诗歌干政、反映现实的积极一面，是鸦片战争前后要求变革诗风、适应现实需要的总趋势的反映。

当然，面对潘德舆的抨击，袁枚依旧恪守自己“性情之真”的首要诗歌创作标准，充分肯定情欲的合理性，并从尊重人欲的立场出发，认为圣人之治就是要让“好货好色”的人获得欲望的满足，因此袁枚反驳：“今人论诗，动言贵厚而贱薄，此亦耳食之言。不知宜厚宜薄，惟以妙为主。以两物论，狐貉贵厚，鲛蛸贵薄。以一物论，刀背贵厚，刀锋贵薄。安见厚者定贵，薄者定贱耶？古人之诗，少陵似厚，太白似薄，义山似厚，飞卿似薄，俱为名家。犹之论交，谓深人难交，不知浅人亦正难交。”①主张无论厚薄，以妙为贵。但袁枚的反驳不久即招来朱庭珍的讥评，朱氏重申贺贻孙之论，以为“诗之厚在神骨意味，不在外面之色泽词藻”②，又进一步充实了“厚”的内涵，亦丰富了前人对此范畴审美特性的认识。

潘德舆的《养一斋诗话》明确树起“诗教”的旗帜，有感于当时社会政治的腐败和诗坛的浮靡风气，提出了“厚”的诗歌主张。他拟以传统的儒家诗论扭转浮华诗风，其中不免存在为封建统治阶级利益服务的局限，以及品诗论人的一些迂腐保守之处，显示出其力图挽救时运的阶级身份的双重性，但是他以天下为己任、攻击弊政、争取国家长治久安的精神仍是具有相当的历史进步性，是他济世之志在诗学理论上的反映。

① ［清］袁枚．随园诗话［M］．北京：人民文学出版社，1960：117．

② ［清］朱庭珍．筱园诗话［A］．郭绍虞．清诗话续编［C］．上海：上海古籍出版社，1983：2352．

其所强调的“厚”，继承了《诗经》以来的现实主义诗歌传统和理论主张，并结合其时代环境进行了新的生发，无论是对于扫荡当时诗坛的轻纤佻薄之风，还是对美学“厚”范畴的丰富和发展，都有着一定的现实意义和理论意义。

第三章　词话美学“厚”范畴

词是从隋唐以来出现和逐渐发展起来的一种新诗体，并成为有宋“一代文学”之代表，两宋之交著名女词人李清照的《词论》和由南宋入元的词论大家张炎的《词源》，成为宋代词学理论的重要代表著作。张炎《词源》中评周邦彦词曰“浑厚和雅”，首开以“厚”论词之先河。元、明词衰，实际上是散曲取代了词的结果，此时期词论上的扛鼎之作亦为寥寥。

在传统习惯上，词和散曲相比于诗而言都较为轻松自由，贴近日常生活而富有鲜活的情感，而词与散曲相比，又显得“雅”一些，因此对于性情收敛、爱好雅致趣味的清代文人来说，散曲的语言风格又有些过于俗浅。加之清诗重学问、重理智、重教化的倾向不断被强化，在一定程度上造成了诗歌在抒情功能上的欠缺，创作主体需要从其他文体样式中得到弥补，于是词至清代，迎来了中兴的局面。继宋代苏轼论词“自是一家”、李清照论词“别是一家”，清中张惠言提出词体与“诗之比兴，变风之义，骚人之歌”[①]相近，词与诗赋等文学样式具有同样的价值和地位，

① ［清］张惠言．词选［M］．北京：中华书局，1957.

从而掀起了词史上著名的“尊体运动”。稍后的周济更提出“诗有史，词亦有史，庶乎自树一帜矣[①]”，进一步强调了词作为一种独立文体的地位。

清词在创作上的繁荣，也引发了词学理论批评的全面复兴。清代词学理论，一方面是对历史的继承或反思，另一方面又是各派之间理论的扬弃和发挥。清初有云间、阳羡二派开词学流派之先；清中随康乾盛世而生的浙西词派及其后的常州词派均盛极一时、流风广被；清末有承常派余绪的谭献、陈廷焯、况周颐诸大家，以及不标榜门户的刘熙载等，完成对古代词学理论的全面总结；近代王国维及其《人间词话》的出现，标志着传统词学理论的终结和吸取西方美学后的新变。

由于诗、词的共通性，一些本于诗歌的理论范畴逐步扩展到词学批评领域，自明末由竟陵派高调拈出，在明清文学批评中引起一定波澜的诗学“厚”范畴讨论也渐渐波及词论当中。到清代晚期，伴随着词话创作高潮的来临，词学理论比较集中地出现了一些以“厚”为核心元素的主张和见解，主要有刘熙载的“寄厚于轻”、谭献的“折衷柔厚”、陈廷焯的“温厚以为体”和况周颐的“以厚为要旨”等诸家观点。清代词论家们对“厚”范畴的理解一方面受清代儒家诗教回归潮流的影响，表现出了皈依正统的整体趋向；另一方面，随着创作实践经验的日益丰富和艺术技巧的不断提高，在“厚”的艺术表现和艺术风貌上，词论中的“厚”范畴则生发出一些新的观念，从另一个角度丰厚了“厚”范畴的美学内蕴，这些努力无疑使古典美学“厚”范畴的研究进一步深入和拓展了。

① ［清］周济．介存斋论词杂著［M］．北京：人民文学出版社，1998：4.

第一节　浑厚和雅

一、张炎评清真词

南宋末年的词人张炎（1248—约 1320）是当时重要的词作家，同时也是最早的词论家之一。他深入具体地研究了词之创作与欣赏的诸多问题，使词之探讨进入崭新的境界。他为总结一代词章而著《词源》一书，提出一系列逻辑范畴和美学概念。《词源》成为代表一个时代词论的权威性理论专著，也为后世词话研究的繁荣奠定了坚实的理论基础。

周邦彦，字美成，号清真居士，为北宋末期之词人，有词集《片玉集》传世。他精通音律，能自度曲，所作词格律法度精审缜密，为后世词人之规范。其词富艳精工，以思力见长，更多一种人力安排，堪称北宋慢词之集大成者，开启了南宋姜夔、吴文英一派先声。周邦彦手挽南北两宋，成为词坛上一位承前启后的重要人物。“浑厚和雅”是张炎在《词源》中对清真词的评价，其云：

> 美成负一代词名，所作之词，浑厚和雅，善于融化诗句。
>
> （《词源·卷下》）

此评恰切精警，成为后人品说周词的主要用语，同时也代表了相当长的一段历史时期之中对词进行品论的重要审美准则。

二、浑厚和雅释义

（一）浑成深厚

一是指情感表达上的沉郁情思。周邦彦上承苏轼雅格，完成雅化集大成之历史责任，吸收了温庭筠的秾艳绮丽、韦庄的情深语秀、冯延巳的朦胧缠绵、李煜的哀婉深沉、欧阳修的清新明畅，还特别吸收并发展了柳永铺陈缠绵、曲尽其妙，最终形成富艳精工、浑成深厚的审美特质，清真词堪称宋代以来知识阶层精神世界和感伤情怀的生动再现。不同于他以前词人满心而发、肆口而成的直接感发式的抒情，周邦彦善于通过谨严的构思来选择典型的意象，调动多种艺术手段，努力增加表情的角度和层次，因而他的词显得更为凝重厚实。陈廷焯在《白雨斋词话》中分析清真词时说：“词至美成，乃有大宗……然其妙处，亦不外沉郁顿挫。顿挫则有姿态，沉郁则极深厚。既有姿态，又极深厚，词中三昧，亦尽于此矣。”[①] 清真词虽然内容较窄、境界不高，但仍征服了历代词论家。

二是指谋篇布局的缜密法度。自柳永以来，作慢词的人多了起来，但这类词篇幅较长，谋篇布局很费心思。在词的结构安排上，周邦彦虽然继承了柳永的铺叙手法，但改变了柳永词单一依据时间顺序安排结构的做法，而是打乱时间顺序，多用“逆挽”手法，倒叙、插叙相结合，依据心灵情感的流动过程，有开有合，回环往复。经过周密的人工布置与思力安排，其词表现出曲折迂回、一唱三叹之美，避免了一览无余的毛病，从而实现其抒情的浑厚沉郁这一艺术特质。

（二）中和典雅

所谓“和雅”，主要是指清真词“中和典雅”的气象。“和”即中和，也就是要求词具有“乐而不淫、哀而不伤”“怨而不怒”的中和之美；“雅”

① 屈兴国. 白雨斋词话足本校注［M］. 济南：齐鲁书社，1983：74.

即“雅正”，张炎《词源·下卷》首句云：“古之乐章、乐府、乐歌、乐曲，皆出于雅正。”[①] 他所说的“雅正”，指典雅和醇正。典雅，就是文辞要蕴藉，有典据，而且雅驯不俗；醇正，当主要就内容而言，指内容正当而不淫邪，其中有传统儒家诗教的道德伦理规范，也有深厚的文化艺术修养的要求。

词最初诞生于民间，然后进入文人的拟作、加工和提高阶段。北宋前期的词坛，无论是反映达官贵人生活的情趣艳词，还是反映市民生活的歌馆风情词，大都侧重男女柔情，没有度越“艳科”的藩篱。北宋中叶，苏轼开豪放一派，在大力开拓词的表现领域的同时，也出现了一些音律不准确和语词不清雅的问题，主要表现为作为文字作品的词与音乐相脱节的趋向，以及把所谓的英雄语、悲凉语、儿女呢喃语、日常谐谑语均写入词中，使词失去精致特色。

周邦彦极重视词与音乐的配合，《四库全书总目·〈片玉词〉提要》认为：“邦彦本通音律，下字用韵，皆有法度。”[②] 他以自己的音律知识，同时吸收民间曲师的经验，确定了各种词调中每个字的四声归属，使词的声律模式进一步规范化、精密化、雅致化。同时周词无论是表情还是写景，都努力控制表现的力度与密度，尽量不作直露言、过头语，含蓄委婉。尤其是其情词，避开写艳情而转写气氛，这种超越侪辈的文学和音乐双重才能，使得其词音律谐美、辞气高华，精巧雅致、境界和雅。《词源》确立的“雅正”审美标准，使词作区别于有市井情调的南曲和富胡虏文化色彩的北曲，成为最能体现华夏文学传统和文化精华的文学样式之一。

（三）浑厚与和雅的交融

“浑厚和雅”是周邦彦词艺术特点的集中概括，但“浑厚”与“和雅”并不是一分为二、互不干涉，而是相互交织、水乳交融，这一点突出地

① 蔡桢．词源疏证［M］．北京：中国书店出版社，1985：73.

② ［清］永瑢，等．四库全书总目［M］．北京：中华书局，1995：1811.

表现在周词对前人诗意、诗句的化用上，对此张炎评价说：

> 美成词只看他浑成处，于软媚中有气魄。采唐诗融化如自己者，乃其所长。
>
> （《词源·卷下》）

宋人喜欢“以文字为诗”“以才学为诗”,这种书斋美学之风推及至词，使北宋后期的士大夫之词在艺术上特别注意“尚故实”，他们很喜欢将前人诗句、文句、古书中的典故移植，点化入词。虽然在北宋前期晏、欧等人也开始了这种写法,但并不突出。周邦彦继承和发展了秦观的“故实”之法，并把它运用得炉火纯青。清真词句句皆有来历，大量借用、化用前人诗意词句，举凡汉、魏、六朝、唐、宋各代的作品，都能信手拈来，改铸融化，并使之天然浑成，不着痕迹。宋人刘肃赞清真词说：“周美成以旁搜远绍之才，寄情长短句，缜密典丽，流风可仰。其征辞引类，推古夸今,或借字用意,言言皆有来历,真足冠冕词林。”①《四库全书总目·〈片玉词〉提要》说周词：“多用唐人诗句，櫽括入调，浑然天成。”② 周词用典雅工丽的语言、缜密细腻的思力、人力天成的技巧言情体物，使得清真词分外典雅沉厚、浑然隐约，充溢着一种可挖掘、可寻觅的审美含量。

三、浑厚和雅观的影响

张炎作为格律派的代表，其词论带有明显的重声律轻思想的倾向，他虽身处南宋民族危机的深重灾难之际，却一味贬低苏、辛词的意义，

---

① ［宋］陈元龙．片玉集序［A］．详注周美成词片玉集［C］．中华再造善本．北京：北京图书馆出版社，2004.

② ［清］永瑢，等．四库全书总目［M］．北京：中华书局，1995：1811.

表现了格律派词论深刻的美学偏见。作为词论史上的巨擘，张炎在其《词源》中总结并高扬了周邦彦词“浑厚和雅”的艺术风格，鲜明地表明了自己的艺术创作思想和词作审美标准，“浑厚和雅”成为词论史上一个延绵久长、影响深远的美学主张。直到清代，周济、陈廷焯、王国维等对周词的评价也大致不出“浑厚和雅”的范围。

客观地说，张炎“浑厚和雅”说的重点并不在于“厚”，甚至可以认为“厚”是四个字中分量最轻的一个，但是这毕竟是“厚”范畴在词论史上第一次在正式的场合出现，这对于我们全面整理和认识词论中“厚”范畴的生发演变轨迹无疑是具有重要意义的，因此我们应当也必须给予充分的关注和考量。

第二节　寄厚于轻

一、阴阳艺术辩证法

词至清代，创作上词家辈出，理论上亦进入流派迭起的鼎盛时期。在清代词学批评基本呈前浙后常的格局下，能独出浙、常之外，在总结传统理论方面别开生面，成就较大的是刘熙载（1813—1881）。蒋凡先生认为：“刘熙载文艺批评的最重要特点，或者说最大的贡献，并不在于其中有多大的创见，而是他的辩证法精神。这一点贯穿在其批评的各个环节和方面，使他与历史上的许多文论家特别是与同时代的文论家相比，避免了片面性，具有一种实事求是的态度和兼容并包的胸襟。”[①]

刘熙载的这种辩证精神，并非西方始自柏拉图、完备于马克思的“冲

① 蒋凡．中国古代文论教程［M］．北京：中国书籍出版社，1994：549.

突辩证法”精神，而是充分吸收并运用了《周易》“一阴一阳之谓道”的“阴阳辩证法”精神。《易传·系辞下传》曰：“阴阳合德，而刚柔有体。”这是因为“阴”和“阳”都不能单独存在，因此，互补性是首要的。刘熙载对“阴阳合德”的思想传统之秉承，突出地表现在他对“物一无文”的引证和理解上，他说：

> 《易·系传》：“物相杂故曰文。”《国语》：“物一无文。”徐锴《说文·通论》：“强弱相成，刚柔相形。故于文，‘人乂’为‘文’。”《朱子语录》：“两物相对待故有文，若相离去，便不成文矣。”为文者，盍思文之所由生乎？
>
> ……
>
> 《国语》言“物一无文”，后人当更知物无一则无文。盖一乃文之真宰，必有一在其中，斯能用夫不一者也。
>
> （《艺概·文概》）

刘熙载指出：“文”的产生是寓杂多与和谐的统一，是对立矛盾又相辅相成的法则演化出来的，单调的东西是缺乏文采的；“一”是众多事物的和谐统一，“不一”则是指事物之对举、变化；“一”是文章之“真宰”，是“主”对举的；只有在“一”主宰的前提下，才有两相对举的“文”；而如果没有“一”把变化性寓于统一性之中，“文”就缺乏中心，不能构成一个有机整体，那就成了无帅之兵、乌合之众。

《艺概》是刘熙载平时论文谈艺的汇编，是近代一部优秀古典美学理论著作，书中多次表明他是用“阴阳”对举的范畴体系来论述文艺问题的。如：

立天之道，曰阴与阳；立地之道，曰柔与刚。文，经纬天地也，其道惟阴阳刚柔可以该之。

（《艺概·经义概》）

词有阴阳，阴者采而匿，阳者疏而亮。本此以等诸家之词，莫之能外。

（《艺概·词曲概》）

“阴阳”是刘熙载论述文词之道的基本出发点，他将“阴阳”对举的基本哲学原理彻底而又全面地应用到了词学理论问题的各个领域，从而充分显示了中国人的“二元论的世界观和相对的思维方式”。[①]《艺概》最突出的特点，是对艺术创作中一系列辩证关系的探讨，它从剖析各种艺术的具体实践出发，排列出一百多个对立统一的美学范畴，构成了艺术辩证法的一个独特审美体系，其中“厚”与“轻”（或“厚”与“清”）即是其美学体系中最重要的一对范畴。

二、清空中有沉厚

“阴阳合德”的传统思想为刘熙载的阴阳对举的风格论提供了坚实的哲学基础，“阴阳”是他论述风格问题的基本范畴，在此基础上，《艺概》阐述了多样化的风格是由对举统一的两大类基本风格的不同层次组成的风格系列，而这些风格类别的最高层次是“结实”（或质实）和“空灵”（或清空）两大类别，即“厚”与“清”。刘氏认为，每一类风格都是有片面性的，最理想的是统一中有特色，所谓“结实处何尝不空灵，空灵处何

① 〔美〕刘若愚. 中国诗学［M］. 武汉：长江文艺出版社，1991：59.

尝不结实”(《艺概·文概》)。

对“清空”词风的推崇是南宋词论家张炎在其《词源》中表露的一个重要审美观念，他在书中专辟《清空》一节阐述此意：“词要清空，不要质实。清空则古雅峭拔，质实则凝涩晦昧。姜白石词如野云孤飞，去留无迹；吴梦窗词如七宝楼台，眩人眼目，碎拆下来，不成片段。此清空质实之说。”[①] 张炎的这一说法被清代浙西派奉为圭臬。

继而起之的常州词派则别树一帜，以“比兴”和“寄托”为号召，其领袖周济在《介存斋论词杂著》第七则中提出：“初学词求空，空则灵气往来。既成格调，求实，实则精力弥满。初学词求有寄托，有寄托则表里相宣，斐然成章。既成格调，求无寄托，无寄托，则指事类情，仁者见仁，知者见知。”[②] 浙派以姜（夔）张（炎）为止境，力主“求空”；常派以周（邦彦）吴（文英）为师范，倡导“求实”，表现出美学追求、艺术趣味之异趋。

然而，客观地讲，二派的理论和创作，各有得失，各有所长，且其间并无壁垒。随着创作实践和理论研究的日益深化，二者甚至在某些方面出现了一些相互渗透、相互融通之处。刘熙载将两宋苏、辛、周、吴、姜、张的创作尽收眼底，本朝浙西、常州汇合胸中，回顾历史，总结经验，立足当代，折中群言，把“质实”与“清空”两方面结合起来，融浙、常两家之长而自出机枢，提出了“厚而清”的词论主张：

> 词尚清空妥溜，昔人已言之矣。惟须妥溜中有奇创，清空中有沈厚，才见本领。
>
> ……

① 蔡桢. 词源疏证［M］. 北京：中国书店出版社，1985：99.

② ［清］周济. 介存斋论词杂著［M］. 北京：人民文学出版社，1998：4.

黄鲁直跋东坡《卜算子》“缺月挂疏桐”一阕云：“语意高妙，似非吃烟火食人语，非胸中有万卷书，笔下无一点尘俗气，孰能至此！”余案：词之大要，不外厚而清。厚，包诸所有；清，空诸所有也。

（《艺概·词曲概》）

“清空”“妥溜”语出张炎，前者指词风而言，后者指音律而言。张炎《词源·字面》云：“盖词中一个生硬字用不得，须是深加锻炼，字字敲打得响，歌诵妥溜，方为本色语。”[①] 张炎论词既尚“清空”又尚“妥溜”，但刘熙载认为他不够全面，只说到问题的一半，“妥溜”中还要求奇创，“清空”中还要有沉厚，也就是说技法圆熟、风格清雅还须济之以内容立意上的沉厚扎实，只有这样“才见本领”，这样的词才算得上是佳品。接下来，刘氏引用黄庭坚（鲁直）对苏东坡《卜算子》的评价，认为其词“语意高妙”，超凡绝俗，而又不乏味外之旨，在内容题材上“包诸所有”的“厚”与风格技法上不露痕迹、“空诸所有”的“清”完美结合。

《艺概·词曲概》认为词之妙处是以“不言言之”，并不是不言，而是通过寄托他物而言己身的方式加以表达，从而增加词的艺术张力和厚度，形成所谓“寄言”之说。

词之妙，莫妙于以不言言之。非不言也，寄言也。如寄深于浅，寄厚于轻，寄劲于婉，寄直于曲，寄实于虚，寄正于余，皆是。

（《艺概·词曲概》）

其中所说的“寄厚于轻”之论主要是针对艺术风格类型的问题而阐发的，“清”在《艺概》中或谓之“轻”“空灵”，“厚”或谓之“结实”，故“厚而清”

① 蔡桢．词源疏证［M］．北京：中国书店出版社，1985：95.

意通于刘氏“寄言”说中的“寄厚于轻”。

三、厚而清的审美倾向

刘熙载“寄厚于轻”之论虽“厚”“清”兼举，力主中和，但实则入手于“厚”，注目于“清”；入手于“实”，注目于“空”，以“清空”为主而别开生面。

> 词以不犯本位为高。东坡《满庭芳》“老去君恩未报，空回首、弹铗悲歌”，语成慷慨。然不若《水调歌头》“我欲乘风归去，又恐琼楼玉宇，高处不胜寒”，尤觉空灵蕴藉。
>
> （《艺概·词曲概》）
>
> 司空表圣云：“梅止于酸，盐止于咸，而美在酸咸之外。”严沧浪云：“妙处透彻玲珑，不可凑泊，如水中之月，镜中之象。”此皆论诗也，词亦以得此境为超诣。
>
> （《艺概·词曲概》）

“空灵”一词，由诗中司空图、严羽和词中张炎的大力提倡，成为中国古典诗词艺术中一种普遍的审美趋向。刘氏“厚而清”论，由“厚重”入，向“清空”出，追求的恰是一种举重若轻的“实”后之“空”，表明了一种由“实”求“空”的艺术倾向，是对前代美学思想的升华和超越。“厚而清”论向“清空”的倾斜，是比较合理并符合中国古代审美取向的实际的。

李泽厚先生指出：“由于特殊的历史条件，中国古典美学所讲的‘和’极大地强调了对立面的均衡统一，而把均衡的破坏、对立面的互相‘斗争’，看作是应当竭力避免的灾难。"[1] 而所谓"中和""中庸"精神就是要避免极端，"无论从中庸偏向了它两翼上的哪一端，损失都是一样的。但中庸的获得不是靠消除'极'的存在，而恰恰是通过对'极'的价值的尊重与兼容。两极间的张力是走上中庸之途的必要条件。"[2]

刘熙载在承认"厚"与"清"个体风格的独特性的基础上，极力调和"厚"与"清"之间的矛盾，指出它们是两种相对举的风格，是"形异而实同"，在本质上是同一的。也唯其如此，才能使艺术作品"厚而清"，才能表现出风格创造上的灵活自由，才能做到"妥溜中有奇创，清空中有沈厚"，使每一风格都包含着对举风格的因子。清空淡泊和浑成温厚并行不悖，是同一境界的互为因果的必然两面：唯其创作循古孪古，才能平凡中求创进；唯其内涵沉潜深厚，才得表象淡泊清空。

艺术风格既是作家独特个性的标志，也是作品审美风貌的整体表现，包含着各种辩证因素，不能偏执一端，尤其优秀的作家作品，更是如此。刘熙载深取传统"中和"思想之精华，主张在"清空"的词风中深裹"厚重"的内容，杂糅二者，融合为一，从这一意义上说刘氏之论是颇得中国传统之精神的。刘熙载心印浙、常二派之主张，以"寄厚于轻"沟通二者，"它浸淫于虚实相生以无为本的老庄美学思想，符合民族传统审美趣味，但它又不是对'清空'说的简单回归，而是用'寄托'厚实之旨去改造张炎之论，免去浙派'高语清空而所得者薄'之弊，这就站到新的高度，对那场延续已久的论争作出了历史性的总结。"[3]

---

① 李泽厚．中国美学史：第 1 册［M］．北京：中国社会科学出版社，1984：97.
② 郑也夫．中庸之道的现代回声［J］．读书，1994（1）：28.
③ 腾福海．艺概的"寄厚于轻"论［J］．广西大学学报（哲学社会版），1996（4）：73.

第三节　折衷柔厚

一、柔厚之旨

谭献（1832—1901），初名廷献，号复堂。谭献于诗学、词学、经学皆有成就，尤以词学最为杰出。其词学主宗张惠言、周济等人所创导之常州词派，并扬长矫弊、择善而从，在词学上独探本源，兼穷蕴奥，转移风会，于同光之世处于领袖地位，在当时词坛上享有盛名，堪称“常州派后劲”。其论词文字散见于所纂《箧中词》、所评周济《词辨》之中，后由弟子徐珂辑录成《复堂词话》，流传遂广。

谭献的词学观上承常州词派之余绪，然而他并未专注一格，而是有进一步的发挥。比之前人，他开始用“柔厚”一词来标举和品评他所理想的词作品格：

> 及门徐仲可中翰录《词辨》，索予评泊以示矩范。予固心知周氏之意，而持论小异：大抵周氏所谓变，亦予所谓正也，而折衷柔厚则同。仲可比类而观，思过半矣。
>
> （《复堂词话·箧中词·周氏止庵词辨跋》）

周济《词辨》分正、变两卷，并未提出“折衷柔厚”，谭献则声称，其与周济在正、变划分虽有小异，而论词之根本为“折衷柔厚”则为共同处，谭献所谓之“折衷”，即为“中庸”之同义词。关于“柔厚”的内涵，谭献并没有做出明确的解释，这一观点散见于他对一些具体作品的评语、日记及序跋之中：

《临江仙》“梦后楼台高锁”阕：“落花人独立，微雨燕双飞”，名句，千古不能有二。所谓柔厚在此。[①]

（《复堂词话·复堂日记·评晏几道词》）

南宋人词，情语不如景语，而融法使才，高者亦有合于柔厚之旨。

（《复堂词话·绝妙好词笺·复堂日记·庚午》）

南宋词敝，琐屑饾饤。朱、厉二家，学之者流为寒乞。枚庵高朗，频伽清疏，浙派为之一变。而郭词则疏俊少年尤喜之。予初事倚声，颇以频伽名隽，乐于风咏。继而微窥柔厚之旨，乃觉频伽之薄。又以词尚深涩，而频伽滑矣，后来辨之。

（《复堂词话·箧中词》）

予录《箧中词》，终以中白，非徒齐名之标榜，同声之喁于，亦以比兴柔厚之旨相赠处者二十年。向序其词有曰：闺中之思，灵均之遗则，动于哀愉而不能已。中白者曰：非我佳人，莫之能解也。[②]

（《复堂词话·箧中词·评庄棫词》）

由以上所胪列的原典中，可知谭献对“柔厚”之观点十分重视，确系他所追求和标榜的词格。虽无法得知“柔厚”说之明确解释，却可以看出他对“风诗”传统的重视，对“情语不如景语”的不满，以及对浅薄、深涩之词的反对。另，谭献曾在《箧中词》中提到“柔厚衷于诗教”[③]“温

① 评晏几道《临江仙》“梦后楼台高锁”阕。
② 评与他齐名的庄棫。
③ 评陈澧《甘州·惠州朝云墓》。

柔得诗教”[1]。在对“柔厚”的理解上，后代学者一般认为“柔厚”即等于“温柔敦厚”，是“温柔敦厚”的省称。到底词论中的“柔厚”和经学及诗论中的“温柔敦厚”是否可以等同看待，仍有值得商榷之处。事实上，清代以来词家“尊体”之风盛行，谭献也是其中的一员。由于艺术自身的共通性，及诗、词艺术间的天然亲缘关系，一些论家借助诗论之观念论词并不在少数，但是这并不意味着他们就此把诗、词等同看待。我们认为，“柔厚”与“温柔敦厚”有相通之处，亦有不同之别。

在词的思想内涵和社会功用上，谭献将诗教及诗论之“温柔敦厚”作为“柔厚”之借鉴对象，主张词在内容上要深郁厚笃、描写世变，期望词体可以担负起政治、社会之重大功能。鸦片战争后，中国历经亘古未有之变局，政治、社会、经济、文化发生巨变，在世变日亟之时代变迁下，反对外来欺凌的爱国情绪高涨，传统经世致用之政治、学术思想得到人们的普遍重视。

谭献作为一名传统文人，儒家诗教构成了其文学观的基石。谭献推崇诗教大义，首先立基于文学与政教相通的社会功能，企图以文学挽救世道人心。在此家国乱难之际，作为一名词学大师，他也振臂呼吁改变词多拘泥于抒写一己之情的局面，探索如何以词描摹时变，传达乱世中的情绪与感受，摅发人们的爱国之情，从而使词发挥忧时伤世的社会作用。因此，所谓“柔厚之旨”实际上是谭献“于忧生念乱之时，寓温厚和平之教”(《明诗》)的文学观于词学批评之具体化。

他在《复堂词录序》中说：“愚谓词不必无颂，而大旨近雅。于雅不能大，然亦非小，殆雅之变者欤？”[2]他觉得词可以、也能够表现重大的现实社会问题。同时，作为一名封建社会的文人，谭献又不可能摆脱

① 评蒋春霖《虞美人·水晶帘卷澄浓雾》。

② ［清］周济．词辨自序［A］．唐圭璋．词话丛编：第2册［C］．北京：中华书局，1986：19.

儒家道德伦理规范的影响，他强调词乃“风诗之遗”，极为重视儒家论风诗“发乎情，止乎礼义”“乐而不淫，哀而不伤”“怨而不怒”，要求词之创作要反映社会人生，但又要以理节情，要求主观感情有所节制，反对态度强烈鲜明，排斥所谓犷气、盛气。因此在一个万马齐喑、亟待大变革的时代，他却不满直率、慷慨、激昂之词，批判苏、辛的粗放、豪爽，暴露出他理论的迂腐性和片面性，也“典型地反映出一个被儒家正统思想禁锢了头脑的近代文士既忧虑国事，又忠于王朝的局限性[①]”。

二、比兴柔厚

传统“温柔敦厚”说除作为一种伦理原则的意义外，在后世有时也被引申为艺术原则，词论中的“柔厚”说要求词在艺术表现上要蕴藉含蓄、微婉委曲，风格上温婉和厚，这些无疑是对“温柔敦厚”诗论的沿袭。但在具体的表现技巧上，谭献“柔厚”说则承继了其本宗常州词派的观点。张惠言在其《词选》中说:“意内而言外谓之词。其缘情造端，兴于微言，以相感动。极命风谣里巷男女哀乐，以道贤人君子幽约怨悱不能自言其情，低徊要眇以喻其致。盖诗之比兴、变风之义，骚人之歌，则近之矣。”[②]提倡“意内而言外”“兴于微言，以相感动”“低徊要眇以喻其政”的“比兴”“寄托”之法，认为词不只是赏心悦目的娱宾遣兴之作，而是和诗歌一样有抒情达志的作用。张惠言将诗之“比兴”引入词论，固然是出于尊体的需要，但更重要的意义在于，通过这样的评论方式，进一步认识了词这一特殊文类的总体特征、语言风格和表现技巧。对此，今人叶嘉莹评价说：“关于张惠言的推尊词体，以‘比兴’说词的

① 王运熙．中国文学批评通史：近代卷［M］．上海：上海古籍出版社，1996：289.

② ［清］张惠言．词选［M］．北京：中华书局，1957.

说法，虽颇有迂执误谬之处，可是如果就词之本身的性质来看，则把词看成为表现寄托的一种最适合的体式，在文学理论上也并非完全没有道理。”[①]

尔后，周济发展了张惠言的“比兴”观，并在其基础上提出“非寄托不入，专寄托不出”[②]，进一步丰富了“比兴”说的内涵，要求词作应有寄托，但又不宜直接表露出来，而是要通过“比兴”的手法，含蓄曲折地透露出作者的思想和感情。在他看来，词中寄托的是与政治相联系的时代感怀，而不是“离别怀思、感士不遇”[③]的一己之念。谭献对周济此论的评价极高，并认为为了达到“柔厚”的宗旨，在表现技巧上，“比兴”之法是最佳的途径。他在记载其选阅历代词作的标准时也说：“选言尤雅，以比兴为本。”[④]可见其对“比兴”之法的服膺，用以言词，亦是自然而然。

> 其感人也尤捷，无有远近幽深，风之使来。是故比兴之义，升降之故，视诗较著，夫亦在于为之者矣。上之言志，永言次之。志洁行芳，而后洋洋乎会于风雅。
>
> （《复堂词话·复观词录序》）

要达成“折衷柔厚”之宗旨，有赖于比兴手法的运用，故谭献亦称其词之“柔厚”一说又为“比兴柔厚”。谭氏所谓“柔”，就是排斥放笔直书、直露显豁之抒情方法，要求运用深微婉约、委曲以致其情的比兴笔法，表现优雅柔美的形象和意境；所谓“厚”，则指作品立意重，寄托深，具有庄雅

① 叶嘉莹．清词丛论［M］．石家庄：河北教育出版社，1997：223.
② ［清］周济．介存斋论词杂著［M］．北京：人民文学出版社，1998：2.
③ ［清］周济．介存斋论词杂著［M］．北京：人民文学出版社，1998：4.
④ ［清］谭献．复堂词话：复堂日记［M］．北京：人民文学出版社，1998：35.

重厚的气韵和风度。在此意义上，其“柔厚”说与张惠言的“深美闳约”[①]、周济之“寄托出入”实为一脉相承。常州一派在词论中引入了比兴、寄托的评价模式，尽管这一方法在品评前人作品时，有些解释也不免有贯穿比附的牵强之处，但这一评价准则的普遍运用，对于词论的丰富和发展，仍然是很有价值的。

此外，谭献在其《复堂词话》第四十三、四十六、八十六则中反复称引周济“非寄托不入，专寄托不出”的说法，肯定周济“无寄托，则指事类情，仁者见仁，知者见知”[②]之观点，认为这种含蓄委婉的表达方式能够使读者“引而申之，触类多通”[③]，引发丰富的联想，达到仁者见仁、智者见智的审美效果，并进而论述说：“所谓作者未必然，读者何必不然。”“侧出其言，旁通其情，触类以感，充类以尽；甚且作者之用心未必然，而读者之用心何必不然。”[④]有意无意地淡化了周济在创作时要有意“寄托入”的观点，而更加注重从读者的角度去完善“寄托”之论，即作者没有的意思，读者也可以在阅读的过程中用自己的意思来加以解释和生发，从而超越作者本人的主观意志，在接受中得到无尽的联想和独特的体会。谭献“柔厚”论中所包含的关于鉴赏理论的见解，学习和发挥了前人的观点，科学化、深化了中国古典美学中有关接受鉴赏的理论，这亦是“柔厚”论之又一贡献。

由上可知，谭献生于动荡不息的年代，系心国事，关怀社稷，幻想通过文学的方式来济世救民，他认为词也可以表现重大的现实问题和社

① “深美闳约”是张惠言对文辞的要求标准，他把词的正格规定为一种通过比兴手法表达“贤人君子幽约怨悱不能自言之情，低徊要眇以喻其致”，并认为“唐之词人，温庭筠最高，其言深美闳约”（《词选序》）。

② ［清］周济．介存斋论词杂著［M］．北京：人民文学出版社，1998：4．

③ ［清］周济．宋四家词选［M］．上海：古典文学出版社，1958：2．

④ ［清］谭献．复堂词话［M］．北京：人民文学出版社，1998：26，19．

会问题，其词学“折衷柔厚”之论，一方面远祧儒家的中庸之道和《诗经》之“温柔敦厚”的诗教主张，强调词立足现实、严肃庄重、微言大义，将词的具体内容与言志济世融为一体，发挥经世致用、针砭时弊的功用价值，同时也要求继承诗教“怨而不怒”的传统，要求词必须合乎和婉、含蓄、蕴藉及温厚之特色；另一方面，谭氏深受其前辈词家张惠言、周济词学观点的影响，于其词论的创作观点中，特别强调了比兴、寄托之法。此外，谭氏进一步超越前人，生发了自己关于批评鉴赏的观点，其论在清代词坛及整个中国古典美学发展的历史进程中自有其关键意义与重要价值。谭氏以“折衷柔厚”论词，虽有扫除萎靡纤秾词风的积极一面，但过分讲究儒家正统思想，轻视了豪放派的作品，也具有一定的偏狭性。

第四节　温厚以为体

一、温厚和平

清代词坛，常州一派不断发展壮大，其理论观点不断被补充完善，影响日益扩大。晚清词学中的重量级人物大多归属此派，因此常州派推尊词体的理论主张在晚清时期，已成为词学家的深层观念，而这也是清代词学理论的最突出特点。

常州派始祖张惠言注重词与政治的关联，在词旨上溯源《风》《骚》，提出“缘情造端，兴于微言”[①]，要求词符合诗教原则。周济发挥了张惠言的观念，主张作词要“蕴藉深厚”“诵讽细绎，归诸中正”，并指出：

① ［清］张惠言．词选（附续词选）［M］．北京：中华书局，1957．

“后世之乐去诗远矣，词最近之。是故入人为深，感人为速，往往流连反复，有平矜释躁、惩忿窒欲、敦薄宽鄙之功。”[①]张、周二人将词的源头定位于《风》《骚》，是要突出词对《风》《骚》之旨的承传关系。之后谭献以“柔厚”说词，进一步强化了词的社会功用和词论中的诗教原则。陈廷焯（1853—1892）早期师承浙派，将词的源头推及上古歌谣，后遇常州派词人庄棫，遂悉弃其所学而从之，谭献、庄棫、陈廷焯观点互为呼应和补充，在江浙一带形成了一个引人注目的词学活动中心，陈廷焯成为后期常州词派理论的阐发者。

陈廷焯接受了常州派讨源《风》《骚》、推尊词体的观点，并用他词学史家的独到眼光溯本穷源，建立了他自成一家之言的本原论。其云：

> 《风》《骚》既息，乐府代兴。自五七言盛于唐，长短句无所依，词于是作焉。词也者，乐府之变调，《风》《骚》之流派也。
>
> （《白雨斋词话·卷五·词则二十四卷》）

> 飞卿、端己[②]，首发其端，周、秦、姜、史、张、王[③]，曲竟其绪，而要皆发源于《风》《雅》，推本于《骚》《辩》……嗣是六百余年，沿其波流，丧厥宗旨。
>
> （《白雨斋词话·自叙》）

《风》《骚》是词之源，词是《风》《骚》之流，由《风》《骚》而乐府而词，是一个文体代兴的过程，诗词同源而流派各异。那么，《风》《骚》之本

---

① ［清］周济．词辨：自序［A］．唐圭璋．词话丛编：第2册［C］．北京：中华书局，1986．

② 唐温庭筠字飞卿，韦庄字端己。

③ 北宋周邦彦、秦观，南宋姜夔、史达祖、张炎、王沂孙。

是什么呢？陈廷焯认为，《风》《骚》之本就是“温厚和平”，因此“温厚和平”也就成了诗词的共同之本，即其所谓：

> 温厚和平，诗教之正，亦词之根本。
>
> （《白雨斋词话·卷七·温厚和平词之根本》）

> 温厚和平，诗词一本也。
>
> （《白雨斋词话·卷八·温厚和平词为本》）

《论语·为政》：“子曰：‘《诗三百》，一言以蔽之，曰‘思无邪’。”孔子认为《诗经》具有“温厚和平”的审美特征，教人“温柔敦厚而不愚”（《礼记·经解》）。司马迁称“《国风》好色而不淫，《小雅》怨诽而不乱，若《离骚》者，可谓兼之矣。”[①] 陈廷焯大体上接受了前人对《风》《骚》的评价，云：“《诗》三百篇，大旨归于无邪。”“幽深窈曲，瑰玮奇肆，《楚辞》之末也；沉郁顿挫，忠厚缠绵，《楚辞》之本也。舍其本而求其末，遂托名于灵均，吾所不取。”[②] 他认为，在用情上《楚辞》和《诗经》一样醇雅中正、忠厚缠绵，因此也同样深得温厚之精神。常州词派为了抬高词的文体地位，将儒家诗教引入词学批评领域，以“温厚和平”作为对词的审美鉴定准则。陈廷焯对词体进行沿波讨源，其意在以遵循《风》《骚》为标准，以“温厚和平”为正鹄，来纠正有违“温厚和平”的各种弊端，引导词之创作、评价走上其所认定的风雅正轨。

---

① ［汉］司马迁．史记［M］．北京：中华书局，1997：642．

② 屈兴国．白雨斋词话足本校注［M］．济南：齐鲁书社，1983：45，687．

二、性情和厚

陈氏言词之“温厚”，首先是对词人情感的规范，要求词人具有本于儒家传统道德的人格、情意之“厚”。元好问云“心声心画总失真”，陈廷焯也深刻地认识到了人之性格、情感端正与否对于词之创作的重要意义，因此他在《白雨斋词话·自叙》中便鲜明地提出了“正其性情”的理论目的：

> 夫人心不能无所感，有感不能无所寄，寄托不厚，感人不深，厚而不郁，感其所感，不能感其所不感。伊古词章，不外比兴……撰词话十卷，本诸《风》《骚》，正其情性，温厚以为体，沉郁以为用，引以千端，衷诸一是。非好与古人为难，独成一家言，亦有所大不得已于中，为斯诣绵延一线。暇日寄意之作，附录一二，非敢抗美昔贤，存以自镜而已。
>
> （《白雨斋词话·自叙》）

陈廷焯认为“声音之道，关乎性情”，而当时词坛的状况却是“繁声竞作，性情散失”[①]。这里所谓“性”主要指人言行的道德规范，包括仁、义、礼、智、信；所谓“情”是指人的情感，如喜、怒、哀、乐、愁。“性”与“情”二字合用，常指人的性格感情，它和“情”的含义基本相当。在封建社会，“性”和“情”常常是矛盾的，为了处理这一矛盾，儒家提出了“发乎情，止乎礼义”的规尺，要求情感的抒发必须符合礼义原则。

情感是文学的生命，也是作品得以诞生的原动力。词在诞生伊始，本身就是作为言情悦己的载体而出现的。陈氏亦云：“情有所感，不能无

① 屈兴国. 白雨斋词话足本校注［M］. 济南：齐鲁书社，1983：1.

所寄，意有所郁，不能无所泄。古之为词者，自抒其性情，所以悦己也。”[①] 词在其起初之际，是和人们的娱乐活动联系在一起的，宋代文人们严守诗词的文体之别，士大夫们往往借诗言志，而作词言情。即便有苏、辛等豪放派词人给词注入了一些社会乱离和个人抱负等内容，在一定程度上扩展了词的表现领域，拉近了诗与词二者的距离，但言志和宣情的区别并没有什么本质上的改变。诗以言志，因此必须“发乎情，止乎礼义”；词以宣情，则可以无拘无束地表现自己的情感世界，正如明末清初词人王岱所说：“诗以温厚含蓄、怨不怒、哀不伤、乐不淫为旨。词则欲其极怒、极伤、极淫而后已。”[②]

清代晚期，词坛淫冶，叫嚣、浮滑之情充斥，在这些情感的支配下所作的淫词、鄙词和游词泛滥。陈氏分析说淫冶和叫嚣的弊病，初学词者易犯，就连他自己“初为词，亦不免淫冶、叫嚣之失”[③]，但此二病也比较容易识别。他最关注的还是所谓的浮滑之病，因为“此病最深，亦最易犯。盖前两蔽则显忤《风》《骚》，常人皆知其非。此一蔽则似是而非，易于乱真。今人假托南宋者，皆游词也。”[④] 雅词是对淫词和鄙词进行纠正之后才产生的，既不淫又不伉，中正平和。而游词虽也不淫不伉，但性情浅而不厚，浮而不沉，空而不实，识力浅者很难辨别。

陈廷焯对当时词家之后进者渐生的浮滑浅碎之病深为不满，鉴于词坛时弊，为了“正其性情”，他高扬《风》《骚》精神，以儒家诗教之“温厚和平”为皈依，力图以《风》《骚》温厚之性，来纠正现实的不正之情。在具体评论中他更是一再强调性情之厚对词的影响，如：评南宋黄思宪词，

---

① 屈兴国．白雨斋词话足本校注［M］．济南：齐鲁书社，1983：756-757.

② ［清］沈雄．词品：上卷［A］．古今词话［C］．上海：上海书店，1987.

③ 屈兴国．白雨斋词话足本校注［M］．济南：齐鲁书社，1983：580.

④ 屈兴国．白雨斋词话足本校注［M］．济南：齐鲁书社，1983：666.

说“情见乎词矣，而措语未尝不忠厚”[1]；评王沂孙词，说“性情和厚，学力精深”[2]；评张炎等南宋词人，说“要皆以忠厚为主，故足以感发人之性情”[3]；评东坡词，说“豪宕感激，忠厚缠绵”[4]；评庄棫词句，则说“含无限情事，郁之至，厚之至”[5]，“和平温厚，感人自深”[6]等。陈氏要求词之作者性情和厚，要“思无邪”，要有符合儒家仁义道德规范的忠君爱民、宽容和雅、深沉笃厚的个人修养。

虽然，陈氏亦推举“缠绵”，并不否定“艳词”，但却反对轻薄、轻艳之情。他说“作词之法，首贵沉郁，沉则不浮，郁则不薄”[7]。将“浮”“薄”作为批判的对象，指出“尖巧新颖，病在轻薄，发扬暴露，病在浅尽”[8]，并举辛弃疾《粉蝶儿》为例：“起句云：‘昨日春如十三女儿学绣。’后半起句云：‘而今春似轻薄荡子难久。’两喻殊觉纤陋，令人生厌。”[9]批评的就是轻佻浅薄、粗俗卖弄之情，认为这些都违背了“厚”的原则，走向了反面。

三、悲怨而忠厚

陈氏之“温厚”要求作品具有“悲怨而忠厚”[10]的思想内涵。陈廷焯处在一个变革、动荡的时代，郁结着家国身世之感，具有一种当时社会文人普遍的压抑情绪。但是作为一个封建正统的士大夫文人，他不懂得、也不可能懂得脱离和背叛自己的实际和立场，去找到更好的力挽时弊、

①　屈兴国．白雨斋词话足本校注［M］．济南：齐鲁书社，1983：117.
②　屈兴国．白雨斋词话足本校注［M］．济南：齐鲁书社，1983：176.
③　屈兴国．白雨斋词话足本校注［M］．济南：齐鲁书社，1983：211.
④　屈兴国．白雨斋词话足本校注［M］．济南：齐鲁书社，1983：249.
⑤　屈兴国．白雨斋词话足本校注［M］．济南：齐鲁书社，1983：487.
⑥　屈兴国．白雨斋词话足本校注［M］．济南：齐鲁书社，1983：488.
⑦　屈兴国．白雨斋词话足本校注［M］．济南：齐鲁书社，1983：9.
⑧　屈兴国．白雨斋词话足本校注［M］．济南：齐鲁书社，1983：561.
⑨　屈兴国．白雨斋词话足本校注［M］．济南：齐鲁书社，1983：697.
⑩　屈兴国．白雨斋词话足本校注［M］．济南：齐鲁书社，1983：511.

救世救民的方法，他也只能依己所长，以文报国，再一次上演以“复古为革新”的历史戏剧。他上溯《风》《骚》，提出词之“厚”须从《风》《骚》而来，如其评冯煦[①]《蝶恋花》“怨慕之深，却又深信而不疑。想其中或有谗人间之，故无怨当局之语。然非深于《风》《骚》者，不能如此忠厚。”[②]陈氏以《诗》之怨诽、《骚》之讽谏为榜样，提倡学习《诗经》作者及屈原将一己之感情受约于政治、伦理、道德之下，以忠君爱国、忍辱负重之精神感慨时事，哀怨以劝，从而使作品具有哀怨忠厚的深厚内蕴。

对于文学与现实、与文人境遇的关系，中国文论中既有“诗可以怨”的文学功能论，也有“发愤以抒情”的文学发生观，《礼记·乐记》更曾云：“亡国之音哀以思。”陈氏接受了这些传统观念，提倡“作词贵于悲郁中见忠厚”[③]，“中有怨情，意味便厚”[④]，“凄凉幽怨，郁之至，厚之至”[⑤]，“词意殊怨，然怨之深，亦厚之至”[⑥]，主张词以哀怨之情寄寓忠心之志，感慨时事，婉言谲谏，从而达到“怨深思厚”的“风人之旨”[⑦]，发挥有利于国家、民生的社会作用。

陈廷焯于诗中最爱杜甫，说他亲历安史之乱的苦痛，关心的却是国家的安宁和太平、民众的生死和疾苦，关切复兴战争的进程和成败，其诗表现了诗人诚挚的爱国主义热忱和厚重的社会历史内容。于词，他最欣赏温庭筠和王沂孙。他认为温词之所以卓绝千古，是因为其全祖《离骚》；王沂孙则被他冠以“词中杜甫”的美誉，评说其词“惓惓故国，忠爱之心，油然感人，作少陵诗读可也”[⑧]。陈氏主张词作“写怨妇思夫之怀，寓孽子

---

① 冯煦（1843—1927），字梦华，号蒿庵，晚自称蒿叟、蒿隐，江苏金坛人。
② 屈兴国．白雨斋词话足本校注［M］．济南：齐鲁书社，1983：484.
③ 屈兴国．白雨斋词话足本校注［M］．济南：齐鲁书社，1983：381.
④ 屈兴国．白雨斋词话足本校注［M］．济南：齐鲁书社，1983：371.
⑤ 屈兴国．白雨斋词话足本校注［M］．济南：齐鲁书社，1983：209.
⑥ 屈兴国．白雨斋词话足本校注［M］．济南：齐鲁书社，1983：41.
⑦ 屈兴国．白雨斋词话足本校注［M］．济南：齐鲁书社，1983：332.
⑧ 屈兴国．白雨斋词话足本校注［M］．济南：齐鲁书社，1983：195.

孤臣之感”[1]，特别强调借抒写个体之哀怨，以寄寓忧国忧民之思，正因为这种“忧”才有了“怨”的情感内涵，又包含着“忠”的审美意蕴，这和杜甫诗歌中的关心现实、情系君国、表现民生疾苦的创作思想是相通的。因此陈廷焯评骘历代词作，虽然重在怨情的感发，而对能体现忠厚情性和怨而不怒的“温厚和平”的词作则尤为欣赏。

四、缠绵深厚

陈氏所言词之“温厚”既是思想尺度，也是艺术标准，其谓追求一种含而不露、幽婉深厚的艺术境界。《风》《骚》“温厚和平”的审美内涵，从情感规范和思想深度看要求“发乎情，止乎礼义”；从艺术表达的角度看，陈廷焯则重视“比兴”手法的运用，这样才能做到含蓄温柔而又情深味永。其云：

> 感慨时事，发为诗歌，便已力据上游。特不宜说破，只可用比兴体，即比兴中亦须含蓄不露，斯为沉郁，斯为忠厚。
>
> （《白雨斋词话·卷二·白石词中寄慨》）

> 或问比与兴之别……如王碧山《咏萤》《咏蝉》诸篇，低回深婉，托讽于有意无意之间，可谓精于比义……若兴则难言之矣。托喻不深，树义不厚，不足以言兴。深矣，厚矣，而喻可专指，义可强附，亦不足以言兴。所谓兴者，意在笔先，神余言外，极虚极活，极沉极郁，若远若近，可喻不可喻，反复缠绵，都归忠厚。
>
> （《白雨斋词话·卷六·比与兴之别》）

① 屈兴国. 白雨斋词话足本校注［M］. 济南：齐鲁书社，1983：20.

陈氏以为创作要有“余蕴”，要由寄托之厚，达到感人之深，但寄感不能直接发露，而应该借助艺术形象来展现其内在的意蕴。以“比兴”言词是常州一派的基本观点，陈廷焯对这一观点的发展在于他把“比兴”和“沉郁”联系在一起来谈，从语言上看，他在解释“兴”和“沉郁”的含义的时候，都使用了“意在笔先，神余言外”的相同说法；从内质上看，他所说的“比兴”并不是简单的譬喻和类比，而是“托义深”“树义厚”，又表现得“反复缠绵”，这样“比兴”与“沉郁”便难舍难分，互相纠缠，其说丰富了“比兴”和“沉郁”彼此的内涵。

另外，陈氏对《风》《骚》“比兴”之“义”与“名”有了进一步的区分，其云：

> 《风》《骚》有比、兴之义，本无比、兴之名，后人指实其名，已落次乘。作诗词者，不可不知。
>
> （《白雨斋词话·卷六·风骚有比兴之义》）

> 《风》诗三百，用意各有所在。仁者见之谓之仁，智者见之谓之智，故能感发人之性情。后人强事臆测，系以比、兴、赋之名，而诗义转晦。子朱子于《楚词》，亦分章而系以比、兴、赋，尤属无谓。
>
> （《白雨斋词话·卷八·风诗用意各有所在》）

尽管陈氏论词多次谈到“比兴”，但其实他更为重视的是《风》《骚》用意之本身，认为这些“用意”是《风》《骚》之所以感人性情的无穷魅力之所在。然而，《风》《骚》之“用意”是不可确定言说的，所谓仁者见仁，智者见智，每个人的认识和感受均不相同，因此，后人所谓的“比兴”

之名，也多有附会臆测的牵强成分，不可尽信。应该说，陈氏此论大大超越了前人对“比兴”的认识和理解,闪烁着理性主义的光芒。以“比兴”之法抒发怨情，优点在于既没有大喜的狂放恣肆，也不见伤痛的悲恸哀鸣，恰在二者融和之间，显得蕴藉婉切、典雅中正。在词的艺术风貌上，陈氏也一因前人，否定了那些直白发露之作，如说陈维崧词“一发无余，不及稼轩之浑厚沉郁”，而对稼轩词的某些“着力太重处”，造成了“剑拔弩张”一般直露的词句，也提出了不“厚”的批评。陈氏“温厚和平”之论主要是从词人的情意和词作的主旨方面提出的，然而要完美地表达这些情意和主旨，则须借“比兴”之法“沉郁”抒之，这样能使“温厚”之旨更加深刻重厚，避免简陋、平庸的毛病。

陈廷焯生于晚清，蒿目时艰，提倡词中寄慨，深刻反映社会生活，主张以儒家诗教为核心，要求温厚为体，反对慷慨激昂的放歌，赞赏委婉含蓄的哀吟。其《白雨斋词话》所谓“温厚以为体”的实质，可以看作传统儒家的人格标准、诗学观念和审美原则在词中的延续。陈氏理智地看到了《风》《骚》所谓比兴之“义”与“名”的区别，但他却没有理性地发现其作为所谓词之“本原”的“温厚和平”，并非《风》《骚》的本身用意，亦是后人之接受解释之义。“本原”义为源头、本初，而不是本质、本性等。“如果说,陈氏所谓‘词中本原’是着眼于词体之原初生成，倒多少有其合理性，但是他明确指出‘词中本原’就是风骚之义、温柔敦厚等，指向了诗的原初精神；如果说‘本原’所指就是诗的原初，倒还符合本原之原来义，但他又常常从词体的本性来解读之，因此其论词方法存有不可克服的矛盾性。”[①] 然而我们也应该看到，作为一个旧知识分

① 杨柏岭. 陈廷焯词学思想的偏颇性与合理性［J］. 安徽师范大学学报（人文社会科学版），2001（4）：541.

子，儒家诗教精神已根植于他的意识深处，已经等同于本原、天生的抽象理念、无须怀疑的恒定公理，对一个旧学者而言，以诗教说词亦是其“合理”而“自然”的必然选择。

第五节　以厚为要旨

一、厚与重

况周颐（1859—1926）与王鹏运、朱祖谋、郑文焯合称晚清四大词人，亦称“清季四大家”。其《蕙风词话》与王国维的《人间词话》有“双璧”之誉，又与陈廷焯的《白雨斋词话》合称“晚清三大词话”，由此足见况周颐在词学史上的地位和影响。“重、拙、大”肇端于端木埰，经王鹏运至况周颐发扬光大，尤其是况周颐将“重、拙、大”作为其词学理论的核心，成为其具有标志性的范畴。

《蕙风词话·卷一》篇首开宗明义，云：“作词有三要，曰重、拙、大。南渡诸贤不可及处在是。”[①] 关于“重、拙、大”，况周颐并未非常明确地集中论述，而是在其著作论述中加以解释申说。况氏在他的《词学讲义》一书里讲：“轻者重之反，巧者拙之反，纤者大之反。”[②] 可知况周颐是以“重、拙、大”来反对“轻、巧、纤”的词风。在况周颐的词学理论中，他还曾使用“穆”“厚”“雅”等范畴，这些范畴与“重、拙、大”有相辅相成的意义，其中“厚”是一个应予特别注意的范畴，其“重、拙、大”

---

① ［清］况周颐．蕙风词话［A］．王幼安校订．蕙风词话·人间词话［C］．北京：人民文学出版社，1960：4．

② ［清］况周颐．词学讲义［A］．孙克强辑．蕙风词话·广蕙风词话［C］．郑州：中州古籍出版社，2003：151．

词论，多以“厚”生发。

他初学词时由于少年性情而为轻倩侧艳一格，二十一岁时认识当时另一著名词人王鹏运，使其词风和词学思想发生了很大的转变。他接受了王鹏运“重、拙、大”的词学理论，其中“重”主要是针对有清以来浙派词人的“轻倩”之失提出的补救方式，况氏对此解释得非常清楚：

> 填词先求凝重。凝重中有神韵，去成就不远矣……凡轻倩处，即是伤格处，即为疵病矣。天分聪明人最宜学凝重一路，却最宜趋轻倩一路。
>
> （《蕙风词话·卷一·填词须先求凝重》）

> 重者，沈著之谓。在气格，不在字句。于梦窗词庶几见之。即其芬菲铿丽之作，中间隽句艳字，莫不有沈挚之思，灏瀚之气，挟之以流转，令人玩索而不能尽，则其中之所存者厚。沈著者，厚之发见乎外者也。欲学梦窗之致密，先学梦窗之沈著。
>
> （《蕙风词话·卷二·梦窗与苏辛殊流同源》）

况氏以“沈著”来解释“重”，并指明“在气格，不在字句”，可知“重”不在字句语言，指词中的“沈挚之思，灏瀚之气”，是词的思想感情的深沉与厚重，与“轻”“轻倩”适好相反。而所谓“沈著”是“厚”的发露和表现，因此，“厚”是“重”的内在根本。

梦窗词是北宋清真词以思力安排为主向质实一路发展的产物，主要表现在意象、用典和语言方面。当吴文英的地位提高后，一些人竞相模仿其词风，然而却往往仅袭得外表，未得真谛。其让无数丽字飞动的“致密”乃词外在之手法，故比较易学。况氏指出“欲学梦窗之致密，先学梦窗之沈著”，而“沈著者，厚之发见乎外者也”。因此“厚”乃是“密”的基础所在。

> 近人学梦窗，辄从密处入手。梦窗密处，能令无数丽字，一一生动飞舞，如万花为春，非若雕璚蹙绣，毫无生气也。如何能运动无数丽字，恃聪明，尤恃魄力。如何能有魄力，唯厚乃有魄力。梦窗密处易学，厚处难学。
>
> （《蕙风词话·卷二·梦窗厚处难学》）

> 此条论梦窗词最精。实字能化作虚字之意使用，静辞能化作动辞使用，而又化虚为实，化动为静，故能生动飞舞。是在笔有魄力，能运用耳。能运用，则不丽之字亦丽，非以艳丽之字，填塞其间也。密在字面，厚在意味。学得密处易，学得厚处难。
>
> （《蕙风词话·附录·蕙风词话诠评》）

况氏以为吴文英作词能有化虚为实、化动为静的致密笔法，是因为其词笔的魄力雄浑，同时他也一再强调“唯厚乃有魄力”，内在的醇厚深刻是魄力产生的源泉，“密”仅是表面，而“厚”才是本质，因此说“学得厚处难”。

况周颐曾说过“填词要天资，要学力，平日之阅历，目前之境界，亦与有关系”（《蕙风词话·卷一·无词境即无词心》），“填词第一要襟抱”（《蕙风词话·卷二·填词要襟抱》），认为作词水平的高低与先天的性情禀赋和后天的学力储备密切相关，因此他所谓的“厚”主要包括性情醇厚和学养深厚两个方面。况氏要求词作表达深厚凝重的思想学养，性情乃天赋，不能强求其醇厚；学养则是后天的努力修养所得，主要关乎读书和阅历两个方面，读书多、阅历广则学养自深厚。这样涵养日久，不断郁积，日见其厚，则魄力雄浑，潜气内转，下笔时自能满心而发，肆口而成，表现出一种沉郁的力量和飞扬的神致。

二、厚与拙

况周颐借“厚”言“重”，突出了对“厚”范畴之思想内蕴的解释，比较客观平实地强调了天资性情和学问酝酿，没有落于当时比较盛行的儒家“温厚”之说的套路。然而，况周颐对词的艺术表现则高扬道家之旨，追求大巧若拙、质直朴素的艺术境界。《词学讲义》云：“巧者拙之反。”① 《蕙风词话》云：“其不失之尖纤者，以其尚近质拙也。”“词忌做，尤忌做得太过。巧不如拙，尖不如秃。”②其理论阐发也借鉴了道家观念，以“厚”讲“拙”，强调了“真”与“朴”的艺术规范。

> 东坡、稼轩，其秀在骨，其厚在神。初学看之，但得其粗率而已。其实二公不经意处，是真率，非粗率也。余至今未敢学苏、辛也。
>
> （《蕙风词话·卷一·明以后词纤庸少骨》）

> 词能直质为上乘，顾大不易，昔贤朴厚醇至之作，由性情学养中出，故真率之至。真率乃直质也，不可误直率为真率。
>
> （《蕙风词话·附录·蕙风词话诠评》）

---

① ［清］况周颐．词学讲义［A］．孙克强辑．蕙风词话·广蕙风词话［C］．郑州：中州古籍出版社，2003：151．

② ［清］况周颐．蕙风词话［A］．王幼安校订．蕙风词话·人间词话［C］．北京：人民文学出版社，1960：8，49．

况氏说学习古人不能只停留于表面现象，而应看到本质，落到实处，并以苏、辛词为例，说他们的词比较豪爽奔放，貌似“粗率”，而其实质却是“真率”，其真实率性之情以及这种情感的不加虚伪掩饰的流露，是苏、辛词的真正神韵和魅力之所在。同时，况氏还要求词之“厚”具有质朴、醇雅的风貌，他反对纤巧刷色，主张以质朴为词，认为清真词越是质朴便越是深厚、自然。同时词“厚”之“真率”与“质朴”是相互关联、密不可分的：

> 元人沈伯时作《乐府指迷》，于《清真词》推许甚至……清真又有句云：“多少暗愁密意，唯有天知。”“最苦梦魂，今宵不到伊行。”“拚今生、对花对酒，为伊泪落。”此等语愈朴愈厚，愈厚愈雅，至真之情，由性灵肺腑中流出，不妨说尽而愈无尽。
>
> （《蕙风词话·卷二·周姜词朴厚》）

况周颐强调用质实朴素的语言，真切地表达作者的至真之情，以为“直质”是词的上乘境界，而“真率”与“直质”名异而实同，都是说至真浓郁之情以不加雕饰的方式方法自然朴实地表达出来，给人以真挚、率性、重厚的强烈感染。《蕙风词话》中常以“质”“拙”“朴”这些词来赞赏写得好的作品，赞美这类作品或质朴自然、不矫饰造作，或巧夺天工、不雕琢作态的艺术表现方式，抒写发自肺腑的“性灵”真情与痴情，呈现出一种愈质朴愈深厚、愈深厚愈醇雅的艺术美感。

合而观之，况周颐以“厚”释“拙”，实际上与况氏以“拙”抗“巧”的整个词学理论主张是相协调一致的，表达并强调了一种对“拙厚”的自然之美的追求。

三、厚与大

况周颐重点申说了对“重”“拙”二范畴的观点，对“大”则基本没有作出正面解释，多隐含于其对词人词作的评论中。《词学讲义》提出：“纤者，拙大之反。”[①] 由此可推知况氏以“大”反“纤”的词论倾向。《蕙风词话》中数次提到了关于“纤”的词语，如“纤滞”“纤妍”“纤小”“纤庸”“纤弱”“纤艳”“纤巧”“尖纤”“纤丽”等，对此况周颐进行了尖锐的批评：

> 词人愁而愈工。真正作手，不愁亦工，不俗故也。不俗之道，第一不纤。
>
> （《蕙风词话·卷一·词宜不纤》）

就词作内容而言，况周颐反对格局细小、境界狭隘的“纤小”之作，主张“小中见厚”，即微言大义、辞约旨丰，无论抒写家国情怀，还是歌咏忠贞爱情，只要托旨遥远深厚，于性灵中有寄托：

> 唐张祜《赠内人诗》：“斜拔玉钗灯影畔，剔开红焰救飞蛾。”后人评此以谓慧心仁术。金景覃《天香》云：“闲阶土花碧润。缓芒鞋、恐伤蜗蚓。”略与祜诗意同。填词以厚为要旨，此则小中见厚也。
>
> （《蕙风词话·卷三·景覃天香》）

> 身世之感，通于性灵。即性灵，即寄托，非二物相比附也。
>
> （《蕙风词话·卷五·词贵有寄托》）

---

① ［清］况周颐．词学讲义［A］．孙克强辑．蕙风词话·广蕙风词话［C］．郑州：中州古籍出版社，2003：151．

况周颐要求寄托与人的性灵合融为一,突破传统“词言情”“词为艳科”的束缚,主张无论作品题材轻重大小,只要寄托深沉,气格高远,境界阔大,于小事小景中见大情思,以小喻大、小中见厚,即为“大”为“厚”,即得“填词要旨”。

就词作创作风格而言，与“大”相反的是“雕琢”“勾勒”所形成的“尖”“纤”。况周颐反对风格雕琢柔弱、虚情假意、矫揉造作的作品，对于大气包举、酣畅淋漓、浑雅博大的苏、辛词自是赏赞有加：

> 以尖为新，以纤为艳，词之风格日靡，真意尽漓，反不如国初名家本色语，或犹近于沉著、浓厚也。
>
> （《蕙风词话·卷二·花间不易学》）

> 填词以厚为要旨。苏、辛词极厚，然不易学，或不能得其万一而转滋流弊，如粗率、叫嚣、澜浪之类。东山词亦极厚，学之却无流弊。信能得其神似，进而窥苏、辛堂奥何难矣。厚之一字，关系性情。“解道江南断肠句”，方回之深于情也。企鸿轩蓄书万余卷，得力于酝酿者又可知。
>
> （《历代词人考略·卷十四·贺铸》）

况氏提出作词的“要旨”在于“厚”，并以苏、辛词为“厚”的典范，可见“厚”之于词的重要意义。“厚”主要是指基于作家天资醇厚和后天学养深厚基础上的作品思想内蕴的丰厚和深刻。“‘厚’即在于感情真挚浓郁，又有深厚的文化修养，加之不加雕饰的自然表达，给人以蕴藉无限的强烈感染”[①]，这种“满心而发，肆口而成，掷地作金石声”（《蕙风词话·卷

① 孙克强．况周颐“重、拙、大”新论［J］．中国韵文学刊，2003（2）：95．

一·学词须按程序》）的气力充沛、情意真切、淋漓恣肆的表达，即为“大”。

“况周颐对‘重、拙、大’的解释，虽在逻辑上不够严密，在表述上有些夹缠不清，但其大意还是明了的，这就是强调词要深沉、厚重、真实、质朴、有寄托、有气象，借以反对所谓‘轻、巧、纤’的词风。”[①]由况周颐提出的理论，希望能针砭词坛轻佻浮滑、粗率空疏的弊病，沉厚则不轻薄，朴厚则不巧媚，重厚则不纤庸，“厚”事实上与况氏之全部理论体系融为一体，因此唐圭璋先生指出：“况蕙风所标重、拙、大之旨，实皆特重厚字。惟拙故厚，惟厚故重、故大，若纤巧、轻浮、琐碎，皆词之弊也。”[②]

① 曾大兴．况周颐蕙风词话的得与失［J］．文艺研究，2008（5）：56.
② 唐圭璋．词学论丛［M］．上海：上海古籍出版社，1986：864.

第四章　书画美学“厚”范畴

在中国所有的艺术门类中，诗歌和书法最为源远流长，历史悠渺。汉字是书法艺术的基础，从结绳记事，到文字的产生，经历了漫长的时代。周代的“六艺”中，书学教育已经成为其中之一。但写字实用和书法审美毕竟不是一回事，尽管在甲骨文中已包含有某些美学思想，尽管魏晋南北朝以来不少书家对甲骨文、钟鼎文、石鼓文推崇备至，后人从艺术角度对之进行审视，确实发现其中有许多不可企及的佳处，但严格说来它们还不是书法。汉代是我国书法的第一个黄金时代，但直至东汉后期才出现了比较系统的书论，故论书者多以汉为始。

伴随着汉字书写实用功能的发展，书法的艺术审美功能也日受关注，东汉以后开始出现了一系列书法美学著作。书画同源，中国书法与中国绘画同质而异体，两者的产生和发展关系密切、相辅相成，具有交融性、共通性的特点，因此书法美学和绘画美学理论亦可互相生发参照，至清代随着书法和绘画创作进入全面繁荣和总结阶段，美学“厚”范畴正式走进书画艺术殿堂，在阐述理论内涵和指导创作实践两方面，均取得了令人瞩目的成果。

第一节　书论“厚”范畴之审美风格

一、厚之从尚形到尚意

中国书法发展史有一条主要的线索，就是从“尚形”逐渐过渡到“尚意”，从“古拙”逐渐过渡到“秀润”，进而主张“意”与“形”以及“古拙”与“秀润”的统一。“厚”从汉魏自然朴拙之自发风貌，到晚清书家精心刻意之自觉追求，伴随着整个中国书法史的发展走过了漫长的历程。

纵观历代书论，“厚”当是较为后起的书法美学范畴之一，它是在肥瘦、方圆、骨肉、筋骨、轻重、纤浓、笔力等相关范畴的基础上提炼产生的，主要指一种笔力遒劲、骨健肉膏、圆润端正的书法品格。其概念的正式出现，与文学中“厚”作为一个明确独立之美学范畴提出的时间大体相当而稍晚，并在有清以来碑学复兴的背景下逐渐发扬光大。

书法美学“厚”之发展过程，可以清代碑学中兴为界大致分为两个阶段：前一阶段可称为自发阶段，在这一时期“厚”主要表现为一种简单拙朴、雄强泼辣的书法形体特征，还没有完全经过书家的理论阐发，成为一种书法审美风格的集中体现和普遍的艺术追求；后一阶段可称为自觉阶段，是指清代文人书法中求“厚”的特点，这时的“厚”主要体现在书法的神韵格调方面，并经过书法理论家们的高度雅化和不断创新，成为清代以来中国书法的重要风格之一，有着极强烈的思想性和艺术性。在第一阶段中“厚”尚不能算作一个正式的书法美学范畴，但这一时期中对其他书论范畴的深入探讨和书法创作实践的日益成熟，无疑为书学“厚”范畴的最终提出提供了必要的、不可或缺的背景和基础。因此，我们所谓书论“厚”范畴的演进阶段的划分，并非历史时代意义上的，而是着眼于其逻辑规律上的内在关联。

（一）自发阶段的“尚形”

1. 汉碑的质朴敦厚

汉代的书法有两大系统，一是简牍墨迹，一是碑刻文字。到东汉时，由于当时的门生故吏众多，为府主歌功颂德，或为封山祭祀之用，碑碣云起，刻碑之风盛行。东汉的碑刻形制多样，有墓志、石阙铭文、画像石题字、石经、摩崖和碑刻，而最能说明因形制的不同而致书法风格差异的，当以摩崖碑刻为代表。 由于摩崖本身的陡峭位置或本身材质的凹凸不平，给石工的雕刻带来了诸多不便，但这却在无意中成就了一般碑志所难以具备的自由气势：一是凿打在半空中的石面上，线条无法做到细腻而有锋芒；二是字形可以大得没有限制，舒卷自如，开张跌宕。东汉隶碑是两汉书法最优秀的代表，它完美地体现了汉代艺术沉雄博大、质朴敦厚、宽博宏伟的时代精神，生动地传达了由于经济空前发达、国势空前强盛、国祚达 400 年之久远所沉淀的“汉家衣冠”和“汉家威仪”，这是其他时代所无法超越的。

2. 北碑的厚重高古

汉代留给魏晋南北朝书法两大遗产：一是以简牍纸帛为重要载体的真（楷、正）书、行书、草书；一是以碑刻为主要载体的成熟的隶书。这一时期南北分畛而治：南书沿袭晋人风范，以“二王”为宗，多长于尺牍，以帖为善；北朝则继承东汉树碑之风，特别是北魏帝王提倡佛教，开窟造像之风大兴，因此造像碑也大为兴盛。北碑上承汉碑传统，显示了黄河文化的厚重饱满、慷慨伟茂，加上少数民族的剽悍勇烈，以峻美雄厚为艺术特质。由汉到魏以碑书为主，于是刀斧、石材便分别扮演了笔和纸的角色，用刀削斧凿，起笔落笔平整有力，使字仿佛嵌入石体一般，充满厚度感、力量感。以金石造字行笔迅起急收、点画峻厚，结构也疏密自然、错落有致。同时，书写者又多为民间书手，因此不少作品充满稚拙之味，也形成了碑刻书法豪放拙朴、厚重高古、雄强悍劲的艺术风貌。

3. 颜书的丰厚宽博

唐代的最高学府专设“书学”一种，专门培养书法家和书论家，书法艺术开始全面繁荣。盛唐颜真卿初学褚遂良，后又得笔法于张旭，创造了新的时代书风。其真书雄秀端庄，结字由初唐的瘦长变为方形，方中见圆，具有向心力。用笔浑厚强劲，善用中锋笔法，饶有筋骨，亦有锋芒，一般横画略细，竖画、点、撇与捺略粗。楷书在他的苦心经营下，形成了气度雍容、雄强敦厚、方正宽博、稳重肥厚的艺术风格。可以说颜书的丰厚宽博之体的成功，除了其个人的书法艺术造诣外，当与盛唐博大奔放的时代精神和其时以肥为美的社会审美风尚有着密切的关系。但物极必反，随着肥厚之书风渐变为重浊，到中晚唐时期，柳公权异军突起，以清健矫肥厚，从而又反拨回以瘦硬为美的传统书法审美习尚。

书法创作的繁荣亦带来了理论著述的丰盛，唐代书论一方面继承和发扬了前代书法理论的重要命题，在书法艺术表情述意的本质特征、骨力刚健之美的艺术阐释、形质与神采的关系讨论等方面均有了进一步拓展。然而唐代书法美学最伟大的贡献之一，是对中国书法之“法”的建设与树立，“唐人尚法”也成为人们品评唐代书法的主要概括用语。同时，由于理论研究于实际创作而言的脱节性和滞后性，唐代书家并没有对那一时代有着重要影响的“肥厚”之书的美学特征进行深入的研究和探讨，这一艺术瑰宝也逐渐被人们淡化。然而毕竟瑕不掩瑜，在其沉睡六七百年后的清代，其独特的美学风韵和艺术魅力最终为世人所认可。

4. 苏书的点画肥厚

在历史惯性的作用下，唐代的肥厚书风在五代和宋初仍有着一定的延续，“五代杨凝式、李建中，亦重肥厚，宋初仍之，至韩魏公、东坡犹然”[①]，但处境已日见尴尬。欧阳修曾评书曰：“书之肥者譬如厚皮馒头，食之味必不佳，而每命之为俗物矣。”[②]表现了对肥厚美轻视否定的趋向。姜夔论书主张肥瘦相济，相对说来也是注重瘦硬之美，而不赞成颜真卿为代表的肥腴之美。苏轼在书法创作上喜爱肥厚丰腴，其书结体短肥，用墨丰腴，结字扁平，横轻竖重，笔画舒展，往往以浓墨大笔为主，加以刷扫的感觉，态势上非常丰腴饱满，在造型上给人的突出印象就是肥腴。在他眼中，“肥厚”是一种美，“瘦硬”也是一种美：

> 杜陵评书贵瘦硬，此论未公吾不凭。短长肥瘠各有态，玉环飞燕谁敢憎。
>
> （《东坡全集·孙莘老求墨妙亭诗》）

苏轼认为为书必须有神、气、骨、血、肉，五者缺一不可，而书法美的各个要素，应该在一种美的形式下集合，既端庄又流丽，稳中寓动，刚中含柔，在具备书法形式美感的基本前提下，书法造型形式应该允许个性化，博取兼收，环肥燕瘦，各有所好，不应强求一律，其高明的卓见充满着辩证的眼光，也体现了他敏锐的艺术感受力、洞察力以及深厚的艺术修养。

（二）自觉阶段的“尚意”

1. 碑学复兴

书法发展到南宋，渐渐疲弱。元代为中国书法史上最为衰落的时期，元代书坛巨匠赵孟頫高举起“复古”的旗帜，主张避开宋朝流弊，远师晋唐，

---

① 崔尔平．广艺舟双楫注［M］．上海：上海书画出版社，1981：67.
② ［宋］魏太．东轩笔录：卷15［M］．北京：中华书局，1983.

复使书法发展迈入一条较为健康的轨道。宋元以来的书法，基本上都是以帖学为主,明朝在此基础上进一步发展。与明代的“复古”思潮相一致，明代书法虽间有创新，亦有董其昌等书法名家的出现，但基本上是对古人的学习和继承。

清代是我国书史上书道中兴的一代，以乾嘉时代为界限，可划分为前后两个时期，顺治喜王，康熙宗董，乾隆师赵，清代前期仍是“帖学”的天下。在康乾时，馆阁体风靡一时，充斥书苑，使富有生命力的艺术演变退化成一种僵死雷同的程序，它成了书法艺术继续向前发展的严重障碍。清兵南下的洪流击溃了晚明的统治，阶级矛盾和民族矛盾空前尖锐，清统治者在采取怀柔政策笼络人心的同时，也大兴“文字狱”，这使不少汉人知识分子避政治而不谈，开始潜心古籍考据整理和语言文字研究，开“朴学”之端绪。

出于治经、治史的需要，清初顾炎武、黄宗羲等朴学大师特别重视对金石文字的研究，金石考古之学悄然兴起。这使不少求变的书家眼光一亮，他们从金石碑刻中找到了知音，发现了书法的新生命，于是刮起了一股碑书旋风，几乎在书坛上营建了一个“大一统”的形势。清代讲求国风轩冕，表现盛世景象，遂字势也须堂堂正正，厚重严实，加之康、乾尚赵孟頫和董其昌的书法,使字体更加规范,于是出现肥厚端正的体势。碑书复兴的代表人物何绍基作字“宽展圆厚”，方笔不干枯僵硬，圆笔不轻滑疲弱，显得方正遒厚而血肉丰满，外柔而内刚，使碑书之雄强率真展现于典雅含蓄、厚重高古的总体风格中，具有浓厚的书斋气，其艺术境界也反映了碑学与帖学的交融和暗合。

2. 碑学书论

随着清代后期中国古代书法艺术史上又一个辉煌期的来临，书法理论著作也成果丰硕，阮元的《南北书派论》、包世臣的《艺舟双楫》、刘熙载的《艺概·书概》等相映成辉。康有为的《广艺舟双楫》则被称为碑学理论的集大成者，在其书论中康有为极力从审美方面肯定了北碑：

> 今世所用，号称真楷者，六朝人最工。盖承汉分之余，古意未变，质实厚重，宕逸神隽，又下开唐人法度，草情隶韵，无所不有。
>
> （《广艺舟双楫·购碑第三》）

> 古今之中唯南碑与魏可宗，可宗为何？曰：有十美。一曰魄力雄强，二曰气象浑穆，三曰笔法跳越，四曰点画峻厚，五曰意态奇逸，六曰精神飞动，七曰兴趣酣足，八曰骨法洞达，九曰结构天成，十曰血肉丰美……魏碑无不佳者，虽穷乡儿女造像，而骨血峻宕，拙厚中皆有异态，构字亦紧密非常……譬江、汉游女之风诗，汉、魏儿童之谣谚，自能蕴蓄古雅，有后世学士所不能者。
>
> （《广艺舟双楫·十六宗第十六》）

> 六朝人书无露筋骨者，雍容和厚，礼乐之美，人道之文也。
>
> （《广艺舟双楫·余论第十九》）

朴学肇端，碑书盛行，康有为《广艺舟双楫》以唐为界，将其前后的书法从审美的角度作了整体的比较和观照，言“唐以前之书厚，唐以后之书薄”[①],用“厚”来形容唐代以前书法美的特点,并用“丰厚”“朴厚”“肥厚”“雄厚”“拙厚”“古厚”“深厚”“浑厚”“密厚”“质厚”“峻厚”“和厚”“浓厚”“厚重”“厚密”等字眼来形容汉魏书法之审美特征,美学“厚”范畴正式走进书法艺术殿堂，翁方纲以“以质厚为本”（《两汉金石记·序

① ［清］康有为. 广艺舟双楫［M］. 北京：中国书店出版社，1983：47.

言》）为书论总原则，刘熙载提出“书尚清而厚”（《艺概·书概》），一时间文人书法纷纷以“厚”为标准。在书法神韵格调方面，“厚”既表现汉魏南北朝碑书的风格，又成为有清一代文人墨客兼抒己意的主动追求。

书法美学“厚”范畴在经历了几千年的创作实践积累和理论沉寂之后，蓄积起无穷无尽的潜能，其振聋发聩的伟大力量，让它在晚清终于大放异彩、光芒四射，“厚”逐渐发展成为独具中国文化传统和书法艺术特点的美学范畴，以“厚”论书、品书亦成为书法美学重要的审美标准之一。“厚”由一种拙朴古厚、质实雄浑的书法形体特征，逐渐发展为一种圆润滚实、肉膏骨健、笔力遒劲的书法审美风格和艺术品鉴标准，在形态美、立体美、力度美等方面展现了中国书法高度的艺术创造性和审美感染力。

二、丰满膏腴的形态美

康有为在《广艺舟双楫》中提出了“书为形学”的著名论断，把书法看作“形”的艺术，突出了书法“形”的特点。鲁迅先生也说，汉字具有三美：“意美以感心，一也；音美以感耳，二也；形美以感目，三也。”[①]形态美是中国书法追求的重要审美准则之一。在中国书法美学史上，对书法形态美的崇尚主要分为喜“肥”和贵“瘦”两种审美倾向。从一定意义上说，“厚”范畴的产生是在中国古代“中和”审美意识作用下，书法美学“肥”与“瘦”两范畴从分歧斗争走向妥协统一的产物。作为书法美学范畴的“厚”既不倾向于“肥”，但也不等同于“瘦”，而是一种血肉丰美、外柔内刚、丰腴圆实的书法体态，给人以丰满、健康的美感。

纵观书法美的发展历程，“瘦”美出现得比较早，甲骨文由于以刀刻写，线条瘦硬爽利，实开“瘦”美之滥觞。汉隶笔画肥瘦兼备，但基本格调

① 鲁迅．汉文学史纲要［M］．北京：人民文学出版社，1973：3.

仍是以“瘦”为主。南朝以前，人们对肥瘦的表现尚属于自发的、不自觉的行为，南朝宋羊欣云：“颍川钟繇，魏太尉；同郡胡昭，公车征。二子俱学于德升，而胡书肥，钟书瘦。”[①] 开书法美学以“肥”“瘦”论书之先河。以“肥”“瘦”论书，着眼于书法的外部形态，却反映出中国书学以人体美为标准鉴赏书法的审美视角。唐代国力强盛、文化繁荣，女性也相应地呈现出丰满膏腴、雍容富态的形体之美。盛唐时期，颜真卿吸取篆书的中锋用笔和隶、篆的正面结构，改变王羲之欹侧结构，线条圆浑，转折外拓，改变内擫，用笔稳重肥厚，一改魏晋风格的“瘦硬”美为“丰腴”美。

书法作为一种艺术形式，必然要受到一定的社会文化风尚的影响，清人翁方纲言：“唐之八分，自开元时已多趋肥硕。”并进一步引用《苕溪渔隐词话》云:“唐初书得晋、宋之风，故以劲健相尚。褚、薛尤极瘦硬。开元、天宝以后，变为肥厚。”[②] 康有为概述唐代书风的变化云：

> 唐世书凡三变，唐初欧、虞、褚、薛、王、陆，并辔叠轨，皆尚爽健；开元御宇，天下平乐，明皇极丰肥，故李北海、颜平原、苏灵芝辈并趋时主之好，皆宗肥厚。元和后沈传师、柳公权出，矫肥厚之病，专尚清劲，然骨存肉削，天下病矣。
>
> （《广艺舟双楫·体变》）

唐代的肥厚书风在五代和宋初虽有沿袭，但清劲书风已经有了新发展。清代书法在近300年的发展历史上，经历了一场艰难的蜕变，突破了宋、元、明以来帖学的樊笼，开创了碑学，形成了雄浑渊懿的书风。清代随

① ［南朝］羊欣. 采古来能书人名［A］. 潘运告编著. 汉魏六朝书画论［C］. 长沙：湖南美术出版社，1997：122.

② ［清］翁方纲. 石洲诗话［M］. 北京：人民文学出版社 2001：44-45.

着金石考古之学悄然兴起，许多书法家同时又是金石学家，碑刻文字激发起当时书家以古为新、袭古创新的创作新思维。同时，碑学的兴起适应了清代国势昌隆、盛世威仪的审美需要，清代社会的审美观由以"秀美"为主急骤转变为以"壮美"为主，出现了邓石如、何绍基、吴昌硕、康有为等一大批碑书名家，成为人们关注的新焦点。

书法的形质多种多样，难拘一格。随着理论探讨的不断深入，人们的认识也日趋客观和辩证。南朝萧衍曰："肥瘦相和，骨力相称。婉婉暧暧，视之不足；棱棱凛凛，常有生气，适眼合心，便为甲科。"[①] 宋代姜夔主张肥瘦相济："用笔不欲太肥，肥则形浊；又不欲太瘦，瘦则形枯。"[②] 明朝项穆认为："人之于书，得心应手，千形万状，不过曰中和，曰肥，曰瘦而已。"[③] 这些论述既反映了中国文化"中和"美的观点，又充满了艺术的辩证法。真正的肥美或瘦美，都不是单纯的肥或瘦，而是肥中有瘦，瘦中有肥，肥瘦结合。从这样的意义上说，书法美学"厚"范畴所追求的审美风貌是骨肉相称、肥瘦相和，它更加强调了书法质地腴润、丰满圆浑的生命形式意味，侧重显现于外的形态性视觉美感，强调书法艺术健康大气、丰腴润泽的美感。

书法丰腴美的产生与中国书法的物质凭借有着非常密切的关系。除了刀工石刻，古代中国人的笔是用兽毛捆缚而成，它辅毫抽锋，极富弹性，能收能放。后又有用羊毫、鸡毫做成的软毫，其性软而不易驾驭，但是储墨多、造型力强，扭曲柔毫健腕，其质感有别于西方芦苇笔、鹅毛笔、钢笔等硬笔书法的一味精劲，加之宣纸或帛绢对墨水的吸释能力，因此

---

① ［南朝］萧衍．答陶隐居论书［A］．潘运告编著．汉魏六朝书画论［C］．长沙：湖南美术出版社，1997：219.

② ［宋］姜夔．续书谱［A］．潘运告主编，水采田译注．宋代书论［C］．长沙：湖南美术出版社，1999：329.

③ ［明］项穆．书法雅言［A］．潘运告主编，云告译注．明代书论［C］．长沙：湖南美术出版社，2002：198.

作字体态圆浑、丰腴厚润。

三、圆浑润厚的立体美

“厚”古字写作“垕”，许慎《说文》释为“山陵之厚”，表示山陵和大地的厚度，“厚”之字意有扁平物上下两面之间距离大的含义，与“薄”相对，具有长、宽、厚（高）的物体是立体，因此“厚”具有暗示三维立体空间的性质。书法以线条质感为生命，古人论书曰“质厚”就是强调书法要讲求质的空间感，亦即所谓立体感，但书法在纸上立形，只是纯粹的线，并不具有立体性，线条之“厚”只是一个“视觉幻象”。

一方面，书论“厚”范畴对审美立体感的注重，与中国书法特殊的书写载体及中国书法艺术之特点和规律相关。汉代蔡邕《九势》曰：“维笔软则奇怪生焉。”[①] 毛笔有柔软的特性和很强的吸附性，其笔毫是圆的，因提按的变化笔毫随之发生改变，又因主副毫的厚薄、尖挺程度与入纸深浅的情况不同，在纸上留下的墨痕也不一样。书法线条以圆线条为主，这种圆形线条既有一种向心内缩力，又有着向四边流动的趋势，因而产生一种“圆厚”的视觉，使书法于二维平面中产生一种三维空间的效果，线条的纵深感与立体感也因此产生。墨色素黑纯净，写成后经久不褪色，入水也不变动渗化，并能产生五彩般的浓淡效果。另外，绢纸宣纸可供浸润，一笔下去墨在纸上可以呈现出轻重浓淡的种种变化，保证了书法点画不流于扁薄刻露。因此，书写的物质凭借在一定形式上决定了书法的点和线都不是几何学意义上的点和线，不是平面的点和线，而是圆厚的，富于立体感的。宗白华先生曾说：“中国字若写得好，用笔得法，就成功

① ［汉］蔡邕．九势［A］．潘运告编著．汉魏六朝书画论［C］．长沙：湖南美术出版社，1997：45.

一个有生命有空间立体感的艺术品。”[1]

另一方面，书法美学“厚”范畴立体美的产生，体现了在碑学复兴背景下，文人书法对因刀刻斧凿而凹凸有致、质厚高古的汉魏碑刻书法风韵的向往与追寻，以及对笔法技巧艺术创造力和感染力的不懈追求。由于汉魏碑书刀斧、石材分别扮演了笔和纸的角色，用刀削斧凿，起笔落笔平整有力，使字仿佛嵌入石体一般，充满厚度感、空间感和立体感。蔡邕《九势》指出“令笔心常在点画中行”[2]，一语点中了用笔的奥妙，强调了只有中锋用笔才能显示出线条的立体感。中锋写出的笔画线条饱满圆实，浑厚圆润，“映日视之，画之中心，有一缕浓墨，正当其中，至于折处，亦当中无有偏侧”[3]。书法的神采皆生于用笔，用中锋写出来的线是圆浑而润厚的，其字背阳光一照，正中间有道黑线，黑线的周围是淡墨，圆滚滚的，产生了立体的感觉，叫作“绵裹铁”或“绵里针”。

中锋运笔时笔尖在笔画的中路运行，笔毫平铺，万毫齐发，中锋写出的笔道在宣纸上显得墨痕深凹，而两边由于宣纸的发墨而有鳞状的起伏，不光而毛，线条显得浑厚而富于质感。中锋用笔之所以容易形成圆厚的线条，是由于笔毫着纸时的压力分布不同，沿笔锋中心线压力最大，向两边副毫压力逐渐减少，造成深化程度及燥润不同，出现中间厚、边缘薄或中间润、边丝燥的细微差异，表现出线条“厚”的立体感。因此这样的运笔方式所产生的线条，既非外腴中干那样的偏于柔，也非猛于用力、怒目黎颜那样的偏于刚，而是似柔非柔，似刚非刚，也不易产生刻、结、板等毛病。同时，以圆笔中锋勾出的线条，外表柔润，内部坚实，呈现出一种圆浑润厚的立体之美。

---

① 宗白华. 艺境［M］. 北京：北京大学出版社，1989：104.

② ［汉］蔡邕. 九势［A］. 潘运告编著. 汉魏六朝书画论. 长沙：湖南美术出版社［C］，1997：45.

③ ［宋］沈括. 梦溪笔谈［M］. 重庆：重庆出版社，2007：228.

四、刚柔并济的力度美

书法是一种运笔的艺术，书写者通过毛笔与纸张的摩擦，写出运动节奏丰富的点画线条，能够产生与人视觉上的力学经验相似的感觉。这种“力”是指每个字的点画轨迹所表现出来的力度或动感，它既可以抒发书者的喜怒哀乐，还可感染欣赏者，引发审美心理活动产生美感。然而有趣的是，在中国古典美学的理论话语中，很少出现诸如“力大为美”这样直白的说法，而是在很多场合出现了“力”与“厚”的组合。荀子《劝学篇》:“其水积也不厚,则负舟也无力。”康有为评刘墉书法:“石庵亦出董,然力厚思沉,筋摇脉聚。近世行草作浑厚一路,未有能出石庵之范围者。”[①]以“厚”言“力”，除了表明“力”大之外，还给人以“力”重厚、持久、敦实、雄壮的感觉,因此“力厚”实比“力大”具有更为丰富的美学张力。

力感在传统书学中又称“笔力”或“骨力”,古人论书多谈“骨”“力”:汉代蔡邕言“下笔用力,肌肤之丽”[②];南朝王僧虔《笔意赞》言“骨丰肉润”[③]，即指骨自力出，润自毫生，有笔力，又擒纵适度，则线条自能圆厚；晋卫铄强调“多骨微肉”“多力丰筋”[④]，其云：

> 下笔点画波撇屈曲，皆须尽一身之力而送之……善笔力者多骨，

---

① ［清］康有为．广艺舟双楫［M］．北京：中国书店出版社，1983：60.

② ［汉］蔡邕．九势［A］．潘运告编著．汉魏六朝书画论［C］．长沙：湖南美术出版社，1997：45.

③ 《笔意赞》是南朝齐著名的书法家和书法理论家王僧虔（426—485）的一部书论作品，全文仅一百多字：“剡纸易墨，心圆管直。浆深色浓，万毫齐力。先临《告誓》，次写《黄庭》。骨丰肉润，入妙通灵。努如直槊，勒若横钉。开张凤翼，耸擢芝英。粗不为重，细不为轻。纤微向背，毫发死生。工之尽矣，可擅时名。”

④ ［晋］卫铄．笔阵图［A］．潘运告编著．汉魏六朝书画论［C］．长沙：湖南美术出版社，1997：95.

不善笔力者多肉；多骨微肉者谓之筋书，多肉微骨者谓之墨猪；多力丰筋者圣，无力无筋者病。

（《笔阵图》[①]）

卫夫人所说的“多骨微肉”的“筋书”和“多力丰筋者圣”是其审美观的集中表现。关于书法线条的力感，汉末蔡邕已经提出了“力在字中，下笔用力”[②]的主张，相对于蔡邕所谓“力”与“势”，卫铄所言的“筋”与“骨”具有更为广泛的美学内涵，它不是一味地勇健刚毅，而是俊迈中蕴强壮，洒脱中含精健，是一种刚柔相济但倾向于健壮的审美境界。

南朝梁萧衍认为，“纯骨无媚，纯肉无力；少墨浮涩，多墨笨钝，比并皆然……分间下注，浓纤有方；肥瘦相和，骨力相称。婉婉暧暧，视之不足；棱棱凛凛，常有生气，适眼合心，便为甲科。”[③]其论述既体现了较高的审美要求，又充满了艺术的辩证法。这些理论为中国古代书法理论系统的建立做出了卓越的贡献，也为美学“厚”范畴在千百年后的出现和兴盛提供了强劲有力的美学内核和理论脊梁。

作为一种成熟的书法美学风格，“厚”至晚清已经摆脱了前代单纯以笔画之肥瘦的字体形态进行判断的浅显认识，更强调对艺术规律的洞察与挖掘。康有为之推崇六朝碑刻，亦在六朝碑刻用笔雄厚：“六朝笔法，所以迥绝后世者，结体之密，用笔之厚，最其显著……唐以前之书厚，唐以后之书薄。”[④]按照康有为的理解，唐以前和唐以后书风之大相径庭，

① 《笔阵图》或题为王羲之所撰，或题为卫夫人撰，也或为六朝好事者所伪托。众说纷纭，实难定论。唐代张彦远《法书要录》和南宋陈思的《书苑菁华》，均称为东晋卫夫人作，现从其说。

② ［汉］蔡邕．九势［A］．潘运告编著．汉魏六朝书画论［C］．长沙：湖南美术出版社，1997：45.

③ ［南朝］萧衍．答陶隐居论书［A］．潘运告编著．汉魏六朝书画论［C］．长沙：湖南美术出版社，1997：219.

④ ［清］康有为．广艺舟双楫［M］．北京：中国书店出版社，1983：47.

前者茂密自然雄厚无及，后者直滑怯薄凋疏已甚，而其中关键者，是笔力之厚。“厚”之力度美的产生与外在笔画粗细肥厚无关，有字肥而反薄弱者，字瘦而反刚厚者，笔画再粗，无筋亦薄，笔画再细，有筋亦厚，筋是一切运动的主持者，是运动感的源泉，是书法力感的写照。刘墉写字笔画圆圆软软，然细体会其筋骨，则沉着内含，最能体现“绵里裹铁”的妙用风格，仍不失为厚劲之作。

书，心画也。流美者，人也。笔墨技巧仅仅是汉字书写的一种手段，要使书写成为书法，不仅要书内求书，更要书外求书，注重书家自身的学识修养和人品气格的历练。吴功正先生《中国文学美学》指出：“美学是心理力、生命力的表征。我觉得，这应该成为美学特别是中国美学的命题概括。这是从中国书法美学特别重视‘骨力’、中国文学美学尤为注重‘风骨’的经验现象中概括出来的。所谓‘骨力’‘风骨’，就是人的心理力显示。它是心理上被唤起或勃发的力量，‘所在充满’地通过腕底或物化手段的运用，输送出来。力的表征出现美。所谓生命力并不全是指人的自然生理现象，而是指人的内在心理生命。人的心理力、生命力和美学、艺术生命力共存、互为因果。”① 现代格式塔心理学家阿恩海姆亦指出：“书法一般被看作是心理力的活的图解。”② 因此，笔力厚重与其说是书家指、腕、肘之高超艺术技艺的表现和结果，毋宁说是书家的主观意念，即书家卓越深厚、旺盛雄健之心理力的发露和张扬。体现在书法作品的线条上实际上就是一种内力，是人心理力和生命力的象征，它至刚至柔，是作者精神的物化形式，并透过艺术作品表现出来，具有震撼人心的力量。

---

① 吴功正．中国文学美学：中卷［M］．南京：江苏教育出版社，2001：466．

② 〔美〕阿恩海姆．艺术与视知觉［M］．北京：中国社会科学出版社 1984：597．

第二节　画论“厚”范畴之笔墨技法

一、笔圆气厚的墨线技法

由于唐以前绘画主要以色彩为主,故称中国绘画为丹青。自唐宋以后,绘画偏向于水墨的发展，故又将中国绘画称作水墨画。我们关于画论中“厚”范畴的讨论，主要是围绕以水墨画为代表的中国画而展开的。水墨画经过从唐代到明代的发展演变，已经蔚为大观，至清代进入全面总结阶段，产生了繁多的绘画美学理论著作。其中，“厚”范畴的研究探讨也是清代画论的重要成果之一，其独特处集中表现在对“厚”之笔墨技巧的探讨。需要特别说明的是，清代画学著作中对绘画技法的讨论并不是止于一般的说明性讲授，而是上升到美学理论的高度来看待问题，从而表现出较为明显的思辨色彩。

从中国绘画的存在形式来确立中国画的本质特征，主要表现在以“笔墨”来论中国画的审美本质和艺术特征，“笔”与“墨”是中国画最终的识别系统和最根本的立足点。形成中国画民族风格的主要因素并不仅在于其独特的工具，但工具对艺术形式和技巧的发展也有密切的关系。一方面是中国毛笔，毛富于弹性，不像古埃及用的苇笔、古巴比伦用的角笔、古代欧洲用的鹅管笔，以及我们现在所用的钢笔、铅笔等那样拙硬，而是可屈可伸，可疾可徐，可大可小，可粗可细，可干可润。虽然与西方的水彩画笔近似，但中国毛笔笔端尖细，适宜表现各种不同对象的特征和各种风格的线纹，极具灵活性和创造力。另一方面是墨色，两千多年来用松烟或桐油烟的粉末制成的墨越来越精致，它色黑纯净，画成后经久不褪色，入水也不变动渗化。在不同的纸、绢上以及笔上所含的水分不同，可以取得不同明暗、浓淡、厚薄的丰富墨色变化，具有如兼五彩的效果。

词源学意义上的“绘”和“画”各为一义，“绘”指涂颜色，“画”是勾线，二者合而为一，就构成了中国绘画的两个基本特征——勾线与设色。南朝王微《叙画》云“以一管之笔，拟太虚之体”①，一语破的地道出了用笔在中国画艺术中不可动摇的权威性地位。以线条为主要造型手段的中国画，从问世起就与笔结下了不解之缘。由于中国绘画和书法所使用的工具基本相同，书法中的一些对线条和技法的要求也自然而然地渗透到画论当中，一些画论家也提出了关于笔法技巧的主张，如：

> 若夫南宗之用笔，似柔非柔，不刚而刚，所谓绵里针是也，其法不外圆厚。中锋则圆，出纸即厚。
>
> （清·华琳《南宗抉秘》）

> 笔要中锋为第一，惟中锋乃可以学大家，若偏锋且不能见重于当代，况传后乎？中锋乃藏，藏锋乃古，与书法无异。笔法古乃疏，乃厚，乃圆活，自无刻、结、板之病……中锋锋乃藏，藏锋笔乃圆，笔圆气乃厚，此点叶之要诀也。
>
> （清·龚贤《柴丈画说·笔法》）

书法晚生于绘画，笔墨却在书法中首先成熟，宋代郭熙云“善书者往往善画”②。书画的深厚渊源关系，使得它们不论是在具体操作上，还

① ［南朝］王微．叙画［A］．潘运告编著．汉魏六朝书画论［C］．长沙：湖南美术出版社，1997：294．

② ［宋］郭熙．林泉高致［A］．潘运告主编，熊志庭，等，译注．宋人画论［C］．长沙：湖南美术出版社，2000：35．

是在理论阐发上都有着某些相同或近似之处。中国画不像西方绘画重色调——画面大多是靠色调的延续对比所组成，中国绘画最显著的特点，是以墨线为基础。中国画家不仅用墨线来表现一切物象的轮廓、明暗、质感，还用它来揭示物象的内在精神和画家的思想感情。因此中国画的线条具有一定的独立的美学价值，中国画家就是运用一管柔毫，通过种种不同性质的墨线，为大千世界传神写照的。所以，如何用笔画线，就成了能否画好中国画的首要问题。绘画执笔大体同于书法,其运笔有中锋、侧锋、藏锋、露锋、逆锋、顺锋等方式。中锋运笔，笔管垂直，行笔时锋尖处于墨线中心,用中锋画出的线条挺劲爽利,多用于勾勒物体的轮廓。中国画画线的自身形态讲求气敛内充、变化波动、圆润厚重，恰如书法中的“绵里针”，呈现出一种和柔厚劲的力道之美。

二、积浓干糙的墨色技法

中国绘画用笔要有笔法,用墨要有变化。南朝齐谢赫的“六法”[①]中，还没有提到墨法,随着有唐以来水墨山水画的出现与发展,到五代荆浩“六要”[②]之说，才正式把“墨”作为一个重要的绘画创作要求提出来。中国画的用墨，主要是运用墨色变化的技巧。在中国画里，“墨”并不只是被看成一种黑色，在一幅水墨画里，即使只用单一的墨色，也可使画面产生色彩的变化，完美地表现物象。由于毛笔中含水墨量的差异，而产生

① 南朝齐谢赫“六法”是中国古代美术品评作品的标准和重要美学原则。“六法”最早出现在谢赫的著作《画品》中。唐代美术理论家张彦远《历代名画记》记述：“昔谢赫云：画有六法：一曰气韵生动，二曰骨法用笔，三曰应物象形，四曰随类赋彩，五曰经营位置，六曰传移模写。”

② 五代荆浩《笔法记》，又名《山水受笔法》《山水受笔法记》，是一篇重要的山水画理论文献。文中提出山水画“六要”理论：“夫画六要：一曰气、二曰韵、三曰思、四曰景、五曰笔、六曰墨”，是专门为山水画创作制定的六条标准，也是对谢赫“六法”的继承和发展。

兼具五彩的效果，这正是中国画用墨的奇妙处。唐张彦远曰：“运墨而五色俱。”[①]所谓“五彩”“五色”最初只是表示墨色的丰富，具有其他色彩的效果，“五”也并非确数。后来墨色被人们解释为“干、湿、浓、淡、黑”五种，其中“干”与“湿”是水分多少的比较；“浓”与“淡”是色度深浅的比较；“黑”，在色度上深于“浓”。清唐岱在“五彩”之外又加一“白”，成为“六彩”。清沈宗骞《芥舟学画编·用墨》篇云：“天下之物不外形、色而已，既以笔取形，自当以墨取色，故画之色非丹铅青绛之谓，乃在浓淡明晦之间。能得其道，则情态于此见，远近于此分，精神于此发越，景物于此鲜妍。所谓气韵生动者，实赖用墨得法，令光彩晔然也。”[②]此语讲出了绘画过程中墨法的重要意义和作用。如何以墨为色，不仅描物绘形，更要突出物象的立体感、质实感、力度感，画论家们对墨“厚”也纷纷提出了自己的真知灼见。

其一，积墨法。一些论家从用墨的基本技法出发，比较集中地认为积墨法更易于取得层次分明、滋润深厚的艺术效果。

> 画家要积墨水。墨水或浓或淡，或先淡后浓，或先浓后淡，有能积于绢素之上，盎然溢然，冉冉欲堕，方烟润不涩，深厚不薄，此在熟后自得之。
>
> （明·唐志契《绘画微言·积墨》）

> 山水用墨，层次不能执一，须看某家法与用意深浅厚薄，随类而施。盖有先浅后浓，又加焦擦以取妥帖者；有先浓后淡，再晕水墨以

① ［唐］张彦远．历代名画记［A］．何志明，潘运告编著．唐五代画论［C］．长沙：湖南美术出版社，1997：35.

② ［清］沈宗骞．芥舟学画编［A］．潘运告主编，云告译注．清代画论［C］．长沙：湖南美术出版社，2003：20.

取湿润者……有由淡加浓，或焦或湿，连皴数层而取深厚者。

（清·郑绩《梦幻居画学简明·论墨》）

作山峦须分层次皴之……皴大小峦头，先将匡骨勾定，静看良久，自然有落笔处。先澹后浓，先润后燥，再加渲染，不患不厚矣……唐子畏云："米家法要知积墨、破墨方得真境，盖积墨使之厚，破墨使之清耳。"

（清·钱杜《松壶画忆·上卷》）

积墨，顾名思义就是多层积累、堆积，层层渍染，层积而厚。积墨法是中国画用墨的基本技法，它与泼墨法不同，不是一次落笔取得墨色变化的艺术效果，而是至少两次以上的用墨法。作画时，要在第一道墨干后，再进行第二道墨，第二道墨干后，再进行第三道墨……可以采取先淡后浓，或先浓后淡，或先润后燥等具体的手法方式，甚至上了颜色后还可再皴、再勾，直至达到满意的效果为止。山水画表现的对象比较复杂，积墨技法的采用，大大提高了水墨画的表现力，墨色重叠数次，反复层皴，层层相叠，不仅使物象具有苍辣厚重的立体感与质感，而且打破了四平八稳、不痛不痒的画面效果，使画面深润厚重、苍茫丰厚，从而达到深厚而层次分明的境界，给人一种蔚然深秀、浑厚华滋的审美感觉 。

其二，浓墨法。水墨画以墨为主要原料，根据加以清水的多少，墨色一般可分为焦墨、浓墨、重墨、淡墨、清墨等，可以画出不同浓淡（黑、白、灰）层次，别有一番墨韵。浓墨法起源最早，是以浓墨为主调的用笔运墨的方法。清画论家王原祁云："今人不知画理，但取形似，笔肥墨浓者谓之浑厚。"①

① ［清］王原祁．雨窗漫笔［A］．周积寅．中国画论辑要［C］．南京：江苏美术出版社，1985：496.

清方薰云："画家以用笔为难，不知用墨尤不易。营邱画树法所渍墨浓厚，状如削铁。"[①]浓墨容易提起画的精神，用笔头饱蘸浓墨后速画，滋润、活脱。因描绘物象，落墨较重，可使画面厚重有神，而且有气势雄劲、苍茫浑厚的审美特点。

其三，干墨法。唐宋人画山水多用湿笔，也就是毛笔上蘸上较多的墨水，因此可以取得水晕墨章的艺术效果。元朝画家黄公望、倪瓒最擅长用干笔，明末董其昌提倡以后就成为时尚，以为“艺术绝品”。这种风气发展至清初，甚至出现了以湿笔为俗工的偏颇看法。清代著名的评论家张庚分析了这一现象之所以产生的原因，认为是“湿笔难工，干笔易好。湿墨易流于薄，干笔易于见厚，湿笔渲染费劲，干笔点曳便捷，此所以争趋之也。”[②]其讨论的重点虽不在用墨之法，但从另一角度也说明了从绘画的用墨技法而言，蘸墨水较少的干笔法更容易取得使画面沉厚质实的效果。

此外，清人布颜图还从用墨时手法的精细程度出发，指出“墨要糙擦浑厚”[③]，认为粗糙率性的着墨方法中往往能够造就粗犷浑厚的气度和墨韵。

---

① ［清］方薰．山静居画论［A］．潘运告主编，云告译注．清代画论［C］．长沙：湖南美术出版社，2003：145.

② ［清］张庚．国朝画征续录［A］．周积寅．中国画论辑要［C］．南京：江苏美术出版社，1985：471–472.

③ ［清］布颜图．画学心法问答［A］．周积寅．中国画论辑要［C］．南京：江苏美术出版社，1985：219.

第三编 理论篇

审美范畴『厚』的结构解析

【诗意导读】

『厚』作为中国古典美学范畴中的一个从属、衍生范畴，当然不具备揭示艺术本质的概括力。成复旺《中国古代的人学与美学》指出，『中国古代文化以人为核心，而中国古代审美的基本出发点是人对自我人格的欣赏。』把中国古代的人学和美学结合起来加以思考，对于深入认识双方的共同本质应该是有意义的，因此，在肯定艺术活动四要素的基础上，在建构『厚』范畴的理论结构时我们对四要素所对应的本质论、创作论、作品论、鉴赏论作了适度变通，即为主体论、创作论、作品论和鉴赏论四个部分。这种变通既充分尊重了中国古代文化、中国古典美学以『人』为本的民族观念，又充分考虑到『厚』范畴理论发展的实际情况，同时也力图表明『厚』范畴在日益发展的过程中，其理论内涵逐渐贯穿了『作家—创作—作品—接受』的文艺活动的全部过程，并形成了一个相对完整的独立框架和自融自洽的理论体系。

世　界

↑　　←本质论

作　品　←作品论

创作论→ ↑　↓　←鉴赏论

艺术家 欣赏者

[美] M.H. 艾布拉姆斯艺术品鉴赏分析图式

美国当代文艺学家 M.H. 艾布拉姆斯在《镜与灯：浪漫主义文论及批评传统》一书中指出：每一件艺术品总要涉及四个要点——艺术家、作品、世界和欣赏者。他认为运用这个分析图式可以把闻释艺术品本质和价值的种种尝试大体上划分为四类，其中有三类主要是用作品与另一要素的关系来解释作品，第四类则把作品视为一个自足体来加以研究，其观点得到了文学理论界的广泛接受。由此，艺术的本质论、创作论、作品论和鉴赏论成为其理论研究的重要内容。正是在认同这一观点的基础上，我们着手建构“厚”范畴的理论体系。

第一章 “厚”对创作主体的人格规范

中国古典美学是中国传统文化的重要组成部分，它融哲学思想与文艺思想于一体，始终与中国传统文化精神同步耦合、协同发展。与西方哲学偏重于探讨美的本体不同，中国古典美学总是以“人”为审美境界发生的原初出发点，注重对人生价值的发现和对人生理想境界的探讨，表现出人生境界与审美境界的同一性特征。在中国传统社会里，很少有纯粹的诗人、艺术家，他们往往大都具有文人、士大夫的双重身份，因而古典美学对创作主体的规范，在很大程度上反映了中国古代知识分子的品格和操守。

“德”是中国古人对人格要求的最基本内容，体现着中国古人的本质力量和人生理想。在古代典籍记载的对人德进行评价、规范的用语中，其结合最紧密、使用最广泛的是“厚”字，特别是经《易传》“厚德载物”说的大力传播，本用来颂赞大地之德的“厚”逐渐运用到人物评价领域，成为品说人德的重要语汇。“厚德”由道德评价进入审美评价领域，经儒道两家的阐发辉扬，日益成为中国古典美学人格修养方面最基本、最重要的范畴，并倡导通过人文熏陶和自然化育的修养实践达到完美的人格理想。

第一节　积养致厚与人格提升

一、人格：中国文艺品评的重要标准

文艺是人类心灵的图像，是生命的一种表现形式。艺术作品的特殊性质在于，它是艺术家的人格表现，艺术只有在这种限度内才和道德发生关系。人格是艺术的灵魂，《孟子·万章下》：“颂其诗，读其书，不知其人，可乎？”一个艺术工作者如果道德低下、审美低俗，便不能成为伟大的艺术家。古今中外的无数事实告诉我们：艺术圈里的每个人，要想成为一名名副其实的艺术家，首先应做一个道德高尚的人，因为评价艺术作品，不仅看它是否表现了艺术家卓越的技艺，更在于它是否传达了崇高的人格。

中国古典美学总是以人为审美境界发生的原初出发点，并历来有以人论艺、以艺喻人的传统，“言，心声也；书，心画也。声、画形，君子小人见矣。”[①] 书如心画、文如其人，中国艺术理论向来注重对人格主体的要求与规范，如果没有对艺术家的了解和对创作主体的把握，文艺研究也就无从谈起。正如我国台湾学者徐复观指出的，中国文化是“在人的具体生命的心、性中，发掘出艺术的根源，把握到精神自由解放的关键。”[②]

人类文化可以分为内倾和外倾两种基本类型：西方文化是外倾性的，侧重于物的开创；中国文化则是内倾性的，侧重于人的塑造。“与西方哲

① ［汉］扬雄. 扬子法言［M］. 诸子集成本. 北京：中华书局，1996：14.
② 徐复观. 中国艺术精神［M］. 沈阳：春风文艺出版社，1987：1.

学不同，中国哲学不太注重对外在世界的追求，而是注重对人的内在价值的探求。在中国古代哲人看来，天人之间的关系是统一的整体，‘人道’本于‘天道’，故而，人自身是能够体现‘天道’的。同时，由于人是宇宙天地的核心，所以人的内在价值就是‘天道’的价值。正是基于此，中国传统哲学的基本精神就是教人如何‘做人’，如何培养自己的理想人格。”[1]“中国文学精神是内倾的。要成一文学家，其精神先向内，不向外。中国人常说‘文以载道’，这句话的意义也应从此去阐发。中国文学之最高理想，须此作者本身就是一个‘道’。文以载道，即是文以传人，即是作品与作者之合一。这始是中国第一等理想的文学与文学家。”[2]

比起西方文学艺术，重视抒情写意是中国文学艺术的鲜明特征，所以历代文论、书论和画论中对艺术家审美人格主体的强调与论述都极为丰富。古典美学关于艺术的“品”的观念是极有趣味的，中国艺术论主张一切的艺术必须具有品格，所谓品格便是艺术家的人格，或灵魂，或衷心，或中国人所谓“胸怀”在艺术作品上所暗示或表现出来的东西。一个艺术作品如果没有品格或人格，便是死的，无论多么圆熟的技巧都不能把它由死气沉沉或缺少活力的状态中救回来。

中国文学讲“文如其人”，西方文学讲“风格即人”，都看到了作家人品与文品的一致性，但西方文学批评并不强调二者的统一，如韦勒克·沃伦说：“任何传记上的材料都不可能改变和影响文学批评中对作品的评价。”[3]中国哲学的核心是伦理道德学说，文行并重，是儒家文论思想的重要内容，是文艺美学批评史的优良传统。中国艺术论强调为文先须“立身”，古代文论中关于“修辞立其诚”“诗在功夫外”、优秀作家有“懿文德”的见解，以及“诗品出于人品”“词品出于人品”“诗出于人”“诗如

① 李天道. 中国美学之雅俗精神［M］. 北京：中华书局，2004：59.
② 钱穆. 历史与文化论丛［M］. 台北：联经出版事业公司，1998：68.
③〔美〕韦勒克·沃伦. 文学理论［M］. 北京：生活·读书·新知三联书店，1984：74.

其人”“诗以人品为第一”等主张，都表明了中国古代文学批评非常讲究作家人品与文品的统一，人格的美好成为中国古典美学对创作主体规范和评价的重要用语。

二、厚德：古典美学人格的重要范畴

牟宗三先生曾说：“每一个文化由于开端的通孔不同，所产生的文化、哲学也不同。中国文化在开端处的着眼点是在生命，由于重视生命，关心自己的生命，所以重德。”[①] 由中国哲学天人合一的观念彰显了人的地位、作用和价值，在先秦“比德”观的作用下，本用来颂赞大地之德的“厚”也逐渐地运用到人物评价领域，成为品说人德的重要尺度。这样的观念反映到美学上，体现人德的“厚”也自然进入了审美主体领域。“德”是中国古人对人格要求的核心内容，而“厚”则是对“德”进行评价的首要准则，“厚德”的观念进入审美领域，极大地满足了中国审美文化对艺术创作主体道德的要求，历代论家就此出发建立了对创作主体进行道德伦理规范的一系列的标准和主张。

构成中国传统文化基本精神的无外乎儒释道三家，然而“中国只有儒道两家思想，由现实生活的反省，迫进于主宰具体生命的心或性，由心性潜德的显发以转化生命中的夹杂，而将其提升，将其纯化，由此而落实于现实生活之上，以端正它的方向，奠定人生价值的基础。所以只有儒道两家思想，才有人格修养的意义。因为这种人格修养，依然是在现实人生生活上开花结果，所以它的作用，不止于是文学艺术的根基，但也可以成为文学艺术的根基。”[②] 中国传统儒家思想和道家学说出于对现

① 牟宗三．中国哲学十九讲［M］．上海：上海古籍出版社 1997：43.

② 徐复观．中国文学精神［M］．上海：上海书店出版社，2004：6–7.

实人生的关注，儒道美学思想对创作主体的品德人格之“厚”均提出了鲜明的主张和要求，但由于不同的思想体系和美学追求，两家在对如何实现“厚德”人格的具体阐发上各具特色。

《说文》:“儒，柔也。”徐灏注笺曰 :“人之柔者曰儒。”儒家学说以和谐群体、安定社会为目的，要求个体调整自己的感情来接受、适应社会理性，从而把个体改造为社会群体所需的理想状态。儒家美学提倡性情和柔、宽厚内敛的中和人格修养和道德境界，关注对情感的泄导和制约，因而特别重视对人心理涵养的人文熏陶和理性渗透。儒家涵容养厚的理想境界集中地体现在“温柔敦厚”的人格陶范上，强调通过诗教的培育形成一种“发而皆中节”的品行素养。诞生于中国传统哲学思想之中的“温柔敦厚”，首先着眼的是个体的自身性情和修养，认为一个有修养的人应该是表情温润柔和。从两汉开始，“温柔敦厚”不仅成为诗歌创作的法则，也成为对士人性情、人格的重要规范。“虽然‘温柔敦厚’有作为文艺作品审美风格的含义，因为在‘温柔敦厚’的人格形态下，文艺审美也必然以和谐适度为原则。但是，‘温柔敦厚’说更为根本，更需要被我们重视的是其蕴涵的价值美。换句话说，只有‘温柔敦厚’的作品才是符合审美原则的，而符合此审美原则的文学作品是为了培养‘温柔敦厚’的有德之人。”[①] 塑造一种理想人格来适应和维护社会统治的要求，是儒家人格建构论的基本出发点，千百年来众多的贤士儒生把个人刻苦的自我修养与治国、平天下的伟大历史使命相结合，因此，儒家通过涵养、积累、提升而达到的人格理想，更加强调了人格修养的社会性、伦理性和政治性。

在中国文化史上，庄子以他深刻的哲学思想为基础，开辟出一片新

① 权雅宁. 温柔敦厚：作文主体的理想人格形态［J］. 宝鸡文理学院学报（社会科学版），2013（5）：49.

的精神天地，庄子所提出的道家人格理想，更深刻地参与构建了中国传统文人的内在精神世界。魏晋六朝时期，随着玄学的兴盛，人们再一次把处身江湖之远的道家人格作为个人修养的臻美之境。与儒家不同，道家讲究的不是理性的社会伦理和道德修养，而是通过人对宇宙天地、自然大化生生无穷、运作不息的大道的感悟，从而达到大智若愚、返朴归真的“厚”的澄明境界，来获得一种灵魂的自由解放和人格的净化提升，因此道家的完美人格较多地表现为一种自然化育和浪漫情怀。

道家之人格陶养不仅超越了物性实用目的，还超越了社会伦理道德，采取的完全是一种超然的态度，所求的也完全是精神上的逍遥自适，因此道家把所谓具有“厚德”的理想人格称为“真人”“至人”，他们合德天地，本色素朴，法天贵真，体道逍遥，不仅体现了一种人格之美、人性之美，是一种最高的人格审美境界，也是一种人生、人性的完善圆满的理想境界。老子讲的“无知”“无言”“虚静”，庄子讲的“坐忘”“自化”“无已”“丧我”“心斋”等既是游荡天地、体悟大道的前提和方法，同时也成为个人修养的功夫和目标。这种对个人心灵的内视省悟、净化涤除，不仅是主体精神的自我超升，也是一种自我潜沉，一种精神的内蓄。这种精神的内向性，正是为了本体更高的超升；这种超升，是一种以主体精神的完善，旁通客观精神，而上契宇宙精神的艺术超升。因此，道家美学把握的“人”正是艺术精神的主体，其理想人格的塑造更加强调了一种自我性、审美性和艺术性的因素。

在中国传统社会里，很少有纯粹的诗人、艺术家，他们大都具有士大夫文人的身份，往往是儒家“温柔敦厚”的修养观和道家“素朴真厚”的修养观共同发生作用。“温柔敦厚”与“素朴真厚”不仅仅是一种理想的道德境界和修养标准，也是一种崇高的艺术精神、艺术境界，两种人格修养与艺术精神共同成为中国传统美学对人格修养的重要规范和优良传统。

三、修养：走向完美人格的重要途径

古今大成者，必当先修其身心，而后学法有成。中国艺术一直坚持艺术家要完善自己的人格修养，把净化感情、提高人品看作一个艺术家的生命。中国传统文化重视个体人格的培养，重视人性的修养与完善，重视“修己”[①]“存养”“尽性”[②]，强调通过自力而非他力的长期修炼最终实现其人生理想，臻于人生最高境界。《孟子·告子下》云：“人皆可以为尧舜。”《荀子·性恶篇》云：“涂之人可以为禹。”中国文化认为每个人通过个体的努力和修行，都有可能成就光辉伟大的人格，这样的思想、观念不但见诸宗教、道德等社会各个方面，也同样支配着美学与文艺领域。

艺术形式是由人之主体精神的内涵驱动而具有生命活力和艺术魅力的，中国艺术的最大特色之一就是高度重视主体的精神性。不同于西方文化的外在超越路向，中国传统文化思想把追求人的价值之源的努力看作是内向的，认为人是具有超越自我和世俗限制能力的主体，具有“超凡入圣”的内在本质，故人自己应是自己的主宰。“内在超越必然是每一个人自己的事”[③]，中国传统文化思想以为对人进行塑造不要依靠外力，而是把重点放在每一个人的内心自觉和个人的修养或修持，因此个人自身的努力便成为一个人实现精神超越和追求理想人生的至关重要的关键所

---

① 《论语·卫灵公》：“君子求诸己，小人求诸人。”《论语·宪问》：“子路问君子。子曰：‘修己以敬。’曰：‘如斯而已乎？’曰：‘修己以安人。’曰：‘如斯而已乎？’曰：‘修己以安百姓，尧舜其犹病诸。”

② 《孟子·尽心上》：“尽其心者，知其性也；知其性，则知天矣。存其心，养其性，所以事天也。夭寿不贰，修身以俟之，所以立命也。”

③ 〔美〕余英时．从价值系统看中国文化的现代意义中国文化与现代生活总论［A］．文化：中国与世界（第一辑）［C］．北京：生活·读书·新知三联书店，1987：19.

在。这一点与西方文化传统有明显不同，正如韦政通所指出的：

> 中国文化或中国传统哲学思想里面，有一点很确定的价值就是：在所有的文化里，西方的传统文化也好，印度的传统文化也好，他们对人格成长或人格光辉的发挥，主要是靠宗教的信仰。而中国人有独特的路子——就是靠人格的修养，靠道德上的功夫，达到他们宗教信仰同样的境界，同样可以出现伟大人格。①

强调、重视和突出人格的陶冶、培养和修炼，可以说是中国文化思想的一个鲜明特征与独特精神，美籍华裔学者余英时于此曾谈道：

> 中国人相信价值之源内在于一己之心而外通于他人及天地万物，所以翻来覆去强调“自省”“自反”“反求诸己”“反身而诚”之类的功夫，这就是一般所谓的“修身”或“修养”。自我修养的最后目的仍是自我求取在人伦秩序中与宇宙秩序中的和谐，这是中国思想的重大特色之一……只有在中国思想史上，个人修养才一直占据着主流的地位。修养的理论并不限于儒家一派，道家（包括道教）的“功过格”与佛家无不如此。孔子说：“自天子以至于庶人，壹是皆以修身为本。”可见，“修身”绝不是上层统治阶级的专利品。②

通过自身的修养成就理想人格绝非儒家所独有的观念，而是中国传统文化思想中各种思想流派所共同的理想、观念与主张，同时各派也主张通过人格修养的方式来提升个人的道德境界并非朝夕之间一蹴而就的事情，

① 韦政通．儒家与现代中国［M］．上海：上海人民出版社，1990：265.

② ［美］余英时．从价值系统看中国文化的现代意义［A］．文化：中国与世界（第一辑）［C］．北京：生活·读书·新知三联书店，1987：78.

而是需要不断地坚持、积累和超越。这种认为德之可积可养以致“厚”的思想,使得“厚”范畴与主体人格的修养与提升发生了某些有机的关联,表现在美学主体论上，更进一步升华为对艺术家主体人格进行历练陶养的必然要求。

儒家道家思想,尽管在“厚德”的具体演绎上不尽相同,但在实现“厚德”的手段和途径上又均把“修养”作为以德润身的审美实践方式，呈现出一种殊途同归的风貌。传统儒道美学思想更多地强调人的修养，强调通过人的修养实现道德人生的完美，实现审美的人生境界，因而具有鲜明的实践论特征。儒道美学所倡导的修养，“是一种身心并修的人生实践，其中更多地伴随着美感经验。这种人生修养最终凝聚为人格美和美好的人生境界，引导整个民族对自身进行不断的提升和超越，从而成为中国古代美学思想的精神源泉和灵魂所在。”[①]

儒家讲修身，偏重于政治教化，与齐家、治国、平天下联系在一起；道家讲修身，恰与儒家相反，它希望超脱于政治教化，超脱于封建礼法，追求内心的纯净和灵魂的升华。儒家重于“居庙堂之高”，在庙堂上实现生命价值；道家重于“处江湖之远”，在江湖中实现思想和精神超越，两种修养观在与人融合的存在样态中不仅不对立，往往还能够相互补充、浸润统一。中国古代艺术家多具有仕人和艺人的双重身份，他们的人格同时包括了道德上的人格和艺术上的人格两方面的内容，儒家人格理想和道家人格境界都是他们所要培养和追求的重要目标。但由于道家人格修养的方式和境界与文艺创作的艺术规律有着更多的契合，因此就中国古代艺术创作对主体人格精神的塑造和陶冶而言，道家美学人格论的作用则在潜移默化中越发显现出历久而弥新的渗透力和影响力。

① 王建疆．修养·境界·审美［M］．北京：中国社会科学出版社，2003：4.

第二节　温柔敦厚与人格陶范

一、温柔敦厚原初的人格之美

儒家思想和道家学说构成了中国传统文化的两大源头。表面看来，它们一个出世，一个入世；一个乐观进取，一个消极退避。但就对人“德”的高度重视而言，二者则殊途同归。无论是儒家的“温柔敦厚”之德，还是道家的“素朴真厚”之德，二者在言辞上虽略有差异，但在强调人须有品德之“厚”这一点上却并无二意。中国古代封建制度的社会体制和儒学享有的特殊政治地位，使儒家的“温柔敦厚”说成为官方对人格与文品的一种基本要求，也是人们——尤其是知识分子阶层——所恪守和追求的重要美学原则。因此中国古典美学“厚”范畴对创作主体人格的塑造和影响，比较突出地体现在了“温柔敦厚”的审美人格观上。

“温柔敦厚”由《礼记》提出，是一种经过儒家诗教的培育而形成的文化人格，指人的素质表现，而非诗教本身。“温柔敦厚”一词，《辞源》译之为“温和宽厚”，实际这里的“温”乃形容人的容颜温和（不严厉）、宽容（不狭隘）、诚笃（不虚伪）和厚重（不轻浮）的气质。这个气质，乃是其情操、品行、性格、风度、修养的总和。而孔子认为，这样的素质，只有在良好的诗教中才可得到。

> 孔子曰：入其国，其教可知也。其为人也温柔敦厚，《诗》教也……故《诗》之失，愚……其为人也温柔敦厚而不愚，则深于《诗》者也。
>
> （《礼记·经解》）

很明显，“温柔敦厚”乃诗教熏陶的效果，而非诗教本身。千百年来，人们习惯于把“温柔敦厚”当作诗教，实际上作为诗教原则的“温柔敦厚”是生发义，“温柔敦厚”的原初意义是用来指人的，是儒家所追求的一种理想美育境界与人格模式。

在中国美学史上，“温柔敦厚”寄托着封建社会对人格之美的要求与对文学作品的规定，也是许多文人士子偏爱的一个美学范畴，如：

> 温柔敦厚，诗教之本也。有温柔敦厚之性情，乃能有温柔敦厚之诗。
>
> （朱庭珍《筱园诗话·卷三》）

> “温柔敦厚，诗教也。”此语将《三百篇》根氐说明，将千古做诗人用心之法道尽。凡刻薄、吝啬两种人，必不会做诗……非胸中有余地，腕下有余情，看得眼前景物，都是古茂和蔼，体量胸中意思，全是恺悌慈祥，如何能有好诗做出来？
>
> （何绍基《题冯鲁川小像册论诗》）

“本来是中国人创造了中国文化，但也可以说中国文化造就了中国人。文化即生活，文化即人生，中国文化就在中国人身上，在中国人的精神生活里，在其道德人生和艺术人生里。”[①]作家与作品的合一，人品与艺品的一致，体现的是一种很高的文学境界和人生修养，亦是中国艺术创作的一贯宗旨和传统。中国艺术中的最上乘作品，并不在于作品中创造的形象和个性，乃在于作者用本人之情感、个性创造出他的艺术作品来。古代论家从诗教精神出发，对于人的主观修养给予的高度重视，恰与“诗言志”的传统相吻合，表现了对主体抒发情性胸襟的大力肯定。而“温

① 张毅．儒家文艺美学［M］．天津：南开大学出版社，2004：365．

柔敦厚”的人格修养,既适应了中国文化重视和强调人生修养的文化传统,又不违背儒家伦理道德观的有力约束,也不会威胁到封建社会的统治秩序,因而成为几千年中国古代社会文化与艺术领域中被提倡和辉扬的一种标准人格、理想人格。

二、允执其中的审美人格境界

传统儒家美学的焦点投注在对完美人格的塑造上,将人格审美化、神圣化是儒家文化的一个明显特征。“温柔敦厚”从人格角度讲,就是将“允执其中”作为一种性格与品德来培养,以形成自觉的道德境界和人格陶范。郭沫若先生考察金文“德”字时认为,“于文以‘省心’为德。故明德在乎明心,明心之道欲其谦冲,欲其荏染,欲其虔敬,欲其果毅,此得之于内者也。”[①] 朱自清先生《诗言志辨·温柔敦厚》于此发挥说:“所说的君臣之分、‘中道’,以及‘谦冲’‘荏染’‘敦笃孝友,敬慎将事’等,‘温柔敦厚’一语的涵义里都有。周人文化,继承殷人;这种种思想真是源远流长了。而‘中’尤其是主要的意念。”[②]揭示出“温柔敦厚”的传统哲学渊源。

《礼记·中庸》云:“喜怒哀乐之未发,谓之中;发而皆中节,谓之和。”既肯定了人正常本性的情感流露,同时又要求人情的抒发要“皆中节”,受到一定的节制。《毛诗序》亦云:“发乎情,民之性也;止乎礼义,先王之泽也。”就是说诗歌抒写情感,是为人的本性所决定了的,但这种情感的发露又必须以礼义为皈依,这才符合先王的遗泽和标准。“温柔敦厚”根源于“中庸”和“中和”的哲学、美学思想,引申而对诗中表现喜、怒、哀、

① 郭沫若. 金文丛考[M]. 北京:人民文学出版社,1954:33-37.

② 朱自清. 朱自清古典文学论文集:上册[M]. 上海:上海古籍出版社,1980:309-310.

乐之情“发而皆中节”，成为一种中庸平正的审美境界和人格境界。实际上，《毛诗序》的“发乎情，止乎礼义”一方面几乎与“温柔敦厚”同义，另一方面又与《礼记》中的“中和”论断极其相似，成为联结二者的纽带，也标明了“温柔敦厚”特定情性在中国古代之所以备受推崇的广泛而深厚的思想文化背景。

中国人讲人生修养，中国艺术家以艺术来表现人生。在儒家美学中，“温柔敦厚”不仅是一种理想的人格力量、道德境界，也是一种崇高的艺术精神、艺术境界，这种人格力量与艺术精神的二而为一，成为中国古代文学艺术的一种审美标准和艺术传统。“人学是中国古代文化的核心。而中国古代文化的审美实际上又是对自我人格的欣赏。因此，把中国古代的人学与美学结合起来加以思考，对于深入认识双方的共同本质，乃至整个中国传统文化的底蕴，应该是有意义的。”①

三、至诚无欺的儒家人格信仰

儒家美学不仅把“善”“美”统一作为一种理论追求，而且作为一种至高境界的人生目的。儒家美学的“温柔敦厚”不仅要求人之情感的“发而皆中节”，而且强调“喜怒哀乐之未发”，也就是人的内在心理涵养，并且把主体深层的品行素养与人格熏陶作为艺术创作的根本。儒家认为，人格之所以为人格，就在于它的自我体悟，在于至诚无欺，并高度赞扬了这种“至诚”的人格境界：

唯天下之至诚，为能尽其性；能尽其性，则能尽人之性；能尽人之性，则能尽物之性；能尽物之性，则可以赞天地之化育；可以赞天

① 成复旺．中国古代的人学与美学［M］．北京：中国人民大学出版社，1998：1.

地之化育，则可以与天地参矣。

（《礼记·中庸》）

《中庸》认为人一旦具备了至诚无欺的道德，便进入了天人合一、物我相泯的神圣人格境界，这既是“善”的境界，也是“美”的自由境界，如此这般，“善”“美”合一的儒家人格理想在“至诚”中得到了统一和实现。

到宋代，理学家将“诚”与“温柔敦厚”结合在一起，把“诚”作为“温柔敦厚”的内涵，将它作为一种匡正世风日下的文人道德。这样，“温柔敦厚”由汉代“吟咏情性以风其上”时所持的基本态度，成为一种内倾性的主体自我道德修养，越发突出了其对人格主体的陶养和规范作用。

金元时期，元好问鉴于宋元以来文人道德的下降和人品与作品的两面性现象，在《论诗三十首小笺》中严厉抨击了“心画心声总失真，文章宁复见为人。高情千古《闲居赋》，争信安仁拜路尘”的现象，特别强调了“诚”的创作本体意义。在他看来，传统美学理论往往比较注重“言志”或“缘情”，对“情”“志”的一贯关注使人们逐渐淡化和忽略了对创作主体本体意义上的道德制约，因而产生了种种言不由衷、虚伪造作的矫揉之作，同时各种私情泛滥无拘，也成为导致儒教衰落和人格鄙俗的重要原因。因此，元好问不仅要求艺术家要对自己心中的道德信仰负责，而且创作者无论在什么样的境遇遭际中都不能动摇“诚”的人格信仰，其云：

唐诗所以绝出于《三百篇》之后者，知本焉尔矣。何谓本？诚是也……唐人之诗，其知本乎？何温柔敦厚、蔼然仁义之言之多也！

（《元遗山集·卷三十六·杨叔能小亨集引》）

元氏认为,唐诗之所以在《诗经》之后独树风标,就是因为把握住了“诚”,即内心道德的真诚无伪、温柔敦厚。其中,最值得肯定和褒扬的是杜甫,他在安史之乱后四处流浪,历尽磨难,然而却始终怀有一颗拳拳之心,谨守坚定的人格与信念,以“诚”为本,堪称“温柔敦厚”的人格典范。

儒家美学认为艺术主体只有具备了厚道诚恳的人格陶范才能创作出真正中和温厚的理想作品,薛雪要求:“作诗必先有诗之基,基即人之胸襟是也。”“诗文与书法一理,具得胸襟,人品必高。人品既高,其一謦一欬,一挥一洒,必有过人之处,享不磨之名。”[①]沈德潜对此说得更好:“有第一等襟抱,第一等学识,斯有第一等真诗。”[②]其所云的“第一等襟抱”,既是指“温柔敦厚”的人格胸襟,并以此作为创作出第一流文艺作品的先决条件。钱穆在《中国文化与人文修养》一文中指出:“要了解中国的文学,必须了解中国做人的道理。因中国文学的最高理想,要将自己最高的人格溶化在自己作品中要使作家与其作品合而为一。故不了解作家,即不易了解其作品之最高最深之境界,若只求了解一篇篇的作品,而不去了解作家的人格,那么我们不能洞晓其作品所涵真实的意义,如或有某作家的作品不需通过了解作家本身的人格,而便能予以全部把握,则那些作品在中国人眼里至多是第二流的。”[③]

四、温柔敦厚人格的历史影响

儒家所谓的“人”,并不是独立个体的人,而是处在以宗法血缘为纽带的人伦群体关系中的人,因而其美学从“人”出发,以“情”为本,并非单纯强调个体感情的自由表达,而是旨在通过一种以宗法礼义为节

① [清]薛雪.一瓢诗话[M].北京:人民文学出版社,1979:91-92.
② [清]沈德潜.说诗晬语[M].北京:人民文学出版社,1979:187.
③ 钱穆.历史与文化论丛[M].台北:联经出版事业公司,1998:374.

制的人伦之“情”的抒发，达到协调群体、维护伦理的目的。正如《明史》所载：“《记》曰：‘礼非天降，非地出，人情而已。’”[①] 所以，只有符合了人伦群体的社会功用需要，这种“情”“志”的抒发才是合理的，值得肯定的；否则，则会被视为“淫声”“邪乐”。儒家美学“温柔敦厚”的人格模式是从儒家的政教大义推衍生发出来的，实际上是给人的主观“情”“志”加上了“礼义”的紧箍咒，要求人们修养“哀而不伤”“怨而不怒”的宽厚平和心态，陶冶含蓄温柔、大度诚恳的人格精神，并进而最终达到和谐人伦和社会群体的目的。

“温柔敦厚”的人格标准自其提出乃至以后的千年封建社会，一直成为中国人心性修养和人格塑造的首要基准，其对中国人宽容、平和、真诚、厚道的民族性格的形成和陶养有着极为重要的意义，也对古代艺术家的人格涵养的锤打历练起到了规范和标尺的作用。此外，它还与“温柔敦厚”的诗教原则两相呼应，对于在思想文化领域巩固封建制度的国家和统治秩序亦有出色的表现。

然而在其几千年几经沉浮、几度辉煌的背后，我们也应看到，由于“温柔敦厚”人格陶范的基准作用和当时的社会价值观，一些人为博取一个好的名声，为谋求一份好的利禄，乔装伪善，貌似中庸，争着把自己装扮成“温柔敦厚”的谦谦君子，于是乎造成特定时期个体或群体人格的扭曲和心理的变态，这在一定程度上也导致了某些时段某些地域人们道德的沦丧和社会风气的败坏。另外，对艺术家而言，专以“温柔敦厚”作为人格规定，势必造成千篇一律、千人一面的形式格局，单一地强调“温柔敦厚”的人格素质，难免会变成一种人格上的自我束缚和扭曲附会，从而使艺术家湮没了自我的独特个性，成为儒家中和之美人格的牺牲品。一代代艺术巨匠如屈原、司马迁、陶渊明、嵇康、白居易等在他们所生

① ［清］张廷玉，等. 明史：卷96［M］. 北京：中华书局，2000.

活的时代往往得不到正确对待和评价，其重要原因之一就是他们的性情往往未得“中和”，他们立身行事要么扬己露才，要么不平则鸣，要么孤傲自恃，要么疾声呐喊，可见这种“温柔敦厚”的人格和文艺评价标准对中国古典文学与美学所产生的消极影响也是确实存在和不容忽视的。

五、儒道美学人格的互融互通

徐复观先生曾指出：“儒道两家的人性论的特点是：其工夫的进路，都是由生理作用的消解，而主体始得以呈现……儒道两家的基本动机，虽然同是出于忧患意识，不过儒家是面对忧患而要求加以救济；道家则是面对忧患而要求得到解脱。”①“儒道两家的人性论，虽内容不同，但在把群体涵融于个体之内，因而成己即要求成物的这一点上，却有其相同的性格。以仁义为内容的儒家人性论，极其量于治国平天下，从正面担当了中国历史中的伦理、政治的责任……在我国传统思想中，虽然老、庄较之儒家，是富于思辨的形而上学的性格，但其出发点及其归宿点，依然是落实于现实人生之上。”②道家对人的品格修养也格外重视，但道家所讲的人品，恰与儒家相反，它希望超脱于政治教化，超脱于封建礼法，追求内心的纯净和灵魂的升华，从而使艺术家的人格力量和艺术精神完美融合，创造出巧夺天工的艺术作品。庄子所谓“心斋”“坐忘”，既是艺术创造活动中所要遵循的原则和规律，更是艺术家人格修养的起点和终点。庄子不是以追求某种美为目的，而是以追求人生的解放为目的，庄子与孔子一样，依然是为人生而艺术。

受道家美学的影响，中国人生美学洋溢着一种强烈的超越意识，《庄

① 徐复观．中国艺术精神［M］．沈阳：春风文艺出版社，1987：115．
② 徐复观．中国艺术精神［M］．沈阳：春风文艺出版社，1987：39-40．

子》本意着眼于人生，本无心于艺术，但书中多以“艺”论“道”，不仅较早地对艺术活动中的某些审美特性进行了阐发，而且提出了在审美活动中通过明净澄澈的心去辉映万物、神合万物的特殊审美心境，因此对中国艺术从技巧层面到精神层面均产生了极其深刻的影响。阿多诺在其《美学理论》中曾说：“艺术的本质是双重的：一方面，它摆脱经验现实和效果网络即社会；另一方面，它又属于现实，属于这个社会网络。于是直接显示出特殊的美学现象：它始终自然地是审美的，同时又是社会现象的。”[①]需要进一步指出的是，在艺术的这种双重性质中，审美性质总是直接的、显现的，而其社会性质则是间接的、隐蔽的。

如果说儒家美学关于人品与文品“温柔敦厚”的态度强调了文学艺术的社会性质，那么庄子于此的观点则更加突出了文学艺术活动特有的审美风貌，并进而孕育了中国古典美学的另一种重要艺术精神和审美准则。庄子所倡导的恬淡虚静、无功无名的人格理想是与儒家经世致用、温柔敦厚不同的人格观，丰富了中国人修养身心的目标和方法，尤其是当人身处逆境和乱世之时，更成为人们坚持自己的人格操守、追寻个人人格理想的有效途径和精神支撑。中国古代知识分子，从来就是儒道互补，深受两家影响：腾达之时，修齐治平、兼济天下；穷蹙之日，啸傲山林、独善其身。正是有了道家的人格理想的有力补充和及时纠偏作用，儒家“温柔敦厚”的人格规范才没有走向偏激和极端。“温柔敦厚”的人格陶范和人格思想对整个中国社会的影响至为深远，它有力地把持着、塑造着一代代人的性格和人生，可以说它已经积淀为我们中华民族的一种相当强固的审美文化传统，至今不断回响。

---

① 童庆炳．文学理论教程［M］．北京：高等教育出版社 2000：71.

第二章 “厚”在创作中的实现方法

在古汉语里，“艺”字的本义是“种植”，《说文》：“艺，种也。”其甲骨文字形左上是“木”，表植物；右边是人用双手操作，这个意义本写作“埶”，从“坴”，土块；从“丮”[①]，拿，后繁化为“藝”。《诗·唐风·鸨羽》：“不能艺黍稷。”《孟子·滕文公上》：“树艺五谷。”其中的“艺”即是用的其本义。

“艺”本是一种种植的本领，后逐渐引申为生活中的某些实用技巧能力。《论语·雍也》：“求也艺。”《商君书·农战》：“要靡事商贾，为技艺，皆以避农战。”奴隶主阶级教育子弟的礼、乐、射、御、书、数等六种本领，叫作“六艺”。此后，“艺”的应用范围不断扩大，“六艺”也被指称为《诗》《书》《易》《礼》《乐》《春秋》等六部儒家经典，自此“艺”进入文学艺术领域。广义的“艺”包括作为语言艺术的文学；狭义的“艺”专指文学以外的其他艺术门类，将文学与艺术并列起来，合称为“文艺”。

马克思指出，人类社会生活从总体上可分为物质生活与精神生活两大组成部分，他从实践活动的观点出发来考察艺术问题，明确提出了“艺

① 坴音lù，丮音jǐ。

术生产”概念，把艺术看作一种特殊的精神生产。这一提法表明，虽然在理论上可以区分为物质的与精神的这两大形式，但在实践中，两者的结合却只有偏重、没有偏废之分。在相对的意义上说，文学艺术活动既不同于对现实的纯精神的认识活动，也不同于对现实的纯物质的实践活动，而是将物质因素与精神因素有机地交融在一起，“艺术作品永远既是精神形象——生活模型，又是物质结构——声音结构、造型结构、色彩结构、语言结构等，它们由艺术家按照该物质加工的技术规则和工艺规则而创造出来。”[①]

在中国古代艺术理论史上，庄子首先提出了道与技（艺）的关系，他说“行于万物者，道也……能有所艺者，技也”（《庄子·天地》），认为唯能好道，方可进乎技。但“人学是中国古代文化的核心，而中国古代审美实际上是对自我人格的欣赏”[②]，因此在中国传统文艺美学中，所谓的精神性内涵一直为人所重视、强调，而其实践性因素却常常容易被人所忽视、淡化，多多少少地存在着一种重“道”轻“技”，即重精神轻实践的理论取向。一切的艺术都是具体的，所以艺术家始终须把握技巧。尤为难能可贵的是，中国古典美学理论家们在不断丰富“厚”范畴美学理论内涵的同时，他们也关注到文艺活动作为一种实践活动的技艺层面，对“厚”范畴在实践领域中的方法、途径进行了深度的开掘，从而使得这一美学范畴更加趋于成熟和完美。

---

① 〔苏〕卡冈．美学和系统方法［M］．北京：中国文联出版公司，1985：57.

② 成复旺．中国古代的人学与美学［M］．北京：中国人民大学出版社，1998：1.

第一节 思沉力厚

一、力与厚

吴功正先生在其《中国文学美学》中曾主张："美学是心理力、生命力的表征。我觉得，这应该成为美学特别是中国美学的命题概括。这是从中国书法美学特别重视'骨力'、中国文学美学尤为注重'风骨'的经验现象中概括出来的。所谓'骨力''风骨'，就是人的心理力显示。它是心理上被唤起或勃发的力量，'所在充满'地通过腕底或物化手段的运用，输送出来。力的表征出现美。所谓生命力并不全是指人的自然生理现象，而是指人的内在心理生命。人的心理力、生命力和美学、艺术生命力共存、互为因果。"①"力"是人心理力和生命力的象征，它可以透过艺术作品表现出来，从而产生出美感。然而有趣的是，在中国古典美学的理论话语中，很少出现诸如"力大为美"这样直白的说法，而是在很多的场合出现了"力"与"厚"的组合,以"厚"言"力",除了表明"力"大之外，还给人以"力"重厚、持久、敦实、雄壮的感觉，因此"力厚"实比"力大"具有更为丰富的美学张力。

荀子《劝学篇》云:"其水之积也不厚,则负大舟也无力。""厚"与有"力"是紧密联系的，"厚"是"力"的基础，"力"是"厚"的表征。在文学艺术活动中，艺术家充实、深博的主体厚度要在作品中以"力"的美感形式体现出来，必须要经过具体的构思物化环节，对此钟惺曾云：

> 曹能始，清深之才也……其言我辈诗"清新而未免有痕"，却是

① 吴功正．中国文学美学：中卷［M］．南京：江苏教育出版社，2001：466.

极深中微至之言，从此公慧根中出……痕亦不可强融，惟起念起手时，“厚”之一字可以救之。

（《隐秀轩集·与谭友夏》）

作为把“厚”当作一个独立的美学范畴单个提出的首倡者之一，钟惺不仅致力于对“厚”范畴关于作家主体修养、作品思想意蕴和艺术风貌上的探讨，还把关注的目光投注到整个创作过程，其所谓“起念起手”，包括艺术构思到艺术传达的整个创作过程。钟惺认为，只有创作的各个环节都按“厚”的审美要求去做，写出的作品才能避免有痕，达到“厚”的境界。虽然他并没有进一步说明其所指的具体细节，但把对“厚”范畴的研究和构思创作联系起来，这本身就是非常深刻的见解。

二、思力深厚

刘勰《文心雕龙·神思》篇云：“古人云：‘形在江海之上，心存魏阙之下。’神思之谓也。文之思也，其神远矣。”萧子显《南齐书·文学传论》:“属文之道，事出神思，感召无象，变化不穷。”他们所说的“神思”，即我们现在所谓的艺术构思，也就是“作家在材料积累和艺术发现的基础上，在某种创作动机的指导下，以各种心理活动和艺术概括方式，创造出完整的呼之欲出的意象序列的思维过程。”[1]艺术构思是一种十分复杂的精神活动，也是一项异常艰苦的脑力劳动，它是艺术家在深入观察、思考和体验生活的基础上，对创作素材加以选择、加工、提炼、组合，融会了艺术家的想象、情感等多种心理因素的精神创造过程，在一定程度上反映出艺术家心理力的强弱高低。那些能够昭示创作主体旺盛雄厚

① 童庆炳. 文学理论教程［M］. 北京：高等教育出版社，2000：170.

心理力的艺术作品，属于是创作者灵感突至、即兴所作的并不为多，相反却往往要伴随着反反复复的深思沉想。刘勰说“桓谭疾感于苦思，王充气竭于思虑”[①]，一方面说出了艺术构思之不易，另一方面也道出古来艺术家对艺术创作中思虑过程的重视。清人赵翼曾赞说杜诗云：

> 其真本领仍在少陵诗中“语不惊人死不休”一句。盖其思力沉厚，他人不过说到七八分者，少陵必说到十分，甚至有十二三分者。
>
> （《瓯北诗话·卷二·杜少陵诗》）

赵氏认为杜甫之真本领正在于他“语不惊人死不休”的精神和实践，即便是对于人们司空见惯的事也要极尽深思熟虑之能事，其惊人之语只是物质传达上的表象，而其内在源泉则是诗人的苦心经营、思力沉厚。

也有不少论家在其他古典美学论著中表示了相同或类似的观点，如周济《宋四家词选》:“草窗最近梦窗，但梦窗思沈力厚，草窗则貌合耳。”[②]吴乔《围炉诗话》云：“刘青田[③]诗，稍伤笔重，而力厚思深，有由心语，可观者多。”[④]阙名《静居绪言》:“魏武老奸，文字亦不放人出一头地，余可知矣。思锐力厚，所向无前。”[⑤]康有为在《广艺舟双楫》中赞曰：“石庵亦出董（其昌），然力厚思沉，筋摇脉聚。近世行草作浑厚一路，未有能出石庵之范围者，故吾谓石庵集贴学之成也。”[⑥]艺术构思是文艺创作过

---

① 周振甫. 文心雕龙注释［M］. 北京：人民文学出版社，1998：296.

② ［清］周济. 宋四家词选［M］. 上海：古典文学出版社，1958：69.

③ 即刘基，字伯温，元武宗至大四年（1311）出生于江浙行省处州路青田县南田山武阳村，故时人称他刘青田。

④ ［清］吴乔. 围炉诗话［A］. 郭绍虞. 清诗话续编［C］. 上海：上海古籍出版社，1983：667.

⑤ ［清］阙名. 静居绪言［A］. 郭绍虞. 清诗话续编［C］. 上海：上海古籍出版社，1983：1632.

⑥ 崔尔平校注. 广艺舟双楫注［M］. 上海：上海书画出版社，1981：235.

程中最实际、最重要，也是最紧张的阶段。“衣带渐宽终不悔，为伊消得人憔悴”是处于构思活动中艺术家心理的真实写照，他们绞尽脑汁、冥思苦索，大脑高速地运转，同时也承受着巨大的心理压力。因此，那些能够经受长时间、高强度的思虑过程磨炼的艺术家，往往具有较为强健浑厚的主体心理力和生命力，而这一点也会自然而然地从他们用心打磨的艺术作品中显现出来。

三、笔力重厚

“思沉力厚”充分继承了我国传统美学关于艺术创作离不开艺术家全部心灵的看法，是对“以意运笔”“意在笔先”“以心运手”等观点的继承和延续。同时，我们也必须看到，艺术创作的最终成果是艺术作品，艺术家的艺术体验和艺术构思，必须通过各种艺术媒介和艺术语言才能形成艺术作品。各门艺术的艺术传达方式都有各自不同的特点和方法，因此，艺术技巧和手法在艺术传达中具有格外重要的意义。黑格尔曾说过：“艺术创作还有一个重要的方面，即艺术外表的工作，因为艺术作品有一个纯然是技巧的方面，很接近于手工业；这一方面在建筑和雕刻中最为重要，在图画和音乐中次之，在诗歌中又次之。这种熟练的技巧不是从灵感来的，它完全要靠思索、勤勉和练习。一个艺术家必须具有这种熟练技巧，才可以驾驭外在的材料，不至因为它们不听命而受到妨碍。”[①] 中国古典美学除了从内在层面剖析“力厚”之美产生的心理机制外，也就外在的艺术技巧层面对于如何在创作过程中运用一些具体的方法技巧，来达到“力厚”的效果提出了中肯的意见。例如钟惺、谭元春曾评诗曰：

① 〔德〕黑格尔．美学：第1卷［M］．北京：商务印书馆，1979：35.

山水朋友前，一段幽适从旷衷厚力中出，七贤胸中，恐逊此原委。

（《古诗归·卷八》钟惺评王羲之《兰亭集诗》）

汉魏深厚处，其力乃能到此。

（《唐诗归·卷五》谭元春评张九龄《彭蠡湖上》）

在他们看来，诗歌是门语言艺术，语言功底深者，笔力必重厚，深浑沉厚的力之美只有用重厚的笔力才能托出，所以他们在艺术技巧上比较注重充满力量和气魄的笔力。赵翼《瓯北诗话》在称颂过杜甫“思力沉厚”之后，又说：“其笔力之豪劲，又足以副其才思之所至，故深人无浅语。”[①] 亦肯定了老杜在文辞笔力上劲健豪壮的过硬功夫。

其他如清代朱庭珍，他以律诗为例，指出了作诗造语炼句中“积健则厚”的具体方法：

律诗……造语炼句，则贵生辣警拔，力厚思沈，又须无斧凿痕迹，虽炼而不伤气格，乃为上乘。司空图所谓“返虚入浑，积健为雄”是也。盖运实为虚，纯以神行，破空而来，参以活相，则笔欲离纸飞舞，有不高浑者乎？炼字必使字健而能举，炼句必使句健而能举，炼气又是使气健而能举，炼笔又使笔健而能举。积字成句，积句成章，而气与笔，则先积之于无字句之中，继积之于有字句之外，以成通章。格调意味，音节法度，风神之用者也。积健则厚，有不雄壮者乎？

（《筱园诗话·卷一》）

朱氏从司空图所谓“返虚入浑，积健为雄”中得到启发，主张作诗要达

① ［清］赵翼．瓯北诗话［M］．北京：人民文学出版社，1998：16.

到力厚思沉的程度关键在于“炼”，通过炼字、炼句、炼气、炼笔，层层深入、环环相扣，以成通章。

此外，清人冒春荣则以“龙穴砂水”为喻，说明了求诗“力厚”的可行方法：

> 形家论龙穴砂水，喜逆而恶顺，惟诗亦然。逆则力厚，顺则势走，此章、句、字三者倒叙、倒装、倒押之法所宜讲也。
>
> （《葚原诗说·卷二》）

冒春荣敏锐地抓住了逆势用力由于阻力作用需要加大力度的特点，指出在诗歌创作中为了增加作品用笔的力量感，可以采取逆势的创作方法，具体来说就是章节的倒叙、语句的倒装和文字的倒押，这样便打破了人们习以为常的创作方式，因为难度的增加，也需要作者用加倍甚至多倍的力量才能完成创作。同时在阅读接受中由于增加了作品的阻抗性和陌生感，读者也需要付出更多的心力才能读通弄懂作品，因此这样的写作构思和技巧更容易生发出一种力量充实雄厚的美感。

第二节　以无厚入有间

一、以技进道

如果说“思沉力厚”侧重的是在具体创作过程中对心思笔力的强调的话,那么“以无厚入有间”则偏向于对创作过程中的笔法技巧的钻研。“以无厚入有间”语出《庄子》,庖丁为文惠君解牛,技术精妙,文惠君称赞他,庖丁解释说：

> 臣之所好者道也，进乎技矣。始臣之解牛之时，所见无非牛者。三年之后，未尝见全牛也。方今之时，臣以神遇而不以目视，官知止而神欲行。依乎天理，批大郤，导大窾，因其固然，技经肯綮之未尝，而况大軱乎……彼节者有间，而刀刃者无厚，以无厚入有间，恢恢乎其于游刃必有余地矣。
>
> （《庄子·养生主》）

庖丁的意思是说，他解牛时，能见到牛体骨骼、肌肉之间自然的空隙，依照牛体自然的腠理，在空隙处下刀。牛的骨节是有间隙的，而刀刃锋锐，薄而不厚，用不厚的刀刃进入有间隙的牛体，所以游刃宽绰有余。然而他这一高超技艺并不是天生的禀赋，而是通过多年的艰苦练习而获得的。对庖丁来说，他所感兴趣的并不是卓越的技术本身，“而是由技术所成就的艺术性的效用。他由解牛所得的享受，乃是‘提刀而立，为之四顾，为之踌躇满志’，这是在他的技术自身所得到的精神上的享受，是艺术性的享受。而上面所说的艺术性的效用与享受，正是庖丁‘所好者道也’的具体内容。”[①] 由此可知“道”与“技”是密切关联着的，“技”是“道”的前提和基础。老庄所建立的最高概念是“道”，他们认为人生的最高目的，就是要在精神上与道为一体，亦即所谓的“体道”。[②] 在《庄子》一书中，庄子用大量的寓言故事描绘了技艺摆脱了实用的要求与拘束，而达到艺术的自由解放，达到“道”的境界，如庖丁者并不是在技外见道，而是在技之中见道。这些言论形象生动地表明了庄子对顺应自然规律养

① 徐复观．中国艺术精神［M］．沈阳：春风文艺出版社，1987：46.

② 《庄子·知北游》：“夫体道者，天下之君子所系焉。”

生、顺应社会规律安生的主张，而后人将其视作对艺术活动中技术、技巧的高度重视，开后代文艺论述中对相关技艺理论探讨之先河。

在庄子那里，“厚”的意义层面也有了新的拓展，《逍遥游》：“且夫水之积也不厚，则其负大舟也无力……风之积也不厚，则其负大翼也无力。”在这里，“厚”是大舟载浮、大翼凌霄的先决条件，此层“厚”意，不仅为后代的以积学、积养致厚说打下了思想基础，也为以技进道说作了哲学铺垫。庄子认为得心应手、指与物化，并非朝夕之间一蹴而就，而是需要不断地砥砺、积累，才能达到“以无厚入有间”的至高境界。

二、诗家用笔之法

清代贺贻孙深受庄子这一思想的影响，他以“厚”为核心观念建构了其诗歌美学体系，同时他也进一步由“厚”而至“无厚”，提出了更高的审美理想：

> 《庄子》云：“彼节者有间，而刀刃者无厚。”所谓“无厚”者，金之至精，炼之至熟，刃之至神，而厚之至变至化者也。夫惟能厚，斯能无厚。古今诗文能厚者有之，能无厚者未易觏也。
>
> （《诗筏》）

道家认为庖丁解牛之所以能“游刃有余”，轮扁之所以能“运斤成风”，皆是长期的锻炼而来的。贺贻孙认为欲达“化”功，亦须“炼”，即需要长期的思想修养、艺术技巧的修炼，由“厚”至“无厚”，达到庖丁所谓“以无厚入有间”，而“恢恢乎”游刃有余的境地。就具体的技巧方法而言就是炼字、炼句，他说：

> 炼句炼字，诗家小乘，然出自名手，皆臻化境。盖名手炼句如掷杖化龙，蜿蜒腾跃，一句之灵，能使全篇俱活。炼句如壁龙点睛，鳞甲飞动，一字之警，能使全句皆奇。若炼一句只是一句，炼一字只是一字，非诗人也。
>
> （《诗筏》）

所谓“化境”是指其“无厚之厚”的诗歌审美胜境，而“炼字”和“炼句”则是抵达这种理想境地的有效方法和途径。炼句、炼字虽是诗家小技，但精彩的字、句可使全篇生动，起到画龙点睛、传神写照之效。这种纯熟的字、句技巧不是刻意雕琢，而是要求自然浑化，是长期坚持不懈、至精至纯的提炼和斟酌的结果。

如果说贺贻孙对“以无厚入有间”精神的学习和继承主要体现在微观方面，强调了诗歌创作中反复精炼的方法，那么他之后的朱庭珍则把研究的视角进一步深入和扩大，从更加宏观的视野提出了诗歌创作中诗人的用笔之法：

> 诗家之用笔，须如庖丁之用刀，官止神行，以无厚入有间，循其天然之节，于骨肉理腠肯綮处，锐入横出，则批郤导窾，游刃恢恢有余，无不迎锋而解矣。人所难言，累百言而不能了者，我须一刀见血，直刺题心，以数精湛语了之，则人难我易，倍觉生色。人所易言，娓娓而道之处，彼不经意，而平铺直叙，我转难言之，惨淡经营，加以凝炼，平者侧行逆出使之奇，直者波折回环使之曲，单者夹写迸层使之厚，浅者剥进翻入使之深，则人易我难，无一败笔，自臻精妙完美之诣。
>
> （《筱园诗话·卷一》）

诗人用笔，要提得空，放得下，转得快，入得透，出得轻；又要能刚能柔，能大能小，能正能奇，能使死者生，能使断者续，能使笨者灵，方尽用笔之妙。盖以一笔做数笔用，又以数笔作一笔用也。此须如庖丁之用刀，游刃于虚，以无厚入有间，故迎刃而解，批郤导窾，官止神行，虽一日解十二牛，犹若新发于硎。精艺入神，非可尽以言传。学者目击道存，悟澈三昧，得用笔之妙于天，忘用笔之法于手。心之所至，笔亦至焉；心所不至，笔先至焉。笔中有笔，笔外亦有笔，即无笔处无非笔，而有笔处反若无笔。如是则笔等神龙，足补造化，天不能限，人何能测乎！

（《筱园诗话·卷四》）

朱氏以庖丁之刀为喻，指出诗家之用笔须如庖丁之用刀那样“官止神行”“游刃于虚”，别人所难道者，我则“一刀见血，直刺题心，以数精湛语了之”；人所易言者，我则“转难言之，惨淡经营，加以凝炼”，这样，就可以使自己的作品“倍觉生色”而趋向“精妙完美之诣”。

另外，诗人的笔法要讲究灵活多变、运用自如、精益求精。但“以一笔作数笔用，又以数笔做一笔用”并非易事，需要达到庖丁解牛的娴熟技艺和精神境界，方能企及。在这种境界，因“精艺入神”，故“心之所至，笔亦至焉；心所不至，笔先至焉。笔中有笔，笔外亦有笔，即无笔处无非笔，而有笔处反若无笔”，这就是“尽用笔之妙”的境界。朱庭珍有关诗家用笔之法的论述形象、具体、生动，其主张具有很强的可操作性和实用价值，为学诗之人从技法层面提高自己的诗歌创作水平提供了非常有价值的借鉴和参考意见。

三、词家用笔之法

词论中的“以无厚入有间”说见于周济的《宋四家词选目录》，又见于蒋敦复的《芬陀利室词话》，其云：

> 夫词，非寄托不入，专寄托不出，一物一事，引而伸之，触类多通。驱心若游丝之罥飞英，含毫如郢斤之斫蝇翼，以无厚入有间。
>
> （《宋四家词选目录·序论》）
>
> 壬子秋，雨翁[①]与余论词，至有厚入无间，辄敛手推服曰，昔者吾友董晋卿每云：“词以无厚入有间，此南宋及金元人妙处。吾子所言，乃唐五代北宋人不传之秘。惜晋卿久亡，不克握尘一堂，互证所得也。”[②]
>
> （《芬陀利室词话·卷二》）

据此可知，董士锡也有“以无厚入有间”论词的说法，到底周、董二人谁先提出，现已不得而知。吴宏一[③]和缪钺[④]先生都折中地把它当作二人的共同意见来对待的，孙克强先生则认为此语可能先由董氏提出的[⑤]。

董氏对“以无厚入有间”论词并没有作出具体的解释，只是用之指南宋及金元词的妙处。而周济的“以无厚入有间”则当属其词论中关于“寄托”之法的具体内容之一。他在《介存斋论词杂著》第七则中提出：“初学词求有寄托，有寄托、则表里相宜，斐然成章。既成格调、求无寄托，

---

① 指汤贻汾，字雨生。

② 蒋敦复的“有厚入无间”说是受董士锡“无厚入有间”的启发而提出的。具体含义可参见孙克强《清代词学》. 北京：中国社会科学出版社，2004：293-296。

③ 吴宏一. 常州派词学研究［A］. 清代词学四论［C］. 台北：联经事业出版公司，1990.

④ 缪钺. 常州派词论家“以无厚入有间”说诠释［J］. 四川大学学报，1988（2）.

⑤ 孙克强. 清代词学［M］. 北京：中国社会科学出版社，2004：293.

无寄托、则指事类情，仁者见仁，知者见知。”[①]周济继承了常州派前人张惠言的观点，以比兴、寄托说词，他把寄托分为“入”和“出”两个阶段，而“以无厚入有间”则显然处于“入”的阶段，也就是初学词的阶段。他主张在作词的初级阶段，一定要“有寄托”，要“表里相宣”，但是在这一阶段一般人们创作的水准还不是很成熟，因此要格外注意技法、技巧的运用，这时用思运境要极为细腻深入，要“驱心若游丝之罥飞英，含毫如郢斤之斫蝇翼”，善于捕捉和刻画小至“飞英”“蝇翼”一类细微的物象，追求像庖丁解牛进刀之时“以无厚入有间”那样得心应手、宽绰有余、游刃自如。这里，“无厚”喻指作者所寄寓的情意，“有间”则指作品所描写的物象。周济认为，只有作者通过个人高妙的艺术技巧把所寓之情和所绘之象协调、完美地结合起来，才能达到“有寄托”的理想境界，因此其“以无厚入有间”之论既是作词的艺术手法，又是词得以成功的艺术境界。

① ［清］周济. 介存斋论词杂著［M］. 北京：人民文学出版社，1998：4.

第三章 “厚”在作品中的形态表现

文学作品和其他任何事物一样，都是由内容和形式两个方面的因素组成的。中国古代艺术在形式和技巧上亦有许多的建树，但相较而言，中国古人更加强调作品在内容上的表现。孔子在内容与形式的关系上倡导文质合一、先质后文的思想，成为后来中国古典美学的主流思想，也成为重“意”观念的思想渊源。张少康先生在《文赋集解》中谈到对“意”的理解时，引郭绍虞先生的话说“文意”之“意”可有三种解释：第一种是意义之“意”；第二种是指通过构思所形成的“意”；第三种是指结合思想倾向性的“意”。尽管从不同的视点出发,“意”存在着细微的区别，但郭先生也认为任何一种当都与所谓思想意蕴相关。[①]我们在此所讨论的关于美学“厚”范畴对于“意”的要求，主要也是针对“厚”在作品情意内涵表现上的有关主张而生发的。

在中国古典美学中，“气”也是一个非常重要的概念，同时也是一个比较混沌的概念。大体上来说，“气”包含两层意思：在内则为创作主体心理力和生命力的表征；在外则为作品呈现的精神风貌和艺术风格。“气”

① 张少康．文赋集释［M］．北京：人民文学出版社，2002：6.

有阴阳、刚柔、清浊之别，创作主体由于所禀之气的差异，反映在创作上必然使作品呈现为多种多样的风格，所以古代理论家纷纷从“气”来探讨作品的风格特色和风格的差异性。“气厚”是胸怀“厚气”之创作主体在其作品中所散发出来的审美风格特征。

第一节　意之厚

一、诗之厚在意不在辞

“意”是中国古典美学的基本范畴，它是艺术创作的所欲表达，是艺术作品的已然表达，是艺术接受的理应获取。“意”的提出与运用由来已久,并且在与“言”的辩论探讨中先后产生许多著名命题,如“言尽意”“言不尽意”等，其中最重要的是庄子的“得意忘言”和《易传》“立象尽意”的观点。西晋陆机大概是最先在文论中运用“意”范畴的，他的《文赋》可以说就是为了解决“意不称物，文不逮意”① 这一问题而作。后代论家也一再申说了“意”之重要性,如北宋刘攽《中山诗话》云:“诗以意为主，文词次之，或意深义高，虽文词平易，自是奇作。”② 南宋魏庆之《诗人玉屑》引东坡语:“善画者画意不画形,善诗者道意不道名。”③ 金人王若虚《滹南诗话》云:“文章以意为之主,字语为之役。”④ 清初王夫之在《姜斋诗话》里指出 :“无论诗歌与长行文字，俱以意为主。意犹帅也，无帅之兵，谓之乌合。”⑤ 无意之文，就像无帅之兵，古人对于文意的重视，可见一斑。

① 张少康．文赋集释［M］．北京：人民文学出版社，2002：2.
② ［宋］刘攽．中山诗话［A］．何文焕辑．历代诗话［C］．北京：中华书局，1981.
③ ［宋］魏庆之．诗人玉屑［M］．北京：中华书局，1959：120.
④ ［金］王若虚．滹南诗话［M］．北京：人民文学出版社，1962：52.
⑤ ［明］王夫之．姜斋诗话［M］．北京：人民文学出版社，1998：146.

清袁枚《随园诗话》云："先生有《莲塘诗话》，载初白老人教作诗法云：'诗之厚在意不在辞。'"[①]明确地提出了对诗歌内涵意义上"厚"的要求。在中国古典美学中关于"意厚"的评论字眼虽时有出现，但并没有比较系统而详尽的论述，结合有关古代论著作品的相关观点以及文学创作的实际，我们认为古典美学对文意"厚"的要求，主要指作品的思想内涵应具有高度的现实性和深厚的社会责任感。"偏向于内向反身、推己及物的思维文化传统，决定了中国美学在对艺术的理解和阐释上，不可能出现西方古典美学那种以自然客体为本体、以外向认知为旨趣的'摹仿'论和'镜子'说，而必然要产生以'人'为本位的、偏重表情写意的艺术美学观。"[②]

受儒家济世思想的影响，"济天下"几乎成为中国古代文人典型的人生观和价值观，在一定程度上文学创作也成了他们参与政治、建立功业的一种方式，于是那些能够深刻反映社会生活和民生疾苦的作品，往往被认为是具有较厚重内蕴的作品。如明代胡应麟评价高适、岑参所作盛唐边塞派诗歌俱以"悲壮为宗"[③]，他们都积极进取，但长期功名失意，一再出塞谋求报国立功，对仕途坎坷和边塞生活有着深刻体验，因此他们的诗歌具有悲愤感慨、雄浑豪壮的特点。但二者也有着重要的区别，清代王士祯评价二者说："高悲壮而厚，岑奇逸而峭。"[④]翁方纲也认为："高之浑厚，岑之奇峭。"[⑤]而刘熙载的话则进一步道出他们之所以不同的原因，他说："高常侍、岑嘉州两家诗，皆可亚匹杜陵。至岑超高实，则趣

① ［清］袁枚．随园诗话［M］．北京：人民文学出版社，1960：132.

② 仪平策．中国美学文化阐释［M］．北京：首都师范大学出版社，2003：123.

③ ［明］胡应麟．诗薮［M］．北京：人民文学出版社，1958：37.

④ ［清］王士祯．师友诗传续录［A］．（文渊阁）四库全书［M/CD］．上海：上海人民出版社，1999.

⑤ ［清］翁方纲．石洲诗话［M］．北京：人民文学出版社，2001：32.

尚各有近焉。”[①]的确，岑参的诗富有豪放飘逸的浪漫主义色彩，而高适的作品则洋溢着深沉浑厚的现实主义气息。高适在其作品中大量描写了边塞恶劣的环境和血淋淋的战争场面，揭露了边将的昏庸无能和他们骄奢淫逸的生活，对戍边战士则寄予了高度的同情[②]，并且诗人还常常以政治家的眼光，分析边防问题，找出现实政策的失误之处，并通过诗歌表达自己对战争和政治的见解[③]。高适继承了《诗经》以来诗歌反映现实的传统，注重描写和揭露现实的黑暗，从而使其作品具有较为深刻的思想内涵，这是其诗之所以“厚”的一个重要原因。

中国古代社会儒家文化长期占据主导思想地位的历史实情，决定了由孔子创始的儒家功利主义文学观，在中国古代社会始终居于主流。在古代文人观念里，政治是地域情结的概念化和虚拟化，参与政治是建设乡国的最好方式，古代文人的政治理想不亚于政治家的理想，文人大多强调文学针砭时弊的政治教化作用。同时，中国古代的文学家的主体多是政治家和准政治家，他们都致力在政治方面有所作为，当政治之路走不通或者走得坎坷时，于是文学便成为他们用来为政治服务的工具或者宣泄政治郁闷的消遣品。这些因素造成中国古代文学观念中强烈的政教色彩，而这在另一方面也形成了中国文学的一个优秀的传统，所谓“文章合为时而著，歌诗合为事而作”[④]，强调文学创作发挥干预时政、批判现实的积极作用，因而那些深入描摹社会生活，起到针砭时弊、哀悯民情的作品往往被认为具有更为深刻的社会意义，故给人一种重厚的感觉。

---

① ［清］刘熙载．艺概［M］．北京：人民文学出版社，1978：51.

② 如“战士军前半死生，美人帐下犹歌舞”（《燕歌行》）；又如“戍卒厌糟糠，降胡饱衣食。关亭试一望，吾欲涕沾臆”（《蓟门行五首·之二》）。

③ 如《蓟中作》：“一到征战处，每愁胡虏翻。岂无安边书，诸将已承恩。惆怅孙吴事，归来独闭门。”

④ ［唐］白居易．与元九书［A］．龚克昌．白居易诗文选注［C］．上海：上海古籍出版社，1984：179.

当然，古代作家受“温柔敦厚”的诗教原则影响甚深，以及迫于其具体生存环境的压力，他们在表现现实题材的时候也并不一定是平铺直叙、直白相告，有时也会采取比较隐晦的方式，清初毛奇龄认为“古诗人之意，有故为儇语而实重，故为薄语而实厚者……风人之旨意在言外，必考时论事而后知之”。[①]因此，古人作品是否具有真正重厚的思想旨意，不应只依据作品的语言表象，而是要考时论事，挖掘出语言背后的真实意思，这样才能更好地分析、辨别和评价那些语句儇薄而意旨重大深厚的作品。

二、诗之难处在深厚

孔子在几千年前就提出了“文质彬彬”的著名观点。黑格尔曾经讲过：“内容和完全适合内容的形式达到独立完整的统一，因而形成一种自由的整体，这就是艺术的中心。”[②]要更好地传达作品情深意厚的思想内涵，也需要高超的艺术技巧和艺术表达。“厚”范畴一方面强调作品之“意”表现得明确集中，不枝不蔓，如清吴乔《围炉诗话》曰：“诗以深为难，而厚更难于深。子美《秋兴》，每篇一意，故厚。曹唐《病马》只一意，而得好句六联，成诗三首，乌得不薄？”[③]认为杜甫《秋兴》诗虽是组诗，但一篇一意，用力集中，刻画深入，内蕴突出而深厚；而曹唐《病马》诗只有一意，但却成诗三首，得佳句六联，这无形中分散和削弱了对作品意脉的传达，因此不能不显得单薄。

---

① ［清］毛奇龄．自鹭主客说诗［M］．四库全书存目丛书：第73册［C］．济南：齐鲁书社，1995：628.

② 〔德〕黑格尔．美学：第2卷［M］．北京：商务印书馆，1980：157.

③ ［清］吴乔．围炉诗话［A］．郭绍虞．清诗话续编［C］．上海：上海古籍出版社，1983：477.

另一方面，“厚”范畴还特别强调作品内涵表现得曲折深婉，富于远意。《庄子·外篇》所说的“得鱼而忘筌”“得兔而忘蹄”“得意而忘言”，强调了作品内容意义远远大于形式本身。任何一门艺术都有自己的艺术语言，及其独特的表达手段和表现方式，并通过这些手段和方式创造出各种各样的艺术形象，把广泛的内容和思想概括在形象之中。清吴乔《围炉诗话》评杜诗云：“‘侧身天地更怀古，回首风尘甘息机’，十四字中有六层意。‘万里悲秋常作客，百年多病独登台’，有八层意。诗之难处在深厚，厚更难于深。子建诗高处亦在厚。”[①] 诗歌本身就是一种高度凝炼的艺术，而杜诗能在异常有限的语言中表现出众多层的思想内涵，故而能呈现出一种厚实深远的审美特征，吴乔同时也夸赞曹植诗歌的高超之处也恰在于其作品意蕴上的丰厚婉曲。可见，属“厚”之作，诗意绝非一目了然，而是要求诗文内容曲折深刻，发前人所未发，写前人所未写，深藏一种咀嚼不尽、深沉浑厚的内蕴意味。

艺术是通过有限来表现无限的，正如阿恩海姆所说的，“艺术作品的内容必须超过由个别形象组成的外观”[②]。由于作家个性、环境以及创作主题和目的的差异性，同一题材、同一题目在不同作家笔下可能会呈现出完全不同的面目，近现代作家刘铁冷《作诗百法》云：“昔解缙[③]谓诗在相题，不可一律而论。有宜于含蓄者，则意当浑厚。有宜于豪放者，则意当发露。有宜于庄重者，则意当痛快。有宜于轻松者，则语当流丽。此大凡也。”反观其语，即意浑厚者，宜于含蓄，也就是不宜直言其意，而要用迂回曲折的方法来加以表现，从而增加意之“厚度”。清潘德舆云：

① ［清］吴乔．围炉诗话［A］．郭绍虞．清诗话续编［C］．上海：上海古籍出版社，1983：584-585.

② 朱狄．当代西方美学［M］．北京：人民出版社，1984：16.

③ 别称解解元、解学士，明代大臣、文学家。

诗有一字诀，曰“厚”。偶咏唐人“梦里分明见关塞，不知何路向金微”“欲寄征鸿问消息，居延城外又移军”，便觉其深曲有味。今人只说到梦见关塞、托征鸿问消息便了，所以为公共之言，而寡薄不成文也。

（《养一斋诗话·卷一》）

文中所引的几组诗句均出自唐代诗人张仲素的《秋夜曲》[①]，都是写妇女对征夫的思念，表现战乱给人民带来的离别之苦。诗人除了用一般诗中常运用的托征鸿问消息之外，还进而写了思妇欲寻无路、欲问无地的失望心情。或者说，前句无论是关塞入梦，还是托鸿传书，都含有一种期盼和希望，而后句则是不知去路、音书无寄，期盼彻底幻灭。诗人将思妇强烈的愿望和心碎的现实两相对照，不仅写出了人物的绵绵思念，更道出了她的孤寂凄切和茫然无助。

当然，作品内蕴社会意义上的厚重感和表现效果上的深厚感并不矛盾，它们是辩证统一的关系，那些能把二者相结合的作品，更突出地彰显出意“厚”之美。吴乔《围炉诗话》借品说陈陶《陇西行》而析唐诗深厚之美曰：“《陇西行》‘五千貂锦丧胡尘’，必为李陵事而作。汉武欲使匈奴兵毋得专向贰师，故令陵旁挠之。一念之动，杀五千人。陶讥刺此事，而但言闺情，唐诗所以深厚也。”[②]吴乔认为陈陶讥刺李陵之事并不直言事件本身，而是从闺情的角度生发、渲染，这种以他事托己事的委婉之法即是唐诗意味深厚的重要原因所在。

此外，又如况周颐在评释晏几道的代表作《阮郎归》之“意厚”时也曾言道：

① 又名《秋闺思》（二首）。

② ［清］吴乔．围炉诗话［A］．郭绍虞．清诗话续编［C］．上海：上海古籍出版社，1983：560.

> 小山词《阮郎归》云：“天边金掌露成霜，云随雁字长。绿杯红袖趁重阳，人情似故乡。　兰佩紫，菊簪黄。殷勤理旧狂。欲将沉醉换悲凉，清歌莫断肠。”“绿杯”二句，意已厚矣。“殷勤理旧狂”五字三层意。“狂”者，所谓一肚皮不合时宜，发见于外者也。狂已旧矣，而理之，而殷勤理之，其狂若有甚不得已者。“欲将沉醉换悲凉”，是上句注脚。“清歌莫断肠”，仍含不尽之意。此词沉著厚重，得此结句，便觉竟体空灵。
>
> （《蕙风词话·卷二》）

《阮郎归》是一首重阳佳节失意伤怀之作，此词内容重厚，是指“殷勤理旧狂”这种带有强烈情绪的语句。小晏虽家世煊赫，但却未能守其富贵，仕途失意。面对严峻的现实与人生的坎坷，他虽深有感慨，但却为人耿介，清节自守，不登权贵之门。《阮郎归》一词颇能显示小晏之孤傲个性和独立人格。“殷勤理旧狂”一句将其满腹愤激不平之气和盘托出，试想他本是清狂耽饮的人，如今要唤起旧情酒兴，还得“殷勤”去“理”才行，此中的层层挫折、重重矛盾，必有不堪回首、不易诉说之慨。其词意超越一般的幽怨，在某种程度上带有一定的叛逆性，表现了对现有制度的批判，这是落魄以后的清醒和抗争，具有深刻的社会意义。结尾两句“欲将沉醉换悲凉，清歌莫断肠”，由上面的归结，再来一个大的转折，又引出很多层次。词人想寻求解脱、忘却，而他自己又明知这并不能换来真正的欢乐，这是真正的悲哀。词之结句，折射出词人万般无奈，想求解脱又无法解脱的深沉苦楚。于短短几十字中社会、仕宦、人生，友情、亲情，愁怨、亲切、狂傲、悲凉……层层深入、纵横交错、波澜迭起，极尽回旋曲折、一咏三叹之妙，自然把词意推向更为深沉重厚的高度。

第二节　气之厚

一、气与气格

“气”是中国传统文化中一个十分古老而又使用普遍的范畴。就其本义而言，“气”是指自然界中流行不止的“大气”“空气”，是维持地球上生命现象的基本前提条件。将“气”较早地赋予哲学意味的是道家，如老子就说“万物负阴而抱阳，冲气以为和”，将“气”视为其“道”的一种具体而感性的形态，这是一种体现人与自然之交融一体的自然之“气”。将“气”较早地赋予人类之精神品格源于儒家的孟子，孟子言“吾善养吾浩然之气”，认为“气”是人生宇宙间的“至大至刚”之崇高精神力量，也是人能与天地参的重要方面。秦汉时期，“气”的运用从具体到抽象，从自然到人体、社会的各种现象，不断扩展自己的内涵。晋葛洪《抱朴子·内篇》指出：“人在气中，气在人中，自天地至于万物，无不须气以生者也。”“气”是生命的本原，是生命活力的源泉，也是审美活动与审美能力的源泉。

中国古典美学从生命形式和人体现象中获得审美启示，并建立起了相应的审美范畴。“气”被文艺美学所借用，曹丕的“文以气为主”开其先河，陆机、刘勰、钟嵘继之。“尽管他们对‘气’的理解不完全一致，但都是基于对‘气’体验和经验感受来解释文艺的，是将文艺视为一个整体的前提下运用这一概念的。‘气’成了充塞在艺术有机体之中，并在其间回荡的生命和精神实体。”[①] 文学在理论批评中是率先于除音乐以外的其他艺术门类运用“气”范畴的，由“气”组合而成的概念绝大多数首

① 赵宪章. 文艺美学方法论问题［M］. 广州：暨南大学出版社，2002：220.

先出现于文学的理论批评，然后才被移用于其他艺术。经过不断的发展，“气”也逐渐成为中国古典美学中具有独特意蕴的重要范畴之一。

明代谢榛《四溟诗话》说“气”是“蕴乎内，著乎外”[①]的，“蕴乎内”主要是指主体的创作精神，向着自己的个性特色流动式发展，充盈式积蓄；“著乎外”则是指主体精神以一种流转的形式在作品中表现，使作品富有鲜明的个性特征。事实上，在中国古典美学中重“气”的理论家，一般分为两类：一类以作家为中心[②]；另一类则以“气”在作品中的表达为主，这一类虽然或多或少地与作家的主观性有联系，但讨论的重点显然已落实到了作品的艺术风格之上了。

就作品而言，“气”加强了情调的生动性和流动性，是作品风格形成的生命和关键。作用于主体的气质与个性，并由此形成艺术作品雅俗差异的“气”，其表现特征有多种，中国美学称之为“气格”，指诗文的气韵和风格。唐皎然《诗式·卷一》：“语与兴驱，势逐情起，作不由意，气格自高。”《旧唐书·韩愈传》：“常以为自魏晋已还，为文者多拘偶对，而经诰之指归，迁雄之气格，不复振起矣。”宋欧阳修《六一诗话》：“气貌伟然，诗格奇峭。”宋黎靖德《朱子语类·卷一三九》：“人之文章也只是三十岁以前，气格都定，但有精与未精耳。”明王世贞《艺苑卮言·卷四》：“七言古诗，唯杜子美不失初唐气格。”清刘熙载指出：“气有清浊厚薄，格有高低雅俗。”[③]说到底，格的高低，还是由作家的个性气质而决定的，“气格”不同，所表现出的审美特征也不同。

---

① ［明］谢榛．四溟诗话［M］．北京：人民文学出版社，1998：69.

② 此问题可参见本书第三编第一章中的有关论述。

③ ［清］刘熙载．艺概［M］．北京：人民文学出版社，1978：82.

二、厚气

马克思曾说过，美是人的本质力量的对象化。艺术是人类生活的一种方式，创作主体在其创作过程中，必然会把自己的主体精神自然而然地带进和融入自己的艺术作品之中。在中国美学看来，“气”乃主体基于生理基础上旺盛的内在生命力，决定并支配着主体的审美心理与审美创造能力。审美主体的生命能量、精神状态、审美智能的构成和条件都取决于“气”，没有“气”作为主体生命的基础，就没有创作冲动或动机的发生，也就没有审美创作这种生命运动与生命体验。《老子·四十二章》：“万物负阴而抱阳，冲气以为和。”从自然到社会到人事，都是由“气”所化生化合，“气”有阴阳对立统一的属性，作为审美意义上的“气”也不例外。

艺术生产作为一种特殊的精神生产，必然要在艺术作品上留下艺术家个人的印记，艺术家的性格、气质、才能、心理等几个方面的种种特点，都会通过创造性的劳动使主体对象化到精神产品之中。中国美学更多地重视内在的主体功能，宋人李廌《答赵士舞德茂宣义论弘词书》云：“文章之无气，虽知视听嗅味，而血气不充于内，手足不卫于外，若奄奄病人，支离憔悴，生意消削。”[①]“气”是主体精神的支柱，是生命之源，是创作之源，失去了这根支柱，人就顷刻委顿，艺术也毫无美感可言。

在文艺美学中，以“厚”论“气”，对于创作主体而言，一般为“厚气”，如清牟愿相《小澥草堂杂论诗》：“储、王作清诗，定有厚气裹其笔端。”[②]对自然人而言，“厚气”是人体旺盛生命力的象征；对创作主体来说，它既是人格涵养的大气磅礴、耀同日月，表现出一种积极、向上的进取精神，

① ［宋］李廌. 济南集［A］.（文渊阁）四库全书：卷 8［M/CD］. 上海：上海人民出版社，1999.

② ［清］牟愿相. 小澥草堂杂论诗［A］. 郭绍虞. 清诗话续编［C］. 上海：上海古籍出版社，1983：920.

同时又指艺术陶养的深厚丰沛、气势如虹，彰显出一种老到、充盛的雄健之美。

当创作主体的这种充实、深博之“厚气”投身和熔铸到他所创作的艺术作品之中，并以一种艺术精神风貌的方式外化出来时，它便成为一种艺术审美特征，此时多称之为“气厚”。唐李翱《答进士王载言书》:“气厚则词盛。”[①] 明张诩《竹岩诗集序》:“诗之为体也甚微，而其为用也甚大。是故蓄深养厚者，其气充然，而其为辞也沉婉以粹。”[②] 创作者的主观之“厚”气，在艺术创作中会自然而然地“闳其中而肆其外”[③]，这样的内在情绪渗透到作品中，凸显出一种深沉有力、盛大堂皇、刚健雄雅的艺术风貌，使人惊心动魄、荡气回肠。

三、气厚

“厚”作为一个美学范畴，虽然它兼具阴阳刚柔的多种属性，但从整体上考察，“厚”还是具有偏于阴柔美的美学倾向。同时，我们也应该看到，“厚”范畴所包蕴的刚性成分也是不容被忽视和抹杀的。“厚”字在具体使用和演变过程中，其自身的含义也不断丰富，除了指味道蒸煮之美味的原始意义，以及山陵之厚的引申义外，“厚”还有“大”“重”“多”“深”[④]

---

① ［宋］姚铉. 唐文粹［A］.（文渊阁）四库全书：卷85［M/CD］. 上海：上海人民出版社，1999.

② ［清］黄宗羲. 明文海［A］.（文渊阁）四库全书：卷259［M/CD］. 上海：上海人民出版社，1999.

③ ［唐］韩愈. 进学解［A］. 郭预衡. 中国古代文学作品选：第2册［C］. 上海：上海古籍出版社，2004：357.

④ 参见《汉语大词典》“厚”字词条：“大”，《战国策·秦策一》：“大王又并军而致与战，非能厚胜也”；“重”，《国语·周语下》：“若匮，王用将之所乏，乏则将厚取于民。”韦昭注：“厚取，厚敛也”；“多”，《周礼·考工记·弓人》：“厚其液，而节其帤。”郑注：“厚，犹多也”；“深”，《吕氏春秋·审应》：“魏王虽无以应，韩之为不义愈厚也。”汉语大词典［Z］. 上海：上海辞书出版社，1986.

等意思，这些含义使它在使用的过程中也日益增强了美学“厚”范畴所内蕴的刚性色彩。

在艺术作品赏评中人们常说的“气厚”，实际上即是气格之厚，具体来说当是对一种宽博浑厚、神采盎然、劲健有力的艺术风格的评价和肯定。应该说这一风格的形成除了与艺术家个人的人格性情与审美趣尚密切相关外，还与地域文化、时代审美等因素相关。

其一，分明的地域特征。我们的美学观虽然并非等同于地理文化决定论，但是，艺术毕竟在一个重要的层面上是地理环境所孕育而成的。地理环境不是直接作用于美学，而是通过文化中介层发挥其作用。南方水流纵横，山色清华，植物华丽，气候温暖湿润，云霞低垂清灵；北方辽阔的黄土地和黑土地，景色壮丽，尤其冬至干燥寒冷、天空高旷凄凉、植被贫乏。南北不同的地域风情造就了不同的文化习尚，一个像温婉美丽的柔女子，一个像英伟奔放的大丈夫，它们一起共同组成了中华文化的大家庭。在这样的文化熏染下，南方人性情多柔婉、细腻、灵捷、浪漫，北方人性情则多厚重、淳朴、粗犷、豪爽。北方艺术家由于自身人文特点的影响，多胸襟宽广、激昂慷慨、骨耿气足，他们的作品更容易显现出充盈、雄厚、壮阔的主体之“气”，因此“气厚”用于形容他们作品之美学风格的使用频率更高些。

其二，鲜明的时代色彩。同一时代的艺术作品常常具有某些共同的特征，体现出这个时代占主导地位的审美理想和审美追求，从而使某些艺术风格带有鲜明的时代特色。我们发现，以“气厚”著称的作品以汉代和盛唐为最多。明茅坤《唐宋八大家文钞》载王遵岩曰：“董仲舒、刘向、扬雄之文不过如此，若论结构法则汉犹有所未备，而其气厚质醇，曾远不追董、刘矣。”[①] 清代乔忆《剑溪说诗》:“汉人笃学,不易为文,文出气厚。”[②] 刘熙载《艺概·书概》云:“汉碑气厚。”汉代处于中国古代社会最旺盛的上升时期，整个时代的宏阔盛壮，唤起艺术家们无比活跃的自信力和生命力，汉代艺术沉雄气厚，汉碑、汉隶、汉赋、汉文莫不如此，反映了朝气蓬勃的炎汉气象和一代雄主的开拓气派。“它表明中华民族进入发达的文明社会后，对世界的直接征服和胜利，这种胜利使文学和艺术也不断要求全面地肯定、歌颂和玩味自己存在的自然环境、山岳江川、宫殿房屋、百土百物以至各种动物对象。所有这些对象都是作为人的生活的直接或间接的对象化而存在于艺术中。人这时不是在其自身的精神世界中，而完全溶化在外在的生活和环境世界中，在这种琳琅满目的对象化的世界中。汉代文艺尽管粗重拙笨，然而却如此之心胸开阔，气派雄沉，其根本道理就在这里。”[③] 因此，尽管汉代艺术的感性存在形式还显得质朴，尽管后起的种种艺术形式在精美雅致上有过之，但汉代艺术却始终有着不可企及的艺术魅力和动人心魄的震撼力量。

到唐代，中国古代社会进入壮年阶段，伟大的时代也造就出才高气厚的伟大艺术家，康有为《万木草堂藏画目》认为“唐画以写形为主，色浓而气厚，用笔多拙”[④]。《御选唐宋诗醇》载郝敬曰:“《秋兴八言》富丽之词，沉浑之气，力扛九鼎，勇夺三军，真大方家如椽之笔……由其材大而气厚，格高而声弘，如万石之钟，不能喁喁细响，河流万里，那得不千里一曲？子美之于诗，兼综条贯，非单丝独竹，一戛一击，可以

① ［明］茅坤．唐宋八大家文钞［A］．（文渊阁）四库全书：卷 97［M/CD］．上海：上海人民出版社，1999.

② ［清］乔忆．剑溪说诗［A］．郭绍虞．清诗话续编［C］．上海：上海古籍出版社，1983：1069.

③ 李泽厚．美的历程［M］．北京：文物出版社，1982：81.

④ ［清］康有为．康有为墨迹选：第 2 册［M］．郑州：中州书画出版社，1978.

论宫商者也。”[①] 在唐代，尤其是中盛唐阶段，确实也出现了一批气厚力拔的作家和作品，但倘以“气厚”来概括整个时代的艺术风貌则有失妥帖。中唐，不仅是唐代，而且是整个中国古代社会的分界点和转折点。自此，中国士大夫的生活环境和生活态度以及随之而来的审美态度、审美趣味，都有了较大的变迁。唐代以前崇尚“力健气厚”，唐以后则视“阴柔细软”为美，排斥阳刚大气日盛。唐以后清以前隶书，非不精工，而枯燥乏味，正是由于少了一种大方之气。有清以来，阳刚大气重新成为艺术主流，书法上北碑之学的大兴便是很好的例证。此时，也有众多论家对“气厚”之论进行了深入细致的探讨，但理论上的倡导并不能从根本上改变家国日衰所带来的作品磅礴雄厚之“气”的萎缩和遁迹。不过清代确实产生了相当数量的可以“气厚”冠之的作品，这也许可以看作一个历经千年的封建社会最终走向末路的又一回光返照吧。

中国古典美学中关于“气厚”的观点不仅有形而上的理论阐释，更难能可贵的是，还有若干见解走向了形而下的层面，对如何达到这种审美状态提出了具体可行的办法。而有关“气厚”的理论话语中既有侧重主体精神意志和艺术风格特色一类，又有侧重作品展开势态和方法技巧的一类。文学是语言的艺术，作为语义的外壳，语音由气激而成，在传达语言符号明确规定之意蕴的同时，还有一种以听觉传感的效果，所以要讲究语音语义的血脉贯通，如果只一味追求奇字怪句，必然影响到作品之“气”的厚度，因此赵翼《瓯北诗话》引魏泰《临汉隐居诗话》批评黄庭坚说：“山谷诗专求古人未使之事，而又一二奇字，缀葺而成诗，自以为工，其实所见之僻也。故句虽新奇，而气乏浑厚。”[②] 刘熙载说的汉碑“气厚”，在笔法上应当饱蘸浓墨、铺毫用笔，这样写出来的点画应当

① ［清］乾隆十五年敕编．御选唐宋诗醇［A］．（文渊阁）四库全书［M/CD］．上海：上海人民出版社，1999.

② ［清］赵翼．瓯北诗话［M］．北京：人民文学出版社，1998：170.

饱满浑厚，有一种广博雄大的气象。画论中清人黄钺则提出“气厚乃苍”的著名主张。从字面上讲，苍是深蓝色，借用到艺术中，苍是指深沉有力的色彩，因此“气厚”之作宜于选取浓墨重彩；同时，要采用粗笔勾勒、挥毫泼墨、一气呵成的笔法，正如清代张谦宜《絸斋诗谈》所云：“古诗写景如写意，山水林木水石，不须细细勾勒，屋宇人物，不须琐琐描画。然须一气磅礴中苍厚浑成，当于此等处会心。”[①]这样才能取得气脉贯通、苍古重厚的艺术效果。

① ［清］张谦宜．絸斋诗谈［A］．郭绍虞．清诗话续编［C］．上海：上海古籍出版社，1983：803．

第四章 “厚”在鉴赏中的审美升华

“味”在中国古典美学中是一个广泛使用的范畴，中国古人觉得解读、欣赏艺术作品的感受，就像尝到令人陶然的美味，于是“味”便与接受者在鉴赏中的感受体会联系起来，“味”也逐渐被用作文艺理论的审美鉴赏范畴。然而，文艺作品品味鉴赏后所谓的美好怡人之味并不是人们常说的“五味”，也不是本义就表示美味的“滋”或“甘”[①]，中国古典美学独拈出“厚”字，把本义指食物味道浓厚纯正的“厚”用来说明在审美接受中“味”的特点，形成了所谓“味厚”的品文论艺的审美鉴赏范畴。

“味厚”本义属于饮食文化范畴，由于人们的类比思维被引入文艺接受领域，成为中国古典美学重要的审美鉴赏范畴之一，其主要还是针对审美客体，即文学艺术作品本身的审美特征和艺术要求而言的。这一说法既符合我们的民族文化传统和民族心理特点，显示了中华民族不同于西方的审美感知方式和审美鉴赏特点，同时也体现出了中国古典接受美学鲜明的民族色彩。

---

① 司空图曾有“美在酸咸之外”、美在“味外之味”的著名论说，被誉为审美的最高境界，但在用词上并没有明确把“味”和任何味道联系在一起。

第一节　从厚味到味厚

一、“厚味”的语义学意义辨析

从古代文字学典籍的记载我们大体可知，“厚”的古字本有两个，即“𣆪”和“𠪋”，“𣆪”与饮食相关，从反“亯”，表示反复蒸煮之后的美味；“𠪋”则从“厂”从“𣆪”，表示山陵和大地的厚度，与“薄”相对[①]。“𠪋”字从“𣆪”，古今学者对此从不同角度给予了探究，虽阐释的角度不尽相同，但一般都认为“𣆪”字是与炊具、饮食相关的。“𣆪”从文字产生演变的角度所表现出来的文化内涵，当是与人类生存发展的历史进程相协调一致的。在文字不断演变的过程中，先起的“𣆪”（今作“𡯁”）逐渐弱化消失，后起的“𠪋”（今作“厚”）取而代之，表示厚薄的“厚”字取代了表示饮食的“𡯁”字，于是味道之“𡯁”也就变成了味道之“厚”。许多古文献保留了“厚”之口食含义的例证，如：

饮食甚厚，声乐甚大，台榭甚高。

（《荀子·王霸第十一》）

子曰：“夫好谏者思其君，食美者念其亲，吾非以馔具之为厚，以其食厚而我思焉。”

（《孔子家语·卷二·致思第八》）

人之生也奚为哉？奚乐哉？为美厚尔，为声色尔……丰屋、美服、

① 详可参见本书第二编第一章。

厚味、姣色，有此四者，何求于外？

（《列子·杨朱第七》）

《荀子》和《孔子家语》中直接把“厚”与饮食、馔具联系在一起,《列子·杨朱第七》载杨朱所说的“美厚”与“厚味”实际上是一个意思，就是指食物的美好滋味。这样，“厚”由原初的指由蒸煮而来的好味道，逐渐扩展为对醇美之味的一种说法，如《太平御览》中曾记载:“鲂也，其为鱼也，薄而厚味。”“甲香，一名流螺，诸螺之中流螺味最厚。”[①]《艺文类聚》载:“安定之梨，皮薄味厚，一岁三花，一枚二升。”[②]都把食物的口味之美形容为“厚”。口味之“厚”也是古代评价酒的重要标准之一，针对酒的品格和等级的不同，酒在称谓上也有极细微的差别，如酒之清者叫酿，浊者叫盎，厚者叫醇，薄者叫醨等。人们经常把好酒、美酒又叫作“厚酒”,《吕氏春秋》中就有“肥肉厚酒”[③]的记载。

“味”是中国古典美学重要范畴之一，原是日常饮食中的一个概念，本属于饮食文化范畴。许慎《说文解字》对“味”本义的解释是：“味，滋味也，从口，未声。”其含义本是具体食物使人的口舌获得的酸、甜、苦、辣、咸、淡、涩等感觉。段玉裁注：“滋，言多也。”由此可见，“味”一开始就是表示多种口舌之感的综合概念。《礼记·礼运》篇云:“饮食男女，人之大欲存焉。”民以食为天，人类自身生存与发展的要求决定了口食之需对人的重要意义，人类对于食物口味的辨别和偏好美味的取向亦是一种本能。有人认为西方文化可以说是男女文化，中国文化则是一种饮食文化。当然，这并不是一种严谨的论断，不过借以说明中西方两种不同

① ［宋］李昉．太平御览［A］．（文渊阁）四库全书：卷 937，982［M/CD］．上海：上海人民出版社，1999.

② ［唐］欧阳询．艺文类聚：卷 72［M］．上海：上海古籍出版社，1982.

③ ［汉］高诱．吕氏春秋［M］．诸子集成本．北京：中华书局，1996：7.

的人生倾向和文化特点还是有一定道理的。

也正是由于中国古人对于食物及其口味之“厚”的异常重视,使得“厚”范畴与“味”范畴之间具有了某种天然的亲缘关系,可以说“厚”为“味”之进入审美鉴赏领域，并最终成为具有中国特色的鉴赏品评范畴作了自然而然但却根深蒂固的扎实铺垫。尔后，当“味”范畴在中国古典美学当中大放异彩之时，又往往返本归源，以“厚”言“味”，“厚”又成为品说文艺作品韵味的重要范畴之一。

二、“味厚”昭示的中国审美特色

从孔子“闻《韶》，三月不知肉味”(《论语·述而》)、晏子说“声亦如味”(《左传·昭公二十年》)开始，“味”已经从自然物质型转化为艺术感受型,艺术审美享受已大大超过了口腹的生理享受。在中国美学史上，经汉、魏晋、六朝文艺美学家们的合力推扬,特别是钟嵘的“滋味说”,“真正地将‘味’由被动的感官接受转化为主动的理性批评的审美心理活动，形成了‘自己接受—创造性的鉴赏—积极的批评—重构期待视野—指导诗歌’再生产这样一个极富开放性的反馈系统，初步确立了我国古代诗歌鉴赏与批评的思维形式和民族特征。”[①] 自此，“味”成为最能概括审美特质的范畴之一，在中国古典美学中的应用和影响也不断扩大。

“厚”从语义起源来说，本来就是指一种醇厚甘美的味觉，于是人们在品文论艺之时，又常常把它们结合起来，如宋人魏庆之《诗人玉屑·蔡伯衲诗评》说刘梦得“诗法则既高，滋味亦厚”[②]，清人贺贻孙在其“厚”范畴的理论组成中单置“味厚”一端，陈廷焯说白石《翠楼吟》“一纵

---

① 赵盛德. 中国古代文学理论名著探索［M］. 南宁：广西师范大学出版社，1989：147.

② ［宋］魏庆之. 诗人玉屑［M］. 北京：中华书局，1959：259.

一操，笔如游龙，意味深厚”，并说王碧山词“品最高，味最厚[①]”，清朝张谦宜《絸斋诗谈》评《赠裴十迪》云“汁清味厚”。

以“厚”言“味”，以“味厚”来形容优秀的文艺作品在被人们欣赏体察时所散发出来的恒远魅力，成为中国古典美学“厚”范畴在接受鉴赏领域中独特内涵的形象表述，同时也从一个角度旁证了中国美学不同于西方世界的审美感知方式和审美特色。中国古代审美意识的特点是以味觉、触觉作为感知的原型，这与西方审美意识以视觉、听觉作为感知方式的依据形成了鲜明的对比。古希腊的哲人希庇阿斯说视觉和听觉所愉悦的东西，应该说是美的东西。由于西方人持一种断裂的宇宙观，认为神圣的价值外在于人和世界而存在，视觉和听觉恰好用于感受外在对象，因此在西方的审美意识中，外在的美学价值决定了外在的感受方式，他们普遍把视觉、听觉作为审美的感受器官和审美感知的原型，如德文中的“美”(schön)字，本义就是指“外观”。季羡林先生也通过对英文“美”(beauty)的语源和中文“美”的字义的考释分析后指出：“西方自古希腊、罗马以来，所谓感官知觉，基本上只限于眼和耳，于是所谓美学也仅限于研究眼观之美和耳听之美。”[②]因此西方艺术总体上倾向于写实（实是外部的）。

与人神悬殊的西方文化相比，中国文化总体上持一种“天人合一”的终极宇宙观，强调人与自然的和谐统一，强调通过人的“内省”而洞察宇宙大化的规律，因此中国艺术在总体上倾向于写意——意来自内部。与西方讲“美”从眼和耳讲起的出发点迥乎不同，中国人讲“美”，是从五官中的舌这一官讲起的。日本学者笠原仲二《古代中国人的美意识》认为中国人最原初的美意识起源于味觉，然后依次扩展到嗅、视、触、

① 屈兴国．白雨斋词话足本校注［M］．济南：齐鲁书社，1983：135，174.

② 季羡林．美学的根本转型［J］．文学评论，1997（5）：6.

听诸觉，又从官能性感受的“五觉”扩展到精神的“心觉”，最后涉及自然界和人类社会的整体，扩展到精神、物质生活中能带来美效应的一切方面。“美”字起源于舌的感觉，它的最初意义就是指味觉官能的悦乐感。[①]他之所以得出如此的结论，主要是依据《说文》中关于“美”字本义的解释而生发的。后汉许慎《说文解字》：“美，甘也，从羊从大。羊在六畜主给膳，与善同意。”[②]“美”的本义是“羊大”，羊在古代与牛、马、猪、犬、鸡的用途不尽一致，它主要是供人食用的。“羊大”则体态丰腴，意味着“甘”；而“甘”在《说文解字》解释为：“甘，美也，从口含一。”[③]段注：“甘者，五味之一，而五味之美皆曰甘。引申之凡好皆谓之美。”[④]也就是说“美”字从“羊”从“大”，本义并不是指对那样的羊的姿态的感受性，而是指肥大的羊的肉对人们来说是“甘”的，是表达“甘”这样的味觉美的感受性。因此，我们以为古代中国人美感的发生，应当是环绕着甘美肥厚之味觉感受而产生的。这表明中国先民生活中的审美追求是以饮食之乐为基础，并由此而发展起来的。当然，味觉之“甘”必须将食物放在口中品尝，因而“美”也包含着触觉的成分在内。

同理，中国人赏文论艺时，仿佛靠的不是视觉或听觉，而是靠味觉的“品”，品人、品诗、品画……都是讲中国艺术特有的鉴赏方法——品味。然而品味后得到所谓的美好怡人之味并不是人们常说的“五味”——酸、甜、苦、辣、咸，也不是本义就表示美味的“滋”或“甘”，中国古典美学独拈出一“厚”字，用之来形容文艺作品所蕴蓄和散发出来的令

① 〔日〕笠原仲二．古代中国人的美意识［M］．魏海常，译．北京：北京大学出版社，1987．

② ［清］段玉裁．说文解字注［M］．上海：上海古籍出版社，1981：146．

③ ［清］段玉裁．说文解字注［M］．上海：上海古籍出版社，1981：202．

④ ［清］段玉裁．说文解字注［M］．上海：上海古籍出版社，1981：146．

人愉悦的心理感受和余香满口的欣赏效果，从而使得“味”作为一种非物质体而深藏于作品中的精神意绪，由原本难以寻绎、感觉和把握，变为比较形象、具体而可感。“味厚”之论昭示着中国古人讲“美”，从一开始就不是把它归结于纯抽象的思辨范畴或理性观念之下，而是注重美的感性的本质特征。它说明，审美意识虽然属于精神范畴，却又不能脱离感性感受，它既是对具体感知的超越，又源于原初的感性感受。“从人类审美意识的历史发展来看，最初对与实用功利和道德上的善不同的美的感受，是和味、声、色所引起的感官上的快适分不开的。其中，味觉的快感在后世虽然不再被归入严格意义的美感之内，但在开始时却同人类审美意识的发展密切相关。”①

此外，以“味厚”言美，也表明中国传统对“美”的认识自古以来便不是禁欲主义的，它充分尊重、肯定人的自然本性和生理欲求，充分包容、赞赏人的感官要求和享乐价值，表现出进步的人本化、人性化特征。当然，中国美学对所谓感官快乐的肯定也并不是提倡纵欲主义，而是通过一系列的社会规范、制度、礼法等去引导、约束和塑造。

第二节　味厚之美学表征

一、含蓄蕴藉

作为中国古典审美范畴的“味”，主要包含两层含义：一是从审美主体的角度出发，主要指欣赏者的审美活动，是对艺术作品的吟赏和体味；二是从审美客体出发，主要指艺术作品本身所具有的审美特征和美感力

---

① 李泽厚．华夏美学［M］．北京：中外文化出版公司，1989：8.

量，即作品的内涵意蕴和情韵的深远醇厚之美。在中国古典美学中，所谓“味厚”的品文论艺的鉴赏标准，其主要还是针对审美客体，即文学艺术作品本身的审美特征和艺术要求而言的。

黑格尔在其《美学》全书序言中曾说：“艺术的显现通过它本身而指引到它本身以外。”[①]冯友兰先生在谈到中国艺术的特点时曾说：“富于暗示，而不是明晰得一览无遗，是一切中国艺术的理想，诗歌、绘画以及其他无不如此。”[②]正是由于中国艺术讲究暗示性、讲究包蕴，因此对于文学艺术，中国传统的欣赏习惯，最注重得意于言外（形外），喜欢那些“意犹未尽”“回味无穷”的文学艺术作品。中国古典美学关于“味厚”的观点，要求艺术作品不能像一洼清水那样一览无余，而是要表达者委婉含蓄、曲折朦胧地表现作品的意蕴，引人去体会、寻味，使欣赏者通过想象和联想领悟到更为丰富的内涵和情感力量，并收到耐人咀嚼、醇浓深厚、余味悠长的艺术效果。

“含蓄”指包容、隐藏，即是以委婉之文辞道出诗中之主旨，避开一语道破之坦率，让读者去体会言外之意。“蕴藉”即宽博有余，为用隐喻之笔法，表达心中之所求。“含蓄蕴藉”，从文化角度看，是中国文化传统之所尚；从创作角度看，作为一种最基本的创作手法与艺术表现的方式，可以追溯到《诗经》中的比兴和《楚辞》“美人香草”的象征手法。古人在创作实践中，早就注意到蕴藉含蓄对于诗歌的重要性。刘勰《文心雕龙·隐秀》篇云：“酝藉者蓄隐而意愉”“深文隐蔚，余味曲包”。[③]其所标举的“隐”之美就是含蓄之美。唐代以后，人们就把“言有尽而意无穷”[④]作为艺术追求的目标，含蓄成为艺术功力的体现。宋代梅尧臣说诗要“含

① 〔德〕黑格尔．美学［M］．北京：人民文学出版社，1979．
② 冯友兰．中国哲学简史［M］．北京：北京大学出版社，1996：11．
③ 周振甫．文心雕龙注释［M］．北京：人民文学出版社，1998：431-432．
④ 郭绍虞．沧浪诗话校释［M］．人民文学出版社，1961：24．

不尽之意，见于言外”[1]，姜夔说“语贵含蓄”[2]，即使被视为豪放的辛派词人，也多有芳草美人寄旨遥深之作。此外，清人沈祥龙《论词随笔》云：“含蓄无穷，词之要诀。含蓄者，意不浅露，语不穷尽，句中有余味，篇中有余意，其妙不外寄言而已。”[3]画论中董其昌赞李成的“惜墨如金”[4]、王夫之引用论画者所云的“咫尺有万里之势”[5]等也表明了古代画论中相近的艺术主张。

从美学渊源上看，老子推崇“大音希声，大象无形”，庄子主张“至乐无乐”，这是美的辩证法，是艺术规律的集中体现，他们很自然地启发人们注重和追求艺术作品“言外之意”的含蕴深厚美。

此外，中国人传统思维模式的感悟性、整体性特征，以及中国语言文字本身所具有的多义性、模糊性特点，也在客观上促成了中国美学含蓄传统的生成。对此，钱钟书先生在比较中国与西方文学美学的不同风貌、格调时曾说：“和西洋诗相形之下，中国旧诗大体上显得情感不奔放，说话不唠叨，嗓门儿不提得那么高，力气不使得那么狠，颜色不着得那么浓。在中国诗里算是‘浪漫’的，和西洋诗相形之下，仍然是‘古典’的；在中国诗里算是痛快的，比起西洋诗，仍然不失为含蓄的。我们以为词华够鲜艳了，看惯了纷红骇绿的他们还欣赏它的素淡；我们以为‘直恁响喉咙’了，听惯大声高唱的他们只觉得是低言软语。”[6]

含蓄蕴藉于作者而言，能让有限的篇幅，容纳无限的内涵；于作品

① ［宋］欧阳修．六一诗话［M］．北京：人民文学出版社，1962：9．

② ［宋］姜夔．白石诗说［M］．北京：人民文学出版社，1962：30．

③ ［清］沈祥龙．论词随笔［A］．张璋．历代词话［C］．郑州：大象出版社，2002：1848．

④ ［明］董其昌．画禅室随笔［A］．周积寅．中国画论辑要［C］．南京：江苏美术出版社，1985：480．

⑤ ［明］王夫之．姜斋诗话［M］．北京：人民文学出版社，1998：161．

⑥ 钱钟书．七缀集［M］．上海：上海古籍出版社，1985：16．

而言，令其本身具有一种意蕴深厚美；于接受者而言，则往往启人联想，产生一种绵绵不绝的审美情感体验。对此清人贺贻孙更有较为深入的论述，其云：“厚之一言，可蔽《风》《雅》。”①将诗歌的总体美学风格归之于“厚”。又云：“夫诗中之厚，皆从蕴藉而出。”②“蕴藉”是要求诗人的情感应包含在作品所创造的形象和意象之中，要能启人联想，令人玩味、思索。他更以李、杜诗和韩、苏文为例，生动地描摹了蕴藉含蓄的作品所带给人的醇厚悠长的不尽之味：

> 李杜诗、韩苏文，但诵一二首，似可学而至焉。试更诵数十首，方觉其妙。诵及全集，愈多愈妙。反复朗诵至数十百过，口颔涎流，滋味无穷，咀嚼不尽。乃至自少至老，诵之不辍，其境愈熟，其味愈长。后代名家诗文，偶取数首诵之，非不赏心惬目，及诵全集，则渐令人厌，又使人不欲再诵。此则古今人厚薄之别也。
>
> （《诗筏》）

古代汉语中的蕴藉深衷、委婉曲尽、耐人玩味等可以说无不与含蓄相关。越是优秀的艺术作品，越是言短意长、语近情遥。欣赏者越是不断地品味咀嚼以至“口颔涎流”，便越是深感其无穷无尽、愈品愈长的绵延醇厚之味，从而得到无限丰富的旨趣和意蕴。中国古人不喜欢和盘托出的艺术表现，鄙薄一旦展示终了影响力也随即消失的作品，赞赏朦胧的具有启示性的艺术传达，认为它们能够触发和左右观照者的情感活动和心理趋向，因此也特别垂青和眷顾那些韵味浓厚、发人深思的艺术

---

① ［清］贺贻孙．诗筏［A］．郭绍虞．清诗话续编［C］．上海：上海古籍出版社，1983：136.

② ［清］贺贻孙．诗筏［A］．郭绍虞．清诗话续编［C］．上海：上海古籍出版社，1983：158.

作品。

二、余味绵长

清人厉志《白华山人诗说》引东坡云："读少陵诗，要知诗外尚有事在，如此方觉其味之厚。"[①] 陈廷焯云："言近旨远，其味乃厚。"[②] 为什么"味厚"之诗有如此感人的艺术力量？因为诗、词的语言是有限的，中国古代文学艺术一向有"以象传意"的传统，讲究于有限的意象内蕴含一种深沉无限的意，表达的有限性和意味的无限性，为接受者欣赏文艺作品留下了想象和回旋的余地，吟咏完毕，尚觉有数十行不尽之意，回味无穷，心生感动。因此，这种令人品味不尽、余味无穷的悠远深沉之美，是中国古典美学中"味厚"之美的另一重要特征。

贺贻孙用中国古典美学范畴的"味"来汇入他的"厚"范畴体系，他认为作品能不能具有所谓的"味厚"的审美特征，主要还是在于审美对象本身是否能让审美主体体会到隽永深厚的审美愉悦。他说：

> 诗有极寻常语，以作发句无味，倒用作结方妙者。如郑谷《淮上与友人别》诗云："扬子江头杨柳春，杨花愁杀渡江人。数声风笛离亭晚，君向潇湘我向秦。"盖题中正意，只"君向潇湘我向秦"七字而已，若开头便说，则浅直无味，此却倒用作结，悠然情深，令读者低徊流连，觉尚有数十句在后未竟者。
>
> （《诗筏》）

---

① ［清］厉志．白华山人诗说［A］．郭绍虞．清诗话续编［C］．上海：上海古籍出版社，1983：2285.

② 屈兴国．白雨斋词话足本校注［M］．济南：齐鲁书社，1983：770.

贺氏的“有味”与“无味”是指读者能够从诗中体会到那“悠然情深”“低徊流连”的无穷韵味。只有品读这样的作品，读者才能觉得总还有许多没有讲完、讲透的东西，于是反复咀嚼、悉心体味，不断寻绎个中滋味，产生一种浓厚悠长、愈品愈深的艺术效果，从而不断得到身心满足的审美愉悦和精神享受，这就是“味厚”。

陈廷焯在提及最喜爱的樊榭[①]《谒金门》时曾说：“中有怨情，意味便厚。”[②]这在一定程度上道出了中国文学作品之所以具有悠然情深的“味厚”特征的根源。《诗大序》云：“情动于中而形于言，言之不足，故嗟叹之，嗟叹之不足，故永歌之，永歌之不足，不知手之舞之，足之蹈之也。”又云：“故变风发乎情……发乎情，民之性也。”[③]《礼记·乐记》云：“凡音者，生人心者也。情动于中，故形于声，声成文，谓之音。”《文心雕龙·明诗》篇云：“人禀七情，应物斯感，感物吟志，莫非自然。”古人讲，“情”之一字，所以维持世界。作为“民之性”，它是人的内心情感的抒发，也是人的天然本性的表现。所有的艺术创作，都离不开“情”字，一个艺术家内心情感的涌动，势必从其艺术作品中得到印证。从这样的观念出发，中国艺术较西方艺术而言，表现出了明显的抒情性特征，在文学方面尤其突出。“愤怒出诗人”，这恐怕是一个普遍的艺术规律，但在古代中国文人那里，“发愤著书”“不平则鸣”者多矣，但真正“愤怒”的作品则寡矣。在“中庸”思想以及儒家“温柔敦厚”的诗教观念影响下，隆尚温厚和谐、含蓄蕴藉成为中国古代重要的抒情原则。中国诗歌自《诗经》始就有“怨刺”的传统，但古人以为，以怨恨和愤怒之情入诗，则有伤大雅，而是要求“怨而不怒”，这样诗人心中郁结的幽怨愤懑之情便

---

① 樊榭，清代诗人、词人，字太鸿，又字雄飞，号樊榭、南湖花隐等。

② 屈兴国．白雨斋词话足本校注［M］．济南：齐鲁书社，1983：371．

③ ［汉］郑玄笺，［唐］孔颖达疏．毛诗正义［M］．十三经注疏本．北京：中华书局，1990：15，19．

不能以排山倒海之势倾泻无余，而是似有若无、欲语还休。《白雨斋词话》评王碧山[①]词："品最高，味最厚。"正是因为，作者以"感时伤世之言，而出以缠绵忠爱。"[②]用委婉、温和、曲折的方式来表现思想感情，使其作品具有沉郁之致，从而使读者在阅读欣赏时不能像喝白开水那样一饮而尽，而应如品茶，愈品愈浓，愈品愈醇，愈品愈厚，呈现出沉厚致远、悠深绵长的美学特征。

"厚"，乃深厚、深沉，它得于强烈深沉之感情，是艺术家深邃重厚的生命体味和内心感受的情感表达。受传统儒学济世思想的影响，中国古典美学注重讽谏哀怨的社稷之情，但也并不否定那些表达个人至深情感的自我之情。如元好问《摸鱼儿》二首，特别是起句："问莲根，有丝多少，莲心知为谁苦""问世间，情为何物？直教生死相许。"作者虽然是以情入诗，但是并不直言，而是以疑问的方式发端，凸显了情的无可尽吐、无可明言，读之令人低徊欲绝。千百年来这首作品一直被吟咏讽诵，在不同的人生阶段和人生里程中，人们都会对其有不同的体味和理解，味道浑厚，涵泳不尽。

我们主要以文学为例说明了"味厚"之作所具有的主要美学特征，尽管书法、绘画等艺术形式在表达手段和方式上与文学有着千差万别，但在生动传达人类情感上几者并无二致。书论和画论批评中也常用"味厚"来形容和评价优秀的作品，如清人张维屏《松轩随笔》赞刘墉书法："刘文清书，初从赵松雪入，中年后乃自成一家，貌丰骨劲，味厚深藏。"清人张庚《国朝画征录》记载王原祁[③]话云："山水用笔须毛。毛字从来论

① 王碧山，即王沂孙，南宋词人，著有词集《碧山乐府》。他与周密、张炎、蒋捷并称"宋末词坛四大家"。

② 屈兴国．白雨斋词话足本校注［M］．济南：齐鲁书社，1983：174.

③ 王源祁，清代杰出画家。

画者未之及，盖毛则气古而味厚。”各种优秀的艺术作品均能触发欣赏者绵绵不断的审美情感体验，予人以韵味沉厚、涵泳不尽的审美享受。

结　语

美学范畴是人类对美的认识的结晶，它以感性经验为对象，以对客体的辩证思维为特色。对它的研究，不仅能够尽可能地排除各种历史因素的干扰，最大限度地以纯净化的逻辑形式再现古代艺术家、美学家的认识发展过程，还能凝合不同时空中古代中国人的审美观念和认识，从中剖析出一些具有普遍性和规律性的东西，在一定意义上也反映了一个民族、一种文化在审美结构上的特质。因此，以审美范畴为切入点进行美学研究，有着学理上的内在必然性。

美学范畴是历史的产物，它兼有稳定性和变易性的特点。随着时代环境与创作实际的发展与变化，美学范畴有一个不断充实、完善或改造、更新的过程。它是美学发展史上的一座座界碑，显现出各个历史时期人们对“美”所能达到的认识深度，成为整个民族美学发展史的缩影。对美学范畴的分析探讨往往能够借此一斑以窥全豹，为了解和研究整个民族美学发展史提供新的视角和例证，因此，对之做全面深入的研究，无疑具有很重要的意义。

美学“厚”范畴作为中国古典美学范畴集合中的一分子，其历史发展绵绵达数千年之久，在这一漫长的发展过程中，不同艺术理想和美学追求的人都有对它的提倡和探讨，为它的充实与成熟做出各自独到的理论贡献。就逻辑指向而言，“厚”范畴无疑应是针对文学艺术作品的风格表现而来的，但就其本质而言，它又不仅仅止步于此。这在我们考察其在范畴层次及范畴体系中的位置时，更是凸显了出来。

中国古典美学范畴连锁展开，衍展成序，成为一个可以运作的动态系统，那么就各个范畴考察，必有前后和主次的区别。在各自成序的范畴集团中，有延展和衍生能力的核心范畴或称基始范畴，其在范畴集团中所起的作用是巨大的、根本性的，甚至足以觇知整个传统文艺创作和美学理论的某些本质特点，这样的范畴我们称为“元范畴”。基于文艺创作和美学理论的实际考察，很难有一个总的范畴可以涵括和指涉一切问题，相比之下“道”“气”“兴”“象”“和”等范畴，包涵了古人对天人关系比较早而且深刻的理解和摸索，其所涉及的问题几乎涵盖了传统文艺创作最主要的方面，指涉力和衍生力极强，它们高居于其他众多概念、范畴的上端，它们被称为中国古典美学所谓的“元范畴”。另外，还有一些范畴，诸如“风骨”“韵味”“意境”“刚柔”“形神”等，虽然对文学艺术发展不具有深远的制约和规范作用，不能够确立为古典美学范畴网络的逻辑起点和理论基元，但它们自产生之始便对文艺创作实践具有很大的指导和影响作用，在美学发展过程中占据重要的地位，它们构成了中国古典美学的“主干范畴”（或“核心范畴”）。如果我们把美学“厚”范畴与上述中国古典美学范畴的层次加以比对，显然“厚”范畴不能跻身于“元范畴”和“主干范畴”之列，其在整个中国古典美学的层次序列中，当属于第三层或以下的“从属范畴”（或“衍生范畴”）。

古代中国人因受语言、文化和思维习惯的影响，很少像西方哲人那样对客观事物作抽象的分析和演绎；古典美学家在用概念、范畴固定和网络自己对客观对象的认识时，通常以辩证逻辑为依据，通过意会和体情，达到对其特性的系统说明，因此中国古典美学论著大多为一种感性的、经验形态的描述，不像西人论著那样弥漫和洋溢着鲜明的体系特征。对于中国古典美学范畴之有无逻辑体系的问题，研究者尚持有不同的观点，但“潜体系”——即范畴之间存在有机联系，范畴总体虽然没有显在的体系，却可以探索出潜在体系——的说法，得到了越来越多人的认可。概言之，这个“潜体系”由“道”“气”“心”“物”等构成本原性范畴系统，由“兴”“感”“神思”“才”“法”等构成创作论范畴系统，由“中和”“生动”“自然”“含蓄”“雅正”“遒丽”等构成风格论范畴系统，由“品”“味”“知音”“圆照”“心解”等构成批评和鉴赏论范畴系统。我们把上述中国古典美学范畴的“潜体系”细化和展开，美学“厚”范畴显然不能归入高居整个体系的上端。它上承“气”“和”等元范畴，联结“神思”“意”“味”等具有重要意义的上位范畴，由笔力、笔法、墨色、线条、声韵的追求，形成一种含蓄、自然、真朴、深厚的艺术特征，所以美学“厚”范畴就其直接表象和主要特征而言，当与揭示作品风格的范畴相类近。

从“厚”范畴在整个中国古典美学网络体系中的层次和位置看来，它当是一个偏向于风格论的“衍生范畴”。就其发展的历史实际看，虽然早在先秦时代既已萌芽出现，但它的真正成熟和发生一定作用应是在明末清初以来。然而，即便如此，亦不能说它成为中国古典美学范畴集团中的核心成员，客观地讲，它自始至终也只是整个集团中的一个配角而已，因此，在以往的研究中它没有能够吸引住更多研究者的目光就不足为奇。然而着实让人惊奇的是，麻雀虽小而五脏俱全，美学“厚”范畴可谓厚积而薄发，在历经千年的平淡之后，其从明末被钟惺和谭元春明确提出，到晚清的较为成熟，它用几百年的时间达到了很多其他美学范畴所难以想象和企及的理论维度，甚至是处于范畴体系上端顶层的某些元范畴，也难以与之媲美。

由于中国古典美学范畴有多跨类别存在的特殊性，比如“兴”之见于古代艺术创作论，如“比兴”“发兴”，又见于传统艺术功能论，如儒家所谓“兴观群怨”；“气”之见于艺术创作发生论，如“静气”“养气”，又见于文学艺术作品论，如“气象”“气韵”；等等。这种跨类别的出现，表明了它们因具有某种本原性、基始性，而特别能协合整个范畴体系，从而确立了它们在整个范畴群中的地位。就美学“厚”范畴在范畴体系中的位置而言，它当是一个理论张力较为有限的范畴，但是我们发现，它从容地跨越了古代传统艺术中的主体修养论、艺术功能论、艺术创作论、作品风格论和批评鉴赏论等多个领域，表现出了惊人的基始性和指涉力。并且以之为中心，在它的周围，形成了一个意脉相连的子范畴群，如“拙厚”“浑厚”“温厚”“柔厚”“雄厚”“和厚”“忠厚”“厚实”“厚重”“厚密”等等。因此，我们认为美学“厚”范畴是一个层次不高，位置不显赫，但又使我们不得不对其刮目相看的中国古典美学之重要范畴。

千年的厚积为美学“厚”范畴储备起了劲厚的动力，当古代文化中的相当部分已经作为一种“遗产”逐渐被人们封存、瞻仰甚至遗忘的时候，美学“厚”范畴却伴随着明清、民国、新中国、新世纪的历史车轮一路走来，当“道”“气”“风骨”“意象”等曾经在中国古典美学史上光芒四射的美学范畴，越来越成为圈中少数人能够沟通交流的奥涩话语时，美学“厚”范畴却日益地走向大众、走向更广阔的美学应用空间，无论是说人品德的“宽厚”，还是说个人学力涵养的“深厚”，无论说作家艺术创作中力量的“宏厚”，还是说作品思想内容的“重厚”，抑或无论说艺术家精神荡气的“雄厚”，还是说阅读评赏中韵味的“丰厚”，美学“厚”一直生活在你我之间，与我们结伴相行。

参考书目

一、子书、经书类

［战国］商鞅：《商君书》，上海：上海人民出版社，1974。

［汉］高诱：《淮南子》（诸子集成本），北京：中华书局，1996。

［汉］贾谊：《新书》，上海：上海古籍出版社，1989。

［汉］扬雄：《扬子法言》（诸子集成本），北京：中华书局，1996。

［汉］王充：《论衡》，上海：上海人民出版社，1974。

［汉］高诱：《吕氏春秋》（诸子集成本），北京：中华书局，1996。

［魏］王肃：《孔子家语》（影印明覆宋刊本），上海：上海古籍出版社，1990。

［魏］何晏注、［宋］邢昺疏：《论语注疏》（十三经注疏本），北京：中华书局，1980。

［汉］郑玄笺、［唐］孔颖达疏：《礼记正义》（十三经注疏本），北京：中华书局，1980。

［汉］郑玄笺、［唐］孔颖达疏：《毛诗正义》（十三经注疏本），北京：中华书局，1990。

［唐］李鼎祚：《周易集解》，北京：中国书店，1984。

［晋］司马彪：《庄子注》，北京：中华书局，1991。

［晋］张湛：《列子注》（诸子集成本），北京：中华书局，1996。

［晋］王弼：《老子注》（诸子集成本），北京：中华书局，1996。

［清］刘宾楠：《论语正义》（诸子集成本），北京：中华书局，1996。

［清］焦循：《孟子正义》（诸子集成本），北京：中华书局，1996。

［清］王先谦：《荀子集解》（诸子集成本），北京：中华书局，1996。

［清］郭庆藩：《庄子集释》（诸子集成本），北京：中华书局，1996。

［清］王先谦：《庄子集解》（诸子集成本），北京：中华书局，1996。

［清］孙诒让：《墨子闲诂》（诸子集成本），北京：中华书局，1996。

［清］戴望：《管子校正》（诸子集成本），北京：中华书局，1996。

［清］陈立：《白虎通义疏证》，北京：中华书局，1994。

高亨：《重订老子正诂》，北京：古籍出版社，1957。

王世舜：《尚书译注》，成都：四川人民出版社，1982。

杨柳桥《庄子译诂》，上海：上海古籍出版社，1991。

张松如《老子说解》，济南：齐鲁书社，1998。

二、类书、文集类

［唐］徐坚：《初学记》，北京：中华书局，1962。

［唐］欧阳询：《艺文类聚》，上海：上海古籍出版社，1982。

［宋］李昉：《太平御览》（文渊阁《四库全书》电子版），上海：上海人民出版社，1999。

［宋］周邦彦撰、［宋］陈元龙集注：《详注周美成词片玉集》（中华再造善本），北京：北京图书馆出版社，2004。

[明] 钟惺、谭元春 :《诗归》，武汉 : 湖北人民出版社，1985。
[明] 钟惺 :《隐秀轩集》，上海 : 上海古籍出版社，1992。
[明] 谭元春 :《鹄湾文草》，长沙 : 岳麓书社，1988。
[明] 谭元春 :《谭元春集》，上海 : 上海古籍出版社，1998。
[清] 张惠言 :《词选》，北京 : 中华书局，1957。
[清] 周济 :《宋四家词选》，上海 : 古典文学出版社，1958。
[清] 黄宗羲 :《南雷文定》，上海，商务印书馆，1936。
[清] 钱谦益 :《牧斋有学集》，上海 : 上海古籍出版社，1996。
[清] 程廷祚 :《青溪集》，合肥 : 黄山书社，2004。
[清] 袁枚 :《袁枚全集》，南京 : 江苏古籍出版社，1993。
[清] 梁启超 :《饮冰室文集》，北京 : 中华书局，1989。
[清] 永瑢等 :《四库全书总目》，北京 : 中华书局，1995。

三、诗话、词话类

[宋] 姜夔 :《白石诗说》，北京 : 人民文学出版社，1962。
[宋] 欧阳修 :《六一诗话》，北京 : 人民文学出版社，1962。
[宋] 朱熹 :《诗集传》，长沙 : 岳麓书社，1994。
[宋] 魏庆之 :《诗人玉屑》，北京 : 中华书局，1959。
[元] 元好问 :《论诗三十首小笺》，北京 : 人民文学出版社，1998。
[明] 胡应麟 :《诗薮》，北京 : 人民文学出版社，1958。
[明] 谢榛 :《四溟诗话》，北京 : 人民文学出版社，1998。
[明] 王夫之 :《姜斋诗话》，北京 : 人民文学出版社，1998。
[清] 何文焕 :《历代诗话》，北京 : 中华书局，1981。
[清] 袁枚 :《随园诗话》，北京 : 人民文学出版社，1960。

［清］薛雪 :《一瓢诗话》，北京 : 人民文学出版社，1979。

［清］沈德潜 :《说诗晬语》，北京 : 人民文学出版社，1979。

［清］叶燮 :《原诗》，北京 : 人民文学出版社，1979。

［清］翁方纲 :《石洲诗话》，北京 : 人民文学出版社，2001。

［清］吴乔 :《围炉诗话》，上海 : 上海古籍出版社，1983。

［清］李调元 :《雨村诗话》，上海 : 上海古籍出版社，1983。

［清］余成教 :《石园诗话》，上海 : 上海古籍出版社，1983。

［清］贺贻孙 :《诗筏》，上海 : 上海古籍出版社，1983。

［清］潘德舆 :《养一斋诗话》，上海 : 上海古籍出版社，1983。

［清］朱庭珍 :《筱园诗话》，上海 : 上海古籍出版社，1983。

［清］刘熙载 :《艺概》，北京 : 人民文学出版社，1978。

［清］梁启超 :《饮冰室诗话》，北京 : 人民文学出版社，1998。

［清］周济 :《介存斋论词杂著》，北京 : 人民文学出版社，1998。

［清］沈雄 :《古今词话》，上海 : 上海书店，1987。

［清］况周颐 :《蕙风词话》，北京 : 人民文学出版社，1960。

［清］况周颐 :《历代词人考略》，北京 : 全国图书馆文献缩微复制中心，2003。

郭绍虞 :《沧浪诗话校释》，北京 : 人民文学出版社，1961。

郭绍虞 :《诗品集解》，北京 : 人民文学出版社，1963。

郭绍虞 :《清诗话续编》，上海 : 上海古籍出版社，1983。

屈兴国 :《白雨斋词话足本校注》，济南 : 齐鲁书社，1983。

屈兴国 :《蕙风词话辑注》，南昌 : 江西人民出版社，2000。

蔡桢 :《词源疏证》，北京 : 中国书店出版社，1985。

周振甫 :《文心雕龙注释》，北京 : 人民文学出版社，1998。

李壮鹰 :《诗式校注》，北京 : 人民文学出版社，2003。

张璋：《历代词话》，郑州：大象出版社，2002。

四、文化、思想类

[汉]司马迁：《史记》，北京：中华书局，1997。

[汉]班固：《汉书》，北京：中华书局（排印本），1962。

[南朝]范晔：《后汉书》，北京：团结出版社，1996。

[南朝]萧子显：《南齐书》，北京：中华书局，2000。

[唐]房玄龄：《晋书》，北京：中华书局，2000。

[宋]魏太：《东轩笔录》，北京：中华书局，1983。

[清]张廷玉等撰：《明史》，北京：中华书局，2000。

〔英〕汤因比：《历史研究》，上海：上海人民出版社，1966。

〔英〕李约瑟：《中国科学技术史》，北京：科学出版社，1978。

〔英〕卡纳：《性崇拜》，长沙：湖南文艺出版社，1988。

〔英〕比尼恩：《亚洲艺术中人的精神》，沈阳：辽宁人民出版社，1988。

甘阳编：《文化——中国与世界》，北京：生活·读书·新知三联书店，1987。

韦政通：《儒家与现代中国》，上海：上海人民出版社，1990。

钱穆：《中国文化史导论》，上海：三联书店，1988。

钱穆：《历史与文化论丛》，台北：联经出版事业公司，1998。

蒋凡：《周易演说》，长沙：湖南文艺出版社，1999。

韩进廉：《无奈的追寻——清代文人的心理透视》，保定：河北大学出版社，2001。

中国大百科全书考古学编辑委员会：《中国大百科全书·考古学卷》，北京：中国大百科全书出版社，1986。

刘梦溪主编、梁启超著：《中国现代学术经典·梁启超卷》，石家庄：河北教育出版社，1996。

杨文骐：《中国饮食文化和食品工业发展简史》，北京：中国展望出版社，1983。

向春阶、张耀南、陈金芳编著：《酒文化》，北京：中国经济出版社，1995。

林超：《杯里春秋——酒文化漫话》，广州：花城出版社，1992。

〔德〕黑格尔：《历史哲学》，北京：商务印书馆，1963。

〔德〕恩格斯：《自然辩证法》，北京：人民出版社，1955。

〔德〕恩格斯：《反杜林论》，北京：人民出版社，1972。

〔德〕马克思、恩格斯：《马克思恩格斯选集》（第4卷），北京：人民出版社，1972。

〔苏〕列宁：《哲学笔记》，北京：中共中央马克思恩格斯列宁斯大林著作编译局，1957。

〔法〕丹纳：《艺术哲学》，北京：人民文学出版社，1963。

冯友兰：《中国哲学简史》，北京：北京大学出版社，1985。

牟宗三：《中国哲学十九讲》，上海：上海古籍出版社，1997。

牟宗三：《道德理想主义的重建》，北京：中国广播电视出版社，1992。

李泽厚：《中国古代思想史论》，天津：天津社会科学院出版社，2003。

五、美学、批评类

〔俄〕普列汉诺夫：《论艺术》，北京：生活·读书·新知三联书店，1964。

〔法〕罗丹：《罗丹艺术论》，北京：人民美术出版社，1979。

〔苏〕卡冈：《美学和系统方法》，北京：中国文联出版公司，1985。

〔美〕阿恩海姆：《艺术与视知觉》，北京：中国社会科学出版社，1984。

〔美〕韦勒克·沃伦：《文学理论》，北京：生活·读书·新知三联书店，1984。

〔美〕M.H. 艾布拉姆斯：《镜与灯——浪漫主义文论及批评传统》，北京：北京大学出版社，1989。

〔日〕笠原仲二：《古代中国人的美意识》，北京：北京大学出版社，1987。

曹葆华译：《普列汉诺夫美学论文集》，北京：人民出版社，1983。

朱自清：《朱自清古典文学论文集》，上海：上海古籍出版社，1980。

朱自清：《朱自清说诗》，上海：上海古籍出版社，1999。

钱钟书：《七缀集》，上海：上海古籍出版社，1985。

李泽厚：《美的历程》，北京：文物出版社，1982。

李泽厚：《中国美学史》，北京：中国社会科学出版社，1984。

李泽厚：《华夏美学》，北京：中外文化出版公司，1989。

宗白华：《艺境》，北京：北京大学出版社，1989。

宗白华：《美学散步》，上海：上海人民出版社，1982。

徐复观：《中国艺术精神》，沈阳：春风文艺出版社，1987。

徐复观：《中国文学精神》，上海：上海书店出版社，2004。

皮朝刚：《中国古代文艺学概要》，成都：四川社会科学院出版社，1986。

袁济喜：《六朝美学》，北京：北京大学出版社，1992。

周振甫：《〈谈艺录〉读本》，上海：上海教育出版社，1992。

张国庆：《中国古典美学要题新论》，北京：中国社会科学出版社，1994。

陈望衡：《中国古典美学史》，长沙：湖南教育出版社，1998。

成复旺：《中国美学范畴辞典》，北京：人民大学出版社，1995。

成复旺：《中国古代的人学与美学》，北京：中国人民大学出版社，1998。

吴功正：《中国文学美学》，南京：江苏教育出版社，2001。

赵宪章：《文艺美学方法论问题》，广州：暨南大学出版社，2002。

张晶：《审美之思》，北京：北京广播学院出版社，2002。

施惟达：《中古风度》，北京：中国社会科学出版社，2002。

仪平策：《中国美学文化阐释》，北京：首都师范大学出版社，2003。

史鸿文：《中国艺术美学》，郑州：中州古籍出版社，2003。

刘方：《中国美学的基本精神及其现代意义》，成都：巴蜀书社，2003。

敏泽：《中国美学思想史》，长沙：湖南教育出版社，2004。

张毅：《儒家文艺美学》，天津：南开大学出版社，2004。

黄秉生：《民族生态审美学》，北京：民族出版社，2004。

李天道：《中国美学之雅俗精神》，北京：中华书局，2004。

童庆炳：《文学理论教程》，北京：高等教育出版社，2000。

李胜利：《艺术概论》，北京：中国传媒大学出版社，2005。

彭吉象：《艺术学概论》，北京：北京大学出版社，2005。

成复旺：《中国文学理论史》，北京：北京出版社，1987。

王运熙：《中国古代文论管窥》，济南：齐鲁书社，1987。

王运熙：《中国文学批评通史》，上海：上海古籍出版社，1996。

赵盛德：《中国古代文学理论名著探索》，南宁：广西师范大学出版社，1989。

蒋凡：《中国古代文论教程》，北京：中国书籍出版社，1994。

张少康：《中国文学理论批评史教程》，北京：北京大学出版社，1999。

何达安：《诗学概要》，长沙：商务印书馆，1938。

〔美〕刘若愚：《中国诗学》，武汉：长江文艺出版社，1991。

陈良运：《中国诗学批评史》，南昌：江西人民出版社，2001。

陈伯海：《严羽和沧浪诗话》，上海：上海古籍出版社，1987。

胡晓明：《中国诗学之精神》，南昌：江西人民出版社，2001。

吴兆路：《性灵派研究》，兰州：甘肃教育出版社，2001。

石玲：《袁枚诗论》，济南：齐鲁书社，2003。

唐圭璋：《词学论丛》，上海：上海古籍出版社，1986。

方智范：《中国词学批评史》，北京：中国社会科学出版社，1994。

叶嘉莹：《清词丛论》，石家庄：河北教育出版社，1997。

孙克强：《清代词学》，北京：中国社会科学出版社，2004。

曾祖荫：《中国古典美学范畴》，武汉：华中理工大学出版社，1986。

皮朝刚：《中国古代文艺美学概要》，成都：四川社会科学院出版社，1986。

张海明：《经与纬的交结——中国古代文艺学范畴论要》，昆明：云南人民出版社，1994。

陈竹：《中国古代艺术范畴体系》，武汉：华中师范大学出版社，2003。

汪涌豪：《范畴论》，上海：复旦大学出版社，1999。

汪涌豪：《风骨的意味》，南昌：百花洲文艺出版社，2001。

汪涌豪：《当代视界中的文论传统》，沈阳：沈阳出版社，2003。

汪涌豪：《中国文学批评范畴及体系》，上海：复旦大学出版社，2007。

詹福瑞：《中古文学理论范畴》，保定：河北大学出版社，2000。

王宜文、路春艳编：《美苑咀华——中国古典美学范畴集粹》，北京：北京师范大学出版社，2006。

〔美〕爱门森：《清空的浑厚》，上海：上海文艺出版社，1997。

涂光社：《中国古典美学范畴发生论》，北京：人民教育出版社，1999。

涂光社：《因动成势》，南昌：百花洲文艺出版社，2001。

涂光社：《原创在气》，南昌：百花洲文艺出版社，2001。

袁济喜：《和——审美理想之维》，南昌：百花洲文艺出版社，2001。

曹顺庆：《雄浑与沉郁》，南昌：百花洲文艺出版社，2001。

胡雪冈：《意象范畴的流变》，南昌：百花洲文艺出版社，2002。

夏昭炎：《意境概说》，北京：北京广播学院出版社，2003。

王建疆：《修养·境界·审美》，北京：中国社会科学出版社，2003。

第环宁等：《中国古典文艺美学范畴辑论》，北京：民族出版社，2009。

刘文忠：《温柔敦厚与中国诗学》，上海：上海古籍出版社，2016。

六、语言、文学类

[汉] 许慎：《说文解字》，北京：中国书店（影印本），1989。

[清] 段玉裁：《说文解字注》，上海：上海古籍出版社，1981。

[清] 王筠：《说文句读》，北京：中国书店，1983。

周万春：《汉字部首例解》，北京：知识出版社，1991。

祝孝先：《汉字溯源》，北京：中国书籍出版社，2003。

叶柏来：《解字说文》，广州：华南理工大学出版社，2005。

汤可敬：《说文解字今释》，长沙：岳麓书社，2002。

宋易麟：《说文解字今注》，南昌：江西教育出版社，2004。

郭预衡：《中国古代文学史长编》，北京：首都师范大学出版社，1996。

郭预衡：《中国古代文学作品选》，上海：上海古籍出版社，2004。

章培恒：《中国文学史》，上海：复旦大学出版社，1999。

孙望：《宋代文学史》，北京：人民文学出版社，1996。

杨家骆：《历代诗史长编》（第21种），台北：鼎文书局，1971。

刘逸生：《龚自珍诗选》，杭州：浙江人民出版社，1980。

龚克昌：《白居易诗文选注》，上海：上海古籍出版社，1984。

七、书法、绘画类

黄简：《历代书法论文选》，上海：上海书画出版社，1979。

崔尔平：《历代书法论文选续编》，上海：上海书画出版社，1993。

崔尔平：《广艺舟双楫注》，上海：上海书画出版社，1981。

祝嘉：《艺舟双楫疏证》，台北：华正书局，1989。

潘运告主编、云告译注：《明代书论》，长沙：湖南美术出版社，2002。

袁维春：《学书论札》，北京：宇航出版社，1987。

李兴洲：《中国书法精要》，北京：学苑出版社，1996。

陈振濂：《中国书法批评史》，北京：中国美术学院出版社，1997。

张超：《书论辑要》，北京：教育科学出版社，1998。

董秉琮：《书法与绘画——中国艺术的最高形式》，上海：汉语大词典出版社，1999。

汤大民：《中国书法简史》，南京：江苏古籍出版社，2001。

韩盼山：《书法艺术教育》，保定：河北大学出版社，2001。

韩盼山 :《书法辩证法释要》，保定 : 河北大学出版社，2001。

刘诗 :《中国古代书法理论管窥》，南京 : 江苏教育出版社，2003。

[唐] 张彦远 :《历代名画记》，北京 : 京华出版社，2000。

[宋] 郭若虚 :《图画见闻志》，长沙 : 湖南美术出版社，1998。

王世征 :《中国书法理论纲要》，北京 : 首都师范大学出版社，2003。

谢稚柳 :《中国古代书画研究十论》，上海 : 复旦大学出版社，2004。

郭因 :《中国绘画美学史稿》，北京 : 人民美术出版社，1981。

杨大年 :《中国历代画论采英》，郑州 : 河南人民出版社，1984。

周积寅 :《中国画论辑要》，南京 : 江苏美术出版社，1985。

张安治 :《中国画与画论》，上海 : 上海人民美术出版社，1986。

邓乔彬 :《中国绘画思想史》，贵阳 : 贵州人民出版社，2002。

潘运告编著 :《汉魏六朝书画论》，长沙 : 湖南美术出版社，1997。

何志明、潘运告编著 :《唐五代画论》，长沙 : 湖南美术出版社，1997。

潘运告主编、熊成志等译注 :《宋人画论》，长沙 : 湖南美术出版社，2000。

潘运告主编、云告译注 :《清代画论》，长沙 : 湖南美术出版社，2003。

王宏建 :《美术概论》，北京 : 高等教育出版社，1997。

樊波 :《董其昌》，长春 : 吉林美术出版社，1997。

宋玉增 :《山水画浅议》，北京 : 西苑出版社，1999。

钟家骥 :《水墨画新论》，北京 : 人民美术出版社，2002。

后　记

本书是在博士学位论文《中国古典美学“厚”范畴论》的基础上进一步修改完善而成。2003年我有幸进入复旦大学中国古代文学专业，师从汪涌豪教授，开始了对中国古典美学范畴的学习。从硕士阶段主修中国古代文学转为博士阶段主修中国古典美学，从本质上说，研究对象二者相互关联、水乳交融，但是相对而言，理论修养和思辨能力不足恰恰是我的薄弱环节所在，将文学研究的感性体悟与美学研究的理性思考相结合，对我是一个新挑战，也触动了我的深入探究之心。

对于博士学位论文的选题，有感于中国美学以人为本的生发点，我选择了古典美学中使用频率高、范围广，但不太受人关注的“厚”范畴作为自己研究的切入点，因为感觉它和人生、和中国文化距离最近，情感最深，美感最浓。以自己尚为轻浅的学术积累去驾驭这样一个颇具厚度和分量的题目，使我在近一年的撰写过程中难免有不堪重负的挣扎之感。我不由自主隔离了上海世界大都市的繁华与喧嚣，一台电脑、一盏细灯、一堆“零乱”的书卷，陪我走过三百多个夜与昼。在一个个冥想苦思的夜晚，我与古人“遇见”，神游在他们的精神世界，为他们理论言语的深奥难解而痛苦，为他们美学思想的丰富深厚而赞叹，更为中国古代文化的博大精深而折服。

贺贻孙在阐释他关于“厚”的诗歌美学观念时曾说过：“诗文之厚，得之内养。”突出了内在学养对于诗歌创作的重要意义，对于学术著作的撰写而言，深厚的学养亦是一个相当重要的条件。因此，在博士毕业后，我尽管也陆续发表了一些有关“厚”范畴的研究论文，但对书稿的出版仍然觉得不够成熟。一个偶然的机会，与华文出版社的郭俊萍编辑谈起了我的研究领域，她的鼓励和帮助，终于促成这本小书与读者见面。

2018 年，我又怀着庄重和亲切的心情，再一次与“厚”范畴亲密接触，对文稿的章节、标题、文字等做了全面的修改，补充了部分新的内容。十二年一轮回，十二年来，我不断吮吸着“厚”的丰富营养，自己仿佛也由平扁变得立体了，敦实了，对学业、事业、家庭、生活和人生也有了更为深刻的感悟和认识。对“厚”范畴的深度关注于我而言，最有意义的收获并不是博取了一张博士学位文凭，而是通过这一路的如影随形，增加了自己精神的厚度和人生的诗意，有了它的支撑和引导，让我在人生道路上走得更加稳健、更有方向。

值此书稿付梓之际，我首先要向指导我的汪涌豪教授致以由衷的谢意！我也要再一次感谢引我走上学术之旅的河北大学詹福瑞教授、李金善教授，感谢那些培养和扶植我的各位老师！感谢华文出版社的中肯意见！感谢团队同事吉文斌博士对书稿提出的建议！最后，还要特别感谢始终在我身边、支持我的家人！

作者

2018 年 8 月 9 日

于上海月河畔